古典文獻研究輯刊

五 編

曾 永 義 主編

第 4 冊

家國徵兆與理想寄託
——兩漢夢喻研究

李 孟 芳 著

國家圖書館出版品預行編目資料

家國徵兆與理想寄託——兩漢夢喻研究／李孟芳 著－初版
－ 新北市：花木蘭文化出版社，2012〔民101〕
目 4+164 面；19×26 公分
（古典文學研究輯刊 五編；第 4 冊）
ISBN：978-986-254-925-4（精裝）
1. 漢代文學 2. 文學評論 3. 夢
820.8   101014710

ISBN-978-986-254-925-4

古典文學研究輯刊
五 編 第四冊   ISBN：978-986-254-925-4

家國徵兆與理想寄託——兩漢夢喻研究

作　　者　李孟芳
主　　編　曾永義
總 編 輯　杜潔祥
出　　版　花木蘭文化出版社
發 行 所　花木蘭文化出版社
發 行 人　高小娟
聯絡地址　新北市永和區中正路五九五號七樓
　　　　　電話：02-2923-1455 ／傳眞：02-2923-1452
網　　址　http://www.huamulan.tw 信箱 sut81518@gmail.com
印　　刷　普羅文化出版廣告事業
初　　版　2012 年 9 月
定　　價　五編 20 冊（精裝）新台幣 33,000 元

家國徵兆與理想寄託
——兩漢夢喻研究

李孟芳　著

作者簡介

李孟芳，一九八一年生，台灣省台中市人，現任職於新北市板橋重慶國中，擔任國文科教師。本著行萬里路勝於讀萬卷書的信念，期許自己遊覽各地風光，把握當下，體驗人生。二０一０年取得國立中興大學中國文學系碩士學位。因對神祕事物極富興趣，特於碩士論文中探索漢代文學中的夢境書寫，冀望更深入了解夢文化的發展，一窺神秘國度的面紗。

提　要

　　夢的思想源遠流長，影響深遠，不論在史傳、詩詞、小說，甚至戲劇，都能見其蹤跡，夢文學亦越來越受重視。綜觀夢研究者，除研究先秦豐富夢文化外，其次是對唐代或之後的夢詩及夢戲劇等做研究，從兩漢迄六朝中間斷層甚鉅，無法完整了解其中夢文學的發展。因此，本文以兩漢夢喻為題，擬探究其中的奧秘。所謂夢喻，即是以夢達成預示、曉諭道理及以夢為譬喻等功能。蒐羅兩漢文史，歸納漢代夢喻有三大類型，其一，史傳中主要視夢為天、祖先傳遞訊息的管道，具有預示禍福的功能。其二，兩漢諸子，則發揮夢的影響力，以夢例曉諭道理，說明誠信、修德之理。其三、兩漢詩、賦，更跳脫夢預示的窠臼，以夢為譬，發展出虛無、令人不可置信等抽象的夢意義。

　　本文先以敘事學的方式分析兩漢夢喻的形式及敘寫模式，呈現形式的特點及意義。再就其內容表徵，以分類、歸納方式，將夢喻的表層意涵展現，透露出夢喻中寓含公我及私我的關懷。復次，探討夢喻中的夢者、解夢者及敘寫者的心理，了解其中作夢者、解夢者、敘寫夢境的原因。然後，探究先秦的夢發展，瞭解漢代夢敘寫的傳承與創發，並析論後代夢的沿襲與發展。最後，深入探究夢喻的深層文化與心理因素，突顯夢文化影響人認知之深遠，進而造就漢代夢文化興盛。

　　由兩漢夢喻探究中，可歸結出幾個特點：一、夢喻在各文體中展現不同的功用及特點。二、夢喻離不開公我及私我的關懷。三、夢喻的發展源於中國傳統宗教，興盛於漢代讖緯、神學社會。四、從王充、王符等夢論述中看出其對迷信、天命思想的反省，顯示自覺意識的提升。五、各文體因目的不同發展出不同的夢喻敘事結構與意涵。六、夢喻可透析夢者及敘寫者的思想及心理。七、以夢為譬等抽象意涵的創新與意象沿襲。

　　經由深入探討兩漢夢喻，了解到兩漢夢喻雖然不似先秦夢寓言如煙火般絢爛奪目，卻是曖曖內含光的穩定滋長著，使夢文化能更多元且意涵明確的傳承下去。

誌 謝 辭

　　鳳凰花開，又是離別的季節，更是充滿不捨與感恩的日子。在興大的三年歲月，師長們諄諄教誨，為我們傳道、授業、解惑；同學們互相切磋、扶持與鼓勵，點點滴滴，永懷於心。

　　本論文能夠順利完成，最要感謝的是指導教授 林淑貞教授。淑貞老師總是細心、溫柔的指導與啟發，亦師亦友的帶領著我，無論是大綱的呈現、章節的安排，鉅細靡遺的觀看，並給予學生寶貴的意見。即使一再的往返刪修，也總是不辭辛勞，精神令人敬佩。另外，也非常感激口試委員黃淑貞教授與鄭幸雅教授的批評指教。黃淑貞教授在初審與口試時，都能精確點出本論文敘述盲點，裨益本論文修正得更完整。鄭幸雅教授採大觀照，點出大方向的不足與思慮不周。感謝三位教授的建議，學生將用心修改，補足缺失，呈現出完整的論文。

　　家人的支持與同學、同事的幫助也是不可或缺的。感激你們在我與論文奮鬥的這些日子對我的包容與關懷。謝謝母親及手足的體諒，使我得以專心撰寫論文，不用擔心雜事纏身。感謝同學們的互相鼓勵，尤其是同門的學姊及同學。珮婷學姊總是能幫忙解答疑問，佳瑩學姊更是無條件的幫我論文送件審查，也貼心的攬下口試拍照的工作，使我感動莫名。淑貞、子瓔一直是我快樂的泉源，使我忘卻寫論文的辛苦。感恩同事們的幫助：秀霞、芳如的時時叮嚀，佩瑜幫忙叮進度，才能在復職後工作、論文兩頭燒的情況下，如期完成論文。

　　感激你們在我最忙亂時幫助我度過，並緩和我緊繃之情緒。再多的感謝，也比不上你們為我所做的，僅以此文獻給我的家人、恩師和所有關心及幫助我的朋友們，與我共同分享這份喜悅與榮耀。

目

次

第一章 緒 論

第一節 研究動機

　　作夢是人人共有的經驗，積存著人類深層的意識活動與思維，牽引古今中外的生者，想一窺其中奧秘。從古至今，夢的解釋與賦予的意涵隨時代、科學進化而演變。如先秦時智慧未開，視「夢爲神示，是天所受命」〔註1〕，因此周代設有占夢官來解帝王夢，《左傳》中紀錄不少帝王占夢之事。之後，亦有「人之夢也，占者謂之魂行。」〔註2〕。隨著時代的演變，科學的創新，對夢也有了新的解釋。夢爲淺夢狀態大腦的活動，即是在「快速動眼期，也就是眼球會快速移動的睡眠第一階段。若在快速動眼期醒來，受試者說他醒來之前正做著夢的機率相當高」〔註3〕。然而，這樣科學的解釋並不能使夢者得到滿足，心理學家尋找夢的意義。心理學家佛洛依德（Sigmund Freud，1856～1939）以爲「夢爲願望的達成」〔註4〕，只是他的願望僅是性的滿足，不足以全面解釋。榮格（Carl Gustav Jung，1875～1961）則認爲「夢有補償功能」〔註5〕及夢爲「集體潛意識」〔註6〕，可以展現先民所累積的集體經驗。心理

〔註1〕 傅正谷著：《中國夢文學史》（北京：光明日報出版社，1993年），頁254。

〔註2〕 王充本人並不認同此說法，予以辯駁，由此可知，當時人抱持「夢爲魂行」想法，王充才須辯駁以證明己見。王充著，楊家駱主編：《論衡集解・上》（台北市：世界書局，1967年），卷第二十二〈紀妖篇〉，頁440。

〔註3〕 詹姆斯・霍爾著，廖婉如譯：《榮格解夢書》（台北縣：心靈工坊文化事業股份有限公司，2006年），頁36。

〔註4〕 佛洛伊德（Sigmund Freud）著，賴其萬、符傳孝譯：《夢的解析》（台北市：志文出版社，1988年），頁55。

〔註5〕 夢的補償功能，可由三方面來看：第一，夢可以補償自我的暫時性扭曲，讓

學家將夢視爲做夢者思想的抽象化，需經過抽絲剝繭才能理解夢所表達的眞正意涵。

　　兩漢的夢喻，主要傳承先秦而來，然時代的變遷，除了使內容更加深刻之外，在夢的意義與運用上，也有所創新。如史傳繼承《左傳》夢徵兆、預兆的思想，創造、敘述了不少帝王、諸侯夢，強化夢徵必有驗的思想。漢代諸子散文，延續先秦莊子、列子、晏子、韓非子等夢敘述、夢思想而來。道家莊子、列子以夢寓言的方式來說明夢的虛無性、顚覆傳統的思維，並對夢做分類。儒家晏子則以夢寓言表達即使凶夢亦能行仁德予以補救，強調人的作爲、努力的功效。漢代諸子散文繼承這種質疑、反思的思想，繼續探討夢發生的原因與意義。西漢諸子的論述服膺於政治意圖，以夢例表述己身意見，對於夢的徵兆信仰仍持肯定態度。然而至東漢王充、王符時發展出新思想，不再崇信夢徵兆意義，而以生理、心理意涵解釋。至於詩，同於先秦的直接敘寫夢境，由夢來表達思念之深厚。賦，發展出抽象的表述方式，表達夢令人不可置信的特性。不論是傳承或是創新，兩漢的夢喻豐富、趣味，令人期待，且持續發展先秦的夢文化，確定了不同文體間夢喻的不同作用。爲何不同文體夢喻會有不同的作用？不同文體的目的不同，對夢徵兆的運用也不盡相同，因此有不同展現。如史傳重視夢徵驗、諸子重視說理、詩與賦則抒發情感與理想。這麼美麗動人的扉頁，不該埋藏起來，此爲本文探究兩漢夢喻的主要目的。

　　「夢」研究者愈來愈多，面向亦廣，有些以文學史方式探討夢文化的發展；有些由寓言、詩、戲劇等分類研究夢在其中的重要性；更有從夢心理部分探討夢的發生與意義，由此可知，夢文學之豐富，且夢思想早已成爲中國文化的一部分，影響深遠。研究夢者首要以百家爭鳴的先秦時代爲主，原因無他，人的理智尚存渾沌，保留最原始的思維，對夢的反應最爲眞實。夢被

　　　　人對自己的態度與行爲有更全面的理解。第二，夢作爲心靈呈現自身的方式，
　　　　照映出運作中的自我結構需要更密切地調整步伐以跟上個體化歷程。第三，
　　　　自我的原型核心是「我」的恆久根基，這原型核心和很多人格面具以及自我
　　　　認同是融合在一起的。參閱詹姆斯・霍爾著，廖婉如譯：《榮格解夢書》，頁
　　　　38～39。
〔註 6〕集體潛意識代表的是基本的心理資料庫，它是人類存在的共同基石。安東尼・
　　　　賽加勒（Stephen Segaller）、墨瑞兒・柏格（Merrill Berger）著，龔卓軍、
　　　　曾廣志、沈台訓譯：《夢的智慧》（台北縣：立緒文化事業有限公司，2000 年），
　　　　頁 222。

視爲與現實不能分割，也成爲與祖靈溝通的橋樑。先秦夢探討者多，兩漢夢卻乏人問津，除了黃銘亮《先秦兩漢間夢的類型與意義——中國古代夢的迷思》一書中疏通漢代王充、王符等思想家的夢分類，傅正谷《夢文學史——先秦兩漢部分》一書將兩漢夢文本做分析之外，幾乎沒有全方位對於兩漢夢發展的論述。期刊也寥寥無幾，只對幾部專書探討其中夢的發展與價值，如《史記》、《論衡》、《潛夫論》等。兩漢的夢發展有其時代性與價值，不應留下這美麗的缺口，甚至漢代夢思想與當時盛行的讖緯相輔相成，值得探討其中夢喻表達的意涵。一方面夢的理性思維萌芽，一方面卻陷入天地讖緯更大的天命觀中。尤其，當時的史家及思想家、文學家究竟是如何融合抑或是產生更深的隔閡？頗值得深入探勘。

第二節　研究背景與漢代背景概述

一、研究背景介紹

　　前人對夢文化之研究成果，奠定了後學之研究基礎。本文將前人研究分爲書籍與論文、期刊三方面，前兩者能有系統的了解目前研究結果，後者篇幅較短，雖無法深刻呈現，卻能點出作者的新觀點，提供不同的思考面向。

　　（一）書籍

　　研究夢文學、文化的專書不少，如傅正谷就有《中國夢文化》、《中國夢文學史》，卓松盛的《中國夢文化》，申潔玲的《夢文化》，妙摩、慧度的《中國夢文化》及劉文英、曹田玉的《夢與中國文化》等，各有其著重的觀點與論述，有些以心理學方面爬梳，亦有將夢例分類歸納說明等，然除傅正谷的《中國夢文學史》外，大多爲跨時代的論說，不合乎本文所探討的時代，因此，僅參閱其內容大要，了解其主要立論觀點，成爲先備知識。

　　其中以傅正谷的《中國夢文學史——先秦兩漢部分》敍述兩漢夢最爲完整、系統化。傅正谷將兩漢夢分爲史傳、散文、詩賦探討，爬梳內容意涵，條理的整理出代表意義，使筆者獲益良多，本文構想與論點皆由此而來。然而，傅正谷《中國夢文學史——先秦兩漢部分》以文學史的方式呈現說明，將文章分爲三部份，有賦、詩，史傳及諸子的文章等，單篇單篇介紹，細膩的分析各文章夢境內容、架構及特色，精闢深入。但傅正谷僅微觀並未全面的朗照，探討各文體間的關聯與差異，如夢喻表現的方式、目的及其深層意

義，因此本文以《中國夢文學史——先秦兩漢部分》爲基礎，了解漢代夢喻的內容後，將其分門別類、對比參照，藉此突顯出漢代夢喻的內容特點。強調出史傳、散文及詩、賦在兩漢夢喻中不同的文學表述方式及文化價值，呈現漢代夢喻創新的一頁。再者，劉文英《夢的迷信與夢的探索》也給了筆者不同的思考面向，內容也不乏供參考處，然而，就本質而言，筆者不認爲先秦、兩漢的夢文化，僅爲單純的迷信，而是一種政治、文化、信仰結合的總體表現。

（二）論文

關於先秦述夢的學位論文有三本，有江蓮碧《先秦夢徵研究》、熊道麟《先秦夢文化探微》及黃銘亮《先秦兩漢間夢的類型與意義——中國古代夢的迷思》，這三本相互補足，將先秦的夢文化，完整呈現。然而，關於漢代的夢卻無任何論文探討，實爲奇詭。江蓮碧《先秦夢徵研究》主要探討先秦夢徵的表現與影響，深入探討其文化心理，更輔以少數民族的思想觀念，令人信服。而黃銘亮在《先秦兩漢間夢的類型與意義——中國古代夢的迷思》將夢分類型，尤其在先秦兩漢諸子的夢思想投注不少心力，爬梳夢思想的演進，提供後學研究基礎。熊道麟的《先秦夢文化探微》則鉅細靡遺的將先秦的夢文本一一整理、歸納、分類，這工程的浩大令人咋舌，但也因其鑽研，筆者得以比較先秦與兩漢文本間的異同，功不可沒。有先秦論文爲先鋒，本文繼往開來深入地探究兩漢的夢喻，冀望能以熊道麟撰《先秦夢文化探微》之精神，全面的探討漢代夢之內容，使先秦兩漢夢的研究更加完整，並展現兩漢夢喻的特色。

（三）期刊

期刊方面，主要以中國期刊爲主，台灣對於夢的研究仍屬少數。如陳靜宜的〈中國古典夢文學的追尋意識〉，單就文學上的論述，並非全面，且時代上爲貫穿的，並沒有固定。中國對於夢的研究則較多元、全面。首先，在夢文化及心理方面，李炳海的一系列夢文化探究如：〈先秦兩漢散文的夢境及生命溝通〉〔註7〕、〈先秦兩漢散文的夢象觀及其文學表現〉〔註8〕、〈先秦兩漢

〔註7〕李炳海〈先秦兩漢散文的夢境及生命溝通〉（中國：《學術論壇》，2007年，第八期）。

〔註8〕李炳海〈先秦兩漢散文的夢象觀及其文學表現〉（中國：《人文雜誌》，2007年，第六期）。

散文的夢象與生殖崇拜〉〔註9〕等說明先秦及兩漢夢的共通點及分析先民視夢之心理，如諸多胎夢顯示先民對生殖的崇拜。再者，文曉華〈論《史記》中的夢〉〔註10〕比較了《史記》承襲《左傳》的夢，了解司馬遷取夢的規則及對夢的解讀與應用（刻畫人心），是以統計的方式分析司馬遷寫《史記》中夢的意義。另外，楊波〈從《史記》的夢異看中國早期夢文化心理〉〔註11〕則提出夢異揭示出中國早期社會某種整體的文化模式，表示夢對社會、政治的效能及意義，亦給筆者很大的刺激與省思。甚至，吸取他們對《史記》夢的研究，擴大至對兩漢史夢的探討，以印證史傳夢喻的特點。

　　復次，夢文學意象方面，鄒強〈夢意象與美學研究〉〔註12〕、司馬周〈漫談古典文學中的夢意象〉〔註13〕則為夢意象的探討，補足筆者這方面的不足。最後，夢思想方面，李少惠〈王充與王符夢論之比較〉〔註14〕、唐德榮〈王符夢論思想的歷史地位〉〔註15〕及姚偉鈞〈王符與《潛夫論·夢列》〉〔註16〕則是開始肯定東漢時期王充反駁夢徵思想，而王符歸納夢分類，顯示出其對夢的貢獻與價值。由上觀之，中國對於夢的文學、文化研究甚久且較全面，然而，主要仍是總說式的論述或是僅以幾部專書為探討對象，針對某個時代表現其夢特點及價值者較少，本文論述漢代夢喻，對於漢代夢的各種文體及思想皆能涵蓋，並能了解其傳承與演變，全面性的探究，較能展現漢代夢喻的價值。且臺灣對夢研究的書籍及論文、期刊仍屬少數，本文更期望能藉此有拋磚引玉之效，吸引更多學者進入夢的研究領域。

二、漢代背景概述

　　漢代吸取秦代短祚的教訓，實施中央集權，並致力於與民休養生息，塑

〔註9〕 李炳海〈先秦兩漢散文的夢象與生殖崇拜〉（中國：《學術交流》，2007 年 7月，第七期）。

〔註10〕 文曉華〈論《史記》中的夢〉（中國：《渭南師範學院學報》，2008 年 7 月，第二十三卷第四期）。

〔註11〕 楊波〈從《史記》的夢異看中國早期夢文化心理〉（中國《北華大學學報》，2000 年 9 月，第一卷第三期）。

〔註12〕 鄒強〈夢意象與美學研究〉（中國：《社會科學家》，2005 年 9 月，第五期）。

〔註13〕 司馬周〈漫談古典文學中的夢意象〉（中國：《文史雜誌》，1999 年，第三期）。

〔註14〕 李少惠〈王充與王符夢論之比較〉（中國：《蘭州學刊》，1997 年，第三期）。

〔註15〕 唐德榮〈王符夢論思想的歷史地位〉（中國《武陵學刊》，1996 年，第一期）。

〔註16〕 姚偉鈞〈王符與《潛夫論·夢列》〉（中國《古籍整理研究學刊》，2002 年 9月，第五期）。

造一套天命系統，統治人民，企求能長治久安，夢順應此時代潮流而起。本文欲透視兩漢夢喻的發展，勢必深入漢代背景，才能瞭解其中社會、政治、文化的影響及思想演變的契機。以下將從各部份分論之。

（一）政治制度：皇帝制度緣起、郡國並行制

首先，在政治制度方面。漢朝實行皇帝制度。皇帝制度成立始於秦始皇，因其自以為功過「三皇」、德兼「五帝」，故稱「皇帝」。《史記・秦始皇本紀》：「朕為始皇帝，後世以計數，二世、三世至千萬世，傳之無窮。」〔註17〕展現秦始皇欲其姓氏稱霸天下的決心。漢代承襲了秦朝的皇帝制，父死子繼，可見也有同樣的信念。然而，在繼承者的選擇上，並非僅由嫡長子繼承如此簡單，《秦漢史》中言明：「嫡長子繼承皇權者，除惠帝外，僅有漢元帝及漢成帝。可見嫡長子並非被立為太子的唯一保障。而影響太子廢立的決定因素，除皇帝本人外，還有圍繞在皇帝身邊的嬪妃、功臣、外戚及宦官。」〔註18〕於是，後宮的你爭我奪從未間斷，嬪妃們各展本事，拉攏大臣或宦官，目地就是將自己的兒子送上皇位。因此，促使漢代徵兆夢更加興盛，藉吉夢提升胎兒的名望，以利奪得帝位。甚至，以帝王徵兆夢來展現其不凡的身分，強調其地位的合理性。

中央政府制度有丞相及三公掌外朝、尚書臺掌管中朝及九卿等組織。其中較重要者為丞相、三公及尚書臺等。丞相為「掌丞天子，助理萬機」〔註19〕，漢初權利甚大，後為三公所取代，漸失其實權。三公為大司馬、大司徒、大司空，在成帝、哀帝時陸續設置，王莽時才定三公之號。而漢武帝時不滿丞相的掌權，設置中朝官，拔擢賢良人才與丞相抗衡，中朝決策後，由尚書臺傳達，故尚書臺的地位與日劇增，丞相的權責，被削減不少。地方行政制度採「郡國並行制」，封九國，其餘設郡縣。漢高祖由眾人之助而得天下，理當「以天下城邑封功臣」，然韓信等功臣陸續被誅，可見高祖的野心。即使分封九國，亦多為中原以外，地處偏遠的蠻荒之地，中原則設郡縣。漢景帝聽從晁錯之削藩政策，導致吳、楚、濟南等七國叛亂，幸賴周亞夫平定。至此，

〔註17〕司馬遷撰，楊家駱主編：《史記》（台北：鼎文書局出版，1993年，新校本史記三家注并附編二種），冊一，卷六，〈秦始皇本紀〉第六，頁236。

〔註18〕韓復智、葉達雄、邵台新、陳文豪編著：《秦漢史》（台北市：里仁書局，2007年），頁177。

〔註19〕班固撰，顏師古注：《漢書》（台北：明倫出版社，1972年），冊一，卷十九上，〈百官公卿表〉第七上，頁724。

諸侯王有名無實，不得參與朝政，所屬城邑僅供衣食，並無實際職權。

總而言之，不論是中央制度或是地方制度，漸漸的仍趨向於專制政權，將所有的權利向中央，甚至向皇帝身上集中，缺乏足以抗衡的權責，於是導致外戚、宦官等皇帝親信掌權奪利，惡性循環不已，形成皇室的亂源。

（二）學術文化：史學創立體制、漢賦興起、讖緯符命盛行

漢代學術文化廣博精深，不僅在史學、文學方面皆有建樹，劉向在目錄學方面亦有發展，樹立編排的體制。經學也在漢武帝獨尊儒術後大盛，縱使原有古今之分，最後兼容並蓄。史學方面最重要者為《史記》，為紀傳體及通史之祖，創立以人物為中心，而非編年體制，其中分為本紀（帝皇）、表（年代）、書（制度）、世家（諸侯）、列傳（一般人物）五部份更是首例，以人物實際作為而安置於其中，更能看出司馬遷的巧思。《漢書》依其體例，僅名稱稍作更改，成為斷代史之祖。《史記》與《漢書》奠定了史學體例的基礎，使史傳敘述更趨一統與明確。在夢喻中，史傳敘寫以徵兆夢為主，強調有夢徵必應驗的天命思想，服膺於漢代大一統的國家。

漢代在文學方面，主要發展為漢賦的興起。劉勰〈詮賦〉：「賦者鋪也。鋪采摛文，體物寫志也。」〔註20〕鍾嶸《詩品‧總論》亦云：「直書其事，寓言寫物，賦也。」〔註21〕皆說明了賦的特質，漢代的賦多鋪張辭藻，華麗文辭但卻內容空洞、較少情感的呈現。如描寫富麗堂皇的宮殿、物產豐饒的都城、帝皇田獵的排場等。且使誇張的手法、艱深的詞彙，失之造作與矯情，且無益於道德或教育。揚雄雖欲以賦者風（諷）之，最後終成為泡影。於是乎，漢初賦成為對漢帝國歌功頌德的最佳工具，東漢中葉以後，漢賦漸變，賦篇由長變短篇，內容也由宮殿遊獵轉為抒發個人胸臆。與夢相關的重要作家、作品有司馬相如的〈長門賦〉、揚雄的〈甘泉賦〉，東漢中葉後有張衡的〈思玄賦〉等，形成各種抽象表述及譬喻的形式，豐富了漢代的夢文化。

漢代經學盛行，以《詩》、《書》、《易》、《禮》、《春秋》五經為主，漢武帝時設五經博士，罷黜百家，賦予儒家極高的尊崇。因秦始皇焚書，因此有古文經與今文經之分，古文經為孔壁所出，然諸多文字尚未加以辨識，故漢武帝立五經博士為今文經博士。今文經重通經致用，故常援以陰陽災異解釋，在西漢受到皇帝重視，而古文經重訓詁解釋，不引申浮誇，卻至東漢才受到

<hr>

〔註20〕劉勰：《文心雕龍》（北京：中華書局，1985年），卷二，〈詮賦〉第八，頁11。
〔註21〕鍾嶸：《詩品》（北京：中華書局，1991年），頁10。

重視，漢章帝時立古文博士。古今文至此兼而並蓄，鄭玄融合今古文學說之長，可謂爲集大成者。

上述提及今文經好以陰陽災異解釋經學，造成讖緯符命等迷信之風盛行。《說文·言部》：「讖，驗也，有徵驗之書。」〔註22〕讖之由來已久，然漢因解經，將陰陽災異穿鑿附會於其中，更藉此神化人物。如東漢王莽的興起與傾覆，甚至東漢光武帝的統一，皆可說得力於讖緯符命。漢代帝王及位，或多或少都有徵兆，夢徵亦爲其中一種，漢代史傳的夢喻，正是這種讖緯思想的表現。

（三）思想演進：「有神論」至「無神論」的形神觀

漢初戰亂後復歸和平，劉邦平民出身，深知民間疾苦，於是致力於與民休養生息，黃老思想爲最佳選擇。《風俗通·正失》中亦言：「文帝本修黃老之言，不甚好儒術，其治尙清淨（靜）無爲。」〔註23〕經由幾位帝皇的推行，成功使民生恢復繁榮。後來，漢武帝接受董仲舒「罷黜百家，獨尊儒術」之提議，黃老思想則被摒棄，開始儒家思想的時代。這僅是就名義上說，事實上，任何思想經過交流必會有合流的現象，例如劉安《淮南子》的思想，可看出儒道融合。甚至，揚雄的《太玄》中宇宙圖式，其中「玄」的觀念，則是由老子而來。可知，儒家雖然受帝皇重視，然而道家思想卻已不知不覺滲入其中。

葛榮晉在《中國哲學範疇導論》中云：「到了兩漢時期，有神論的形神觀，又有新的發展。除了董仲舒的『天副人數』的說教之外，主要流行的是讖緯迷信所宣傳的有鬼論和方士所宣傳的成仙說。……無神論者在同這種成仙說的鬥爭中，根據當時醫學發展的積極成果，深入地探索了人的生命的本質，把無神論的形神觀也推到新的高度。」〔註24〕由此可說明漢代崇信讖緯、神學之原因，及後來批判思潮興起，作完整的解釋。而天道觀的部份也由董仲舒有神論的人格天演變至王充無神論的自然天。另外，東漢能撼動流行已久的讖緯，或可歸因於古文經學的發展，古文經重訓詁，如實的解釋經典，兩相激盪之下，使人不禁反思圖讖等的眞實性。東漢後期，王符、崔寔、仲長統等人反浮侈、鬼神等的迷信思想更烈，仲長統有「人事爲本，天道爲末，

〔註22〕段玉裁：《說文解字注》（台北市：藝文印書館，1999 年），〈三篇上九〉，頁910。

〔註23〕應劭撰：《風俗通義》（北京：中華書局，1985 年），卷二，〈孝文帝〉，頁46。

〔註24〕葛榮晉著：《中國哲學範疇導論》（台北市：萬卷樓發行，1993 年），頁278。

不其然與？……不求諸己，而求諸天者，下愚之主也。」〔註25〕的強力批判，看重人的所作所為，而非災異感應的讖緯或鬼神迷信。這正是思想上的重大進步。夢的發展，與漢代思想演進一致，由原本崇信夢為神的預示，相信神的存在，至東漢轉為視天為自然運作，認為夢並無徵兆的功用，一切只是虛妄，由此可知，思想演進影響著夢的解釋及理性的發展。

（四）宗教發展：傳統宗教、道教的創立、佛教的傳入

依據《秦漢史》所言將秦漢時的宗教分為三面向：一是中國古代傳統宗教發展；二是道教的創立；三是佛教的傳入。〔註26〕在傳統宗教方面，崇信上帝與祖靈。上帝初始並非唯一，秦朝時有白、青、黃、赤等帝祠祭祀，高祖時又立黑帝祠，五帝足矣。然而，五帝信仰不利於中央政權的統一與鞏固，武帝時推行再選天神的運動，立太一神為至上神，五帝從此淪為輔佐之神，宗教信仰也成為帝王控制人民的利器。祖靈信仰，原始社會就非常盛行，既展現慎終追遠的孝心，亦表達出對未知境遇、疾病死亡的恐懼，祖靈、祖廟的祭祀，實施已久。漢代也不例外，宗廟的設置與祭祀從不馬虎，顯示出信仰的虔誠。本文中漢代夢喻的呈現，與傳統上帝與祖靈信仰，有著深刻的依存關係。夢被視為人與靈魂溝通的管道，此部分將於下文中一一說明。

再者為道教的成立與佛教的傳入。道教產生於東漢桓、靈帝之際，創辦人為太平道的張角與五斗米道的張陵，各自以《太平經》及《老子想爾注》為道教經典。雖名為道家，實則雜揉各家思想及神仙方術，宗教體系甚為龐大。《典略》云：「太平道者，師持九節杖為符祝，教病人叩頭思過，因以符水飲之。得病或日淺而愈者，則云此人信道。其或不愈，則為不信道。……實無益於治病，但為淫妄，然小人昏愚，競共事之。後角被誅，脩亦亡」〔註27〕由此敘述，可知道教為淫妄之術，表面上興亡快速，實則一直在民間流傳。

不同於道教為本土產生的宗教，佛教為外來的宗教。《魏書·釋老志》：

（漢武帝）及開通西域，遣張騫使大夏。還，傳其旁有身毒國，一名天竺，始聞有浮屠之教。哀帝元壽元年，博士弟子秦景憲受大月

〔註25〕嚴可均校輯《全上古三代秦漢三國六朝文》（北京市：中華書局，1995年），冊一，〈全後漢文〉卷八九，仲長統〈昌言〉下，頁955。

〔註26〕韓復智、葉達雄、邵台新、陳文豪編著：《秦漢史》（台北市：里仁書局，2007年），頁235。

〔註27〕陳壽撰，裴松之注：《三國志》（出版地不詳：中華書局，出版年不詳），四部備要，冊一，卷八，〈張魯傳〉，頁19。

氏王使伊存口授浮屠經。中土聞之，未之信了也。後孝明帝夜夢金

人，頂有白光，飛行殿庭，乃訪群臣，傅毅始以佛對。帝遣郎中蔡

愔，博士弟子秦景等使於天竺，寫浮屠經遺範，愔仍與沙門攝摩騰、

竺法蘭東還洛陽。中國有沙門及跪拜之法，自此始也。〔註28〕

因孝明帝夢金人，頂有白光，傅毅認爲是佛佗而引入佛教。然而，佛教初傳

入，並不普遍，直到東漢末年，民生困頓，欲尋求慰藉，信徒民眾激增，又

有帝王崇拜、信奉，佛教因此在中國開始發揚光大。至於，傅正谷於《中國

夢文學史》中以爲因佛教傳入而產生「夢即是空」等思想及「人生如夢」、「夢

幻」之說〔註29〕，形成對夢的不同解釋及影響。因非本文重點，故無具體探

討其因果、傳承，僅聊備一說，不作任何評論。

第三節　研究範圍與方法

下文將分爲三部分，分別說明文本的選取範圍、本文採用的研究方法及

章節安排，最後解釋夢喻的定義等。

一、文本範圍

本文以「兩漢夢喻」爲題，顧名思義將以漢代作家及作品爲研究範圍，

全面搜羅史書、諸子散文及詩、賦中關乎夢的敘寫，冀能從中體悟漢代夢喻

的深刻意義。其中，史書夢較豐富多元，包含有「漢代人寫先秦史」、「漢代

人寫漢史」及「後人寫漢史」等三方面。「漢代人寫先秦史」如趙曄寫的《吳

越春秋》，袁康的《越絕書》及《史記》中大量書寫前人的事蹟，在在可瞭解

以漢人看先秦的歷史的角度，夢的敘寫在其中的重要性。其次，「漢人寫漢史」

理當爲重要擷取資料，如班固《漢書》、荀悅《前漢紀》、劉珍、延篤《東觀

漢記》等，可突顯漢人對夢的的思想與展現方式。最後「後人寫漢史」，也就

是非漢代人寫漢代歷史或漢代事蹟。此部分範圍甚廣，筆者基於學力及時間

的限制，僅以范曄的《後漢書》爲文本，補足東漢歷史的不足，其餘如袁宏

《後漢紀》等，可待末學繼續探究，或爲個人日後繼續鑽研的方向。此外，

文本中散文以漢代文人文章爲主，儘管散文中大量沿用先秦史夢材料，但卻

〔註28〕魏收撰：《魏書》（出版地不詳：中華書局，出版年不詳），四部備要，冊六，
卷一百一十四，志第二十，〈釋老志〉，頁 1。

〔註29〕傅正谷著：《中國夢文學史》（北京：光明日報出版社，1993 年），頁 303～307。

是寄託個人對夢及夢文化的觀點，因此，無關乎年代問題。詩、賦兩方面，理應以兩漢作家爲主軸，然界於東漢與魏晉之間重疊時期的人物如應瑒、陳琳等夢喻的賦，因《全漢賦》搜羅於內，本文也一併納入探討。

二、方法與章節安排

　　研究方法方面，探文本分析法，輔以敘事學。本文先以敘事學的方式分析兩漢夢喻的形式及敘寫模式，呈現形式的特點及意義。敘事學部分本文以胡亞敏《敘事學》〔註30〕一書爲主，參閱《新敘事學》〔註31〕及《敘事研究：閱讀、分析和詮釋》〔註 32〕等書。爲何以中國胡亞敏《敘事學》一書爲主，不以國內學者之敘事書籍？因台灣對敘事學的研究雖已一段時日，但多運用於分析文本，少對理論上有所建樹。而胡亞敏《敘事學》一書從源流脈落及派別一一羅列，也將各家不同的分類說明，能清楚明白各家表述的意涵。不僅參考便利，以其敘事方法的排列順序，亦能一點一點檢視、分析兩漢夢喻文本的敘述特點。然，爲避免單一文本的侷限，再輔以《敘事研究：閱讀、分析和詮釋》一書，透徹如何運用及詮釋，使分析及敘寫能完整。此特別說明：在敘事學專有名詞方面，中國胡亞敏與台灣學者使用偶有不同，本文將以胡亞敏之名詞爲主，而台灣所常使用之專有名詞以括號置於其後，以利讀者判讀。

　　再者將兩漢夢喻的內容表徵，以分類、歸納方式，將夢喻的表層意涵展現，透露出夢喻中寓含公我及私我的關懷。復次，探討夢喻中的夢者、解夢者及敘寫者的心理，了解其夢、解夢、敘寫夢境的原因。然後，深入探究夢喻的深層文化與心理因素，詮釋夢喻的意義，突顯夢文化影響人認知之深遠，造就漢代夢文化之興盛。最後探討先秦夢發展，瞭解漢代夢敘寫的傳承與創發，並析論後代夢的沿襲與發展。

　　本文探討兩漢夢喻的發展，因此先就其夢喻的形式出發，復次，探討其內容意義，再從心理層面與文化層面詮釋，瞭解人內在心理與文化社會的影響。最後，縱向的了解夢喻的傳承與創發。冀望藉由外在與內在、橫向與縱向、心理與文化各方面的分析，能清楚呈現兩漢夢喻的特點，展現其意義與

〔註30〕胡亞敏著：《敘事學》（湖北省：華中師範大學出版社，2004 年）。
〔註31〕赫爾曼著，馬海良譯：《新敘事學》（北京：北京大學出版社，2002 年）。
〔註32〕艾米婭‧利布里奇、里弗卡‧圖沃——沙奇、塔瑪‧奇爾波著，王紅艷主譯：《敘事研究：閱讀、分析和詮釋》（重慶：重慶大學出版，2008 年）。

價值。期望能裨益夢文化之研究與發展。

三、定義

　　夢定義方面，根據「喻」字的字義，喻與諭字通用，有告知、開導、說明、諫、比方等意思〔註33〕，夢喻就是運用夢來達成以上諸多的功能。因此，夢喻含括三層意義：

一、將夢當作告知的作用，如史傳中的夢徵兆，如姬妾夢神遇、龍、日，夢此吉兆必生子，且子必爲王。史傳敘夢通常有徵必驗，因此可視爲傳達、告知天的命令，以此方式塑造天的威嚴與君王的不凡地位，強化天命論，也促使東漢初年讖緯思想的興盛。

二、將夢視爲明白、曉諭的意涵，諸子散文分析夢因，並以夢例寄託道理。如賈誼以「夢中許人，覺且不背其信。」〔註34〕來說服君王講究誠信。不同於史傳，諸子散文藉夢清楚明白表達自我思想，可見夢在當時影響力之強盛。

三、以夢作爲比方，也就是以夢譬喻，如楊子雲〈甘泉賦并序〉：「雖方征僑與偓佺兮，猶彷彿其若夢。」〔註35〕及張平子〈西京賦〉：「曾髣髴其若夢，未一隅之能睹。」〔註36〕夢不再僅以白描的方式表達夢境，而發展出抽象的夢意義。夢代表虛無、令人不可置信，因此，想要呈述這種情感或想法時，就以如夢、若夢的文學抽象詞彙來呈現。

　　夢喻的三種意涵雖然定義爲不同文學體裁，然而其中並非完全無交錯使用的地方，只是以其定義者爲大宗，此點仍須特別提出說明。例如：《史記》中以帝王夢徵兆國家興衰爲主，然亦收錄了張衡〈西京賦〉；詩、賦中主要以夢譬喻或抽象敘述爲主，也節錄史傳的夢徵敘述等，這都使夢喻文體間的意涵呈現不那麼純粹，然而，就基本面來說，兩漢夢喻在不同文體間仍呈現出不同的表達方式與目的。

〔註33〕《漢語大字典》中喻有七種意思：1. 同諭，告知之意。2. 曉諭、開導。3. 說明。4. 知曉、明白。5. 比喻、比方。6. 諫，同諭。7. 姓。漢語大字典編輯委員會編：《漢語大字典》（四川、湖北：四川、湖北辭書出版社，1986 年），頁 657～658。

〔註34〕〔西漢〕賈誼撰，盧文弨校《新書》（北京市：中華書局，1985 年），卷四〈匈奴〉，頁 38。

〔註35〕費振剛、胡雙寶、宗明華輯校：《全漢賦》（北京：北京大學出版社，1993 年），頁 172。

〔註36〕費振剛、胡雙寶、宗明華輯校：《全漢賦》，頁 421。

第二章　兩漢夢喻的表述方式

　　本章採用敘事學的方法分析兩漢夢喻的表述方式，敘事學從客觀的角度分析了敘述者、視角、聲音等等，使觀看者能由作者的敘寫方式探討作者的用意，尤其本文橫跨多種文體，表述方式不一，因此，希冀以敘事學的方式表現出夢敘寫的差異，分析其異同。

　　緒論時提及本文將夢喻定義為三種，有告知，明白、明示夢意涵，還有以彼喻此的作用。如史傳中以夢徵告知、預示結局；諸子散文明白、明示夢的意涵，了解夢因並寄託道理；詩、賦以夢作譬喻或寄託。由此可知，不同的文體，其敘寫規則與目的不盡相同。歷史散文重點在於陳述歷史事件，說明事件的起始本末，並且著重客觀性的描述，與諸子散文著重對義理的說明、解釋，多主觀性論述有所差異，遑論與詩、賦的差異更劇。詩歌篇幅小，文字精簡，以抒情為主。辭賦篇幅較長，以鋪張辭藻達到諷諫效能為主。這些文體即使同樣描寫夢，卻明顯有著不同的表述方式。有鑑於此，本文將以分類，區分史傳、諸子散文、詩、賦等文體夢敘述的異同，藉此呈現不同的夢境模式並印證夢的目的與作用。

　　本文寫作次序先以敘事學方法分析內容，再進行敘事方式分類，並舉事例說明之。本文按胡亞敏的《敘事學》一書的說明、介紹，已於上文研究範圍與方法說明。其中幾種敘事方式可用來探討夢敘事，以利闡明各種夢敘述的特點，其類型如下：

（一）敘述者類型：共分為四種。1. 異敘述者與同敘述者 2. 外敘述者與內敘述者 3. 自然而然的敘述者與自我意識的敘述者 4. 客觀敘述者與干預

敘述者。〔註1〕

（二）聚焦與視角：非聚焦型（全知角度）、內聚焦型（限知角度）、外聚焦型（旁知角度）。〔註2〕

（三）話語模式：直接引語、自由直接引語、間接引語、自由間接引語。〔註3〕

（四）時間敘述：分為時序、時限及敘述頻率等方面。時序分為順時序、逆時序及非時序等。時限方面，共可分為五類：等述、概述、擴述、省略、靜述等。〔註4〕敘述頻率分為：敘述一次發生一次的事件、敘述幾次發生幾次的事件、多次敘述發生一次的事件、敘述一次發生多次的事件。〔註5〕

（五）情節類型：分為線型及非線型。線型又稱故事型，是情節的形式分類。線型又分複線、單線和環形三種子類型。〔註6〕非線型的基本特徵為打

〔註1〕 異敘述者不是故事中的人物，他敘述的是別人的故事；同敘述者是故事中的人物，他敘述自己的或與自己有關的故事。外部層次又稱第一層次，指包容整個作品的故事；內部層次又稱第二層次，指故事中的故事，它包括由故事中的人物講述的故事、回憶、夢等。自然而然的敘述者指敘述者隱身於文本之中，儘量不露出寫作或敘述的痕跡，彷彿人物、事件自行呈現，由此造成一種真實的幻覺。自我意識的敘述者或多或少意識到自己的存在，並出面說明自己在敘述。客觀敘述者與干預敘述者強調的是敘述者對作品中人物、事件的態度客觀或干預。胡亞敏著：《敘事學》（湖北省：華中師範大學出版社，2004年），頁41～46。

〔註2〕 非聚焦型又稱為零度聚焦，這是一種傳統的，無所不知的視角類型，又稱上帝的眼睛。台灣以「全知角度」稱之，以括號置於後以利讀者判讀。內聚焦型視角是每件事都嚴格地按照一個或幾個人物的感受和意志來呈現，也就是「限知角度」。外聚焦型為敘述者嚴格地從外部呈現每一件事，只提供人物的行動、外表及客觀環境，而不告訴人物的動機、目的、思維和情感，又稱「旁知角度」。本文雖以胡亞敏敘事學為主，然括號中為台灣學者通常使用之名稱，在此註明，以利讀者閱讀。胡亞敏著：《敘事學》（湖北省：華中師範大學出版社，2004年），頁24～34。

〔註3〕 直接引語：由引導詞引導並用引號標出人物對話和獨白。自由直接引語：省略引導詞和引號的人物對話和內心獨白。間接引語：敘述者以第三人稱明確報告人物語言和內心活動。自由間接引語：敘述者省掉引導詞以第三人稱模仿人物語言和內心活動。胡亞敏著：《敘事學》，頁90。

〔註4〕 等述（敘述時間＝故事時間）、概述（敘述時間＜故事時間）、擴述（敘述時間＞故事時間）、省略（敘述時間暫停，故事時間無聲的流逝）、靜述等（故事時間暫停，敘述充分展開）參見胡亞敏著：《敘事學》，頁75～84。

〔註5〕 胡亞敏著：《敘事學》，頁85。

〔註6〕 環形情節的主要特徵是缺少一個貫穿始終的主線，全文由許多小故事組成。而環形情節又分為兩種，一為連環式，一為並列式，連環式是由一個故事引出另一個故事，環環相扣。並列式則是由許多獨立的小故事組合而成。胡亞敏著：《敘事學》，頁130～131。

亂時間順序和因果關係，淡化人物和情節。

分析敘述者類型與視角、聚焦，不僅可以告訴我們敘述者所扮演的角色，更能了解作者的立場。人物引言能清楚判斷敘述者與說話者的關係。而經由時序、時限及敘述頻率的安排，可了解事件的重要性及作者所欲強調的內容，則能看出作者敘述的巧思。情節類型方面，更是標明情節發展的軌跡，顯示情節的組織關係。這皆有助於深入體會敘述者的呈現方式。以下分別探析史傳、諸子散文及詩賦三方面的敘事呈現，基於篇幅安排及敘寫方便，將前三者敘述者類型、聚焦與視角、話語模式置於一起敘述，而時間敘述、情節類型一併說明，最後再輔以敘述模式及藝術手法，冀能呈現其異同與特色。

第一節　史傳夢喻的表述方式

透過敘事學分析敘述方式，有助於了解作者的巧思與表達技巧，也能思索敘述技巧與目的間的關聯，功能甚多。以下將一一介紹史傳夢喻的表述方式。

一、從敘述者及視角分析：異敘述者、非聚焦型及內聚焦型

史傳的敘述者為史家，為了使史書客觀的呈現，以第三人稱的方式著墨，而將自身的看法置於篇末以「某某曰」的方式表達，如《史記》以「太史公曰」，《漢書》、《後漢書》以「贊曰」，《前漢記》以「荀悅曰」及「讚曰」，皆以此在篇末表明自身觀點。然而，亦有純客觀敘事者，如《東觀漢記》、《吳越春秋》、《越絕書》等。大抵史傳的敘述以旁觀者的立場表述，盡量不偏頗。在敘述者類型方面，史傳中明顯的是由史家述歷史，而史家敘述的人物多為帝王、諸侯王的事蹟，當然也有列傳的英雄等事蹟，以第三人稱敘述史事，因此為異敘述者及自然而然的敘述者。復次，由法國敘事學家熱奈特（Gerard Genette，1930-）的外部層次與內部層次來區分，史傳可說是包含兩者，既有外部層次的敘述，也有本文所重視——夢所構成的內部層次。如下圖所示：

圖表 2-1 外內部層次說明圖

外部層次（原本故事）

內部層次（故事中人物所述之故事）

外部層次即是原本故事中的敘述，而內部層次則由故事中人物所敘述之故事，如天方夜譚中藉由故事中人物說故事一般。在本文夢的敘事中，因夢為私人所感知，旁人欲知其夢境，必透過夢者之口敘述，因此歸為內部層次。史傳中最明顯的例子為：

> 宋元王二年，江使神龜使於河，至於泉陽，漁者豫且舉網得而囚之，置之籠中。夜半，龜來見夢於宋元王曰：「我為江使於河，而幕網當吾路。泉陽豫且得我，我不能去。身在患中，莫可告語。王有德義，故來告訴。」元王惕然而悟。乃召博士衛平而問之曰：<u>「今寡人夢見一丈夫，延頸而長頭，衣玄繡之衣而乘輜車，來見夢於寡人曰：『我為江使於河，而幕網當吾路。泉陽豫且得我，我不能去。身在患中，莫可告語。王有德義，故來告訴。』是何物也？」</u>〔註7〕

原本的情節敘述為外部層次，宋元王講述自身的夢境則為內部層次，由外部次層次轉換到內部層次，可使內容多樣、豐富及趣味，但重要的是可透過視角移轉，展現不同的視野與想法。雖然，史傳中較常以「自由間接引語」的方式敘述，較難明顯展現內外層次，然而夢在其中的內在層次仍是存在。「自由間接引語」將在下文詳細說明之。再者，史傳以自然而然的敘述者呈現，表示敘寫史事時欲呈現的是客觀敘述，而非干預敘述者，僅最後以「某某曰」說明自身看法，表現觀點，以敘述整體來說，仍屬客觀敘述者。史傳表達的方式是既能呈現史實，也能突顯作者看法的多重呈現。然而，應該澄清的是：歷史記載本身就是一種篩選、編輯的過程，敘述者認為重要的史料將被描述，不重要者被淘汰，這其中仍存有敘述者的主觀態度，這點不容置疑。

就聚焦與視角方面來說，視角並非不可改變，可由單人的視角，轉變為其他

〔註7〕 司馬遷撰，楊家駱主編：《史記》（台北：鼎文書局出版，1993年，新校本史記三家注并附編二種），冊四，卷一百二十八，〈龜策列傳〉第六十八，頁3229。

人視角，不一定只聚焦於某人身上。史傳通常採非聚焦型（全知角度）展開論述，並不聚焦於任何一人身上，敘述者無所不知，能預知或回顧，深入了解人物的心理與作為，因此能得到讀者的信服。其中亦不乏以內聚焦型（限知角度）呈現者，表達個人的見聞。然而，夢境敘述則皆以內聚焦型（限知角度）呈現，以做夢者所見所聞敘述。以下舉《漢書》〈公孫劉田王楊蔡陳鄭傳〉說明之：

> 車千秋，本姓田氏，其先齊諸田徙長陵。千秋為高寢郎。會衛太子為江充所譖敗，久之，千秋上急變訟太子冤，曰：「子弄父兵，罪當笞；天子之子過誤殺人，當何罪哉！臣嘗夢見一白頭翁教臣言。」是時，上頗知太子惶恐無他意，乃大感寤，召見千秋。至前，千秋長八尺餘，體貌甚麗，武帝見而說之，謂曰：「父子之間，人所難言也，公獨明其不然。此高廟神靈使公教我，公當遂為吾輔佐。」立拜千秋為大鴻臚。〔註8〕

《漢書》對車千秋的介紹，是以第三人稱旁觀者的立場著筆，然而筆至千秋上急變訟太子冤，曰：「……臣嘗夢見一白頭翁教臣言」此處以車千秋的視角、聲音說明。再來又言「上頗知太子惶恐無他意，乃大感寤」，這是將皇上內心的想法呈現，敘述者以全知的角度來觀看人物的發展與心理，並非將視角聚焦於某一人身上，因此屬於非聚焦型（全知角度）視角。復次，史傳中亦有以內聚焦型（限知角度）敘述者，如《漢書》「其先劉媼嘗息大澤之陂，夢與神遇。是時雷電晦冥，太公往視，則見蛟龍於其上。已而有身，遂產高祖。」〔註9〕見到蛟龍則是以太公的視角看到的。而夢境敘寫的部份更是如此，《史記‧鄭世家第十二》中言：「文公之賤妾曰燕姞，夢天與之蘭，曰：『余為伯儵。余，爾祖也。以是為而子，蘭有國香。』」〔註10〕燕姞夢見天授予她蘭花，並聽見祖先的聲音，說明授予蘭花之因。這一個夢境的視角在燕姞的身上，敘寫她的所見所聞。

再者，夢境的引言，史傳也自有一套話語模式。以夢境的部份來看，書寫夢中所見用「自由間接引語」的方式，直接省略掉引導詞而以第三人稱模仿人物的語言和內心活動。如上述「夢天與之蘭」、「其先劉媼嘗息大澤之陂，夢與神遇」及「二世夢白虎齧其左驂馬」、「上寢疾，夢祖宗譴罷郡國廟園」

〔註8〕 班固撰，顏師古注：《漢書》（台北：明倫出版社，1972年），冊四，卷六十六，〈公孫劉田王楊蔡陳鄭傳〉第三十六，頁2883～2884。

〔註9〕 班固撰，顏師古注：《漢書》，冊一，卷一，〈高帝紀〉第一，頁1。

〔註10〕 司馬遷撰，楊家駱主編：《史記》（台北：鼎文書局出版，1993年，新校本史記三家注并附編二種），冊三，卷四十二，〈鄭世家〉第十二，頁1765。

等，皆省略了引導詞，夢為私我的，若非由做夢者說出口，無法得知。敘寫者直接模仿人物的語言，並不加引號、引語，使敘述更為簡潔、生動。人物於夢中所聞部份，史傳仍使用「直接引語」。直接引語是由引導詞引導，如「某某曰」，並用引號標出人物對話和獨白，彷彿如實的再現被敘述者的聲音。例如《史記》中的〈衛康叔世家第七〉及〈晉世家第九〉中所述：

> 九年，襄公卒。初，襄公有賤妾，幸之，有身，夢有人謂曰：「我康叔也，令若子必有衛，名而子曰『元』。」妾怪之，問孔成子。成子曰：「康叔者，衛祖也。」及生子，男也，以告襄公。〔註11〕

> 初，武王與叔虞母會時，夢天謂武王曰：「余命女生子，名虞，余與之唐。」及生子，文在其手曰「虞」故遂因命之曰虞。〔註12〕

將有人告訴襄公賤妾的話，亦以直接引語表達，雖然其中的話語非夢者所言，但是仍然是由夢者之口說出。夢中所聽到的聲音，明白表示誰夢、誰說，與夢境所見的自由間接引語有明顯差別。夢中所聽的描述也是時限中的等述，將於下文時間的表述中詳細說明。夢中的視與聽，原是一體的，然經過史傳引語模式的不同，竟似乎使兩者分別開來，這不可不謂為敘述者的巧思。史傳更有一特點，就是喜愛省略主詞，同一主詞者就繼續往下敘寫，不再贅言主詞，而同時省略引導詞與主詞，將更能拉近敘寫者與被敘寫者的距離。

經由上述史傳夢境敘述的分類，主要能讓讀者了解為了達到創作目的，所使用的敘事方法也不盡相同，如史傳欲達到客觀介紹的目的，以第三人稱旁觀者的態度來敘述。為了強調作者夢敘述的真實，使用了非聚焦型（全知角度）來敘述，展現無所不知，無所不曉，使讀者信任。夢境視角以內聚焦型（限知角度）說明夢者所見所聞，連夢境敘述引語方式都能展現巧思，皆使人彷彿身歷其境的真實。因此，雖是歷史，敘寫卻不呆板、單調，使史傳亦能與小說一般，引人入勝。除了內容外，這正是敘事方法的貢獻。此外，時間安排對於史傳書寫亦非常重要，該省略或擴寫，皆關係著焦點的呈現，以下將細究之。

〔註11〕 司馬遷撰，楊家駱主編：《史記》（台北：鼎文書局出版，1993年，新校本史記三家注并附編二種），冊二，卷三十七，〈衛康叔世家〉第七，頁1598。
〔註12〕 司馬遷撰，楊家駱主編：《史記》冊三，卷三十七，〈衛康叔世家〉第七，頁1635。

二、夢時間敘述與情節：順序、閃回（倒敘）、閃前（預敘）

　　史書的基本元素是「時間」，敘述通常以時間先後順序排列，在敘述事件前先點明時間，交代背景以利讀者閱讀。史傳大部分安排是採取順時序的方法，尤其是背景時間，將年代以順時序的方式排列呈現。然而事件的敘述時間，則豐富多元，除了順時序外，還包含逆時序中的閃回（倒敘）、閃前（預敘）及交錯〔註13〕。下文所舉爲順敘、閃回（倒敘）合用之例，又爲鏡框式結構：

> 晉景公之三年，大夫屠岸賈欲誅趙氏。（現在）
>
> 初，趙盾在時，夢見叔帶持要而哭，甚悲；已而笑，拊手且歌。盾卜之，兆絕而後好。趙史援占之，曰：「此夢甚惡，非君之身，乃君之子，然亦君之咎。至孫，趙將世益衰。」（過去）
>
> 屠岸賈者，始有寵於靈公，及至於景公而賈爲司寇，將作難，乃治靈公之賊以致趙盾，遍告諸將曰：「盾雖不知，猶爲賊首。以臣弒君，子孫在朝，何以懲罪？請誅之。」韓厥曰：「靈公遇賊，趙盾在外，吾先君以爲無罪，故不誅。今諸君將誅其後，是非先君之意而今妄誅。妄誅謂之亂。臣有大事而君不聞，是無君也。」屠岸賈不聽。韓厥告趙朔趣亡。朔不肯，曰：「子必不絕趙祀，朔死不恨。」韓厥許諾，稱疾不出。賈不請而擅與諸將攻趙氏於下宮，殺趙朔、趙同、趙括、趙嬰齊，皆滅其族。（現在）〔註14〕

此則以「鏡框式」結構的手法呈現，圖示如下：

圖表 2-2　鏡框式結構敘述手法說明圖

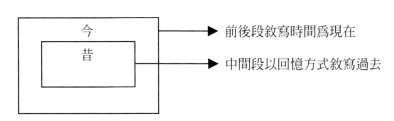

- 前後段敘寫時間爲現在
- 中間段以回憶方式敘寫過去

〔註13〕閃回，又稱「倒敘」，即回頭敘述先前發生的事情。它包括各種追敘及回憶。閃前，又稱「預敘」，指敘述者提前敘述以後將要發生的事件。交錯，即閃回（倒敘）、閃前（預敘）的混合運用。參見胡亞敏著：《敘事學》（湖北省：華中師範大學出版社，2004 年），頁 65～73。

〔註14〕司馬遷撰，楊家駱主編：《史記》（台北：鼎文書局出版，1993 年，新校本史記三家注并附編二種），冊三，卷四十三，〈趙世家〉第十三，頁 1783。

　　顧名思義如鏡框之形的敘述方式，時間敘寫依序為：今—昔—今。前兩句是現在，陳述年代，而從「初，趙盾在時……至孫，趙將世益衰。」是屬於過去的夢境及徵兆，預示往後的結果。後又從屠岸賈者的背景介紹起，然後回到晉景公三年之時，將過去夢境置於現在敘述中，以回憶的方式呈現，也使夢境的發生與應驗結果相連，加快時間的節奏感。其中，由現在—過去的描述，使用了逆時序中的閃回，也就是倒敘的手法。然而過去—現在，則是使用順時序的手法，這種鏡框式的敘述，同時使用逆時序與順時序，令人印象深刻。

　　逆時序除了閃回（倒敘）外，閃前（預敘）也為史傳所常應用。尤其敘寫夢徵多如此。夢為了達到徵兆的效果，常以「預敘」的方式呈現。像是《史記・趙世家第十三》的鈞天廣樂之夢，預言時間比發生時間相差七世：

> 帝告我：『晉國且世衰，七世而亡，嬴姓將大敗周人於范魁之西，而亦不能有也。今余思虞舜之勳，適余將以其胄女孟姚配而七世之孫。』
> 〔註15〕

鈞天廣樂之夢在晉國未衰、七世之孫尚未出生前，提前將結果的發展告訴讀者，就是使用預敘的手法。夢喻在史傳是告知的作用，開端以夢徵兆後果，其後，再加以應驗。預敘有強化閱讀者興趣的功用，在一開始給予徵兆，引發讀者的好奇心，引發閱讀的興致，使讀者好奇結果是否與徵兆相同。然而，就夢境本身內容來說，夢本身為畫面與聲音的傳達，是以按照順序將夢境中的情景重現。由以上可瞭解到夢境的敘述在史傳中是一個有機體，隨著作者敘述的需要而嵌入，發揮畫龍點睛的效果。

　　再者，從時限方面探討，時限共分為五種，上述已說明之。史傳在時限方面使用廣泛多元，遇到重要的史實，以等述的方法敘述，如不重要者，則使用省略或概敘。以下舉例說明之：

（一）等述（敘述時間＝故事時間）

　　等述就是敘述的時間與故事的時間是相等的，一五一十的描述當時的情景或對話，使人如臨其境。如上文探討夢境所聞以直接引語方式呈現，引用《史記》〈衛康叔世家第七〉及〈晉世家第九〉兩則，將夢境中人物所講的話原原本本托出，就是以等述的方式。甚至是將占夢所得的結果一五一十的呈

〔註15〕司馬遷撰，楊家駱主編：《史記》（台北：鼎文書局出版，1993 年，新校本史記三家注并附編二種），冊三，卷四十三，〈趙世家〉第十三，頁 1787。

現，都是屬於等敘的部份。如《史記》〈趙世家第十三〉：

> 王召筮史敢占之，曰：「夢衣偏裻之衣者，殘也。乘飛龍上天不至而
> 墜者，有氣而無實也。見金玉之積如山者，憂也。」〔註16〕

筮史對於君王所做之夢一一的解釋，並顯示此為壞預兆，筮史的解夢被詳細
的描述，並非無意義，史傳作者可藉此解夢強調徵兆的徵驗作用，及其實現
的必然性。史傳常以如實的等述描寫重要情節，相反的，若不重要的情節或
是並非作者所欲強調者，則用概述或省略的方式敘述。在此，筮史所占之夢
被完整呈現，正是因為此夢影響著後來的發展，有預示及前後呼應的功用，
其重要性可想而知。

（二）概述（敘述時間＜故事時間）

概述，簡言之就是大概敘述，沒有將情節一一描繪出，而是大概描述。
通常用來說明人物背景，可使讀者快速的了解人物。或用來敘寫那些沒有發
生重大事件的歲月。又或者直接將所夢之事「夢與神遇」、「夢神靈譴罷諸廟
祠」等簡要說明，也是概述方式的運用。舉《東觀漢記》卷二十一列傳十六
〈張奐〉之例：

> 桓帝時，為武威太守，其妻懷孕，夢見奐帶印綬，登樓而歌。乃訊
> 之于占者，曰：「必生男，復臨茲邦，命終此樓。」既而生猛，以建
> 安中為武威太守，前刺史邯鄲商為猛所殺，據郡反，為韓遂所攻。
> 州兵圍之急，猛自知必死，恥見禽，乃登樓自焚而死。〔註17〕

對張奐的背景時代，僅以「桓帝時，為威武太守」敘述，是為概敘。而張奐
妻所夢與占者所言，為此段的重點在，因此以等述的方式敘寫。又至「既而
生猛」時，又概敘的將事情發生的經過及結果點明，這樣經過概敘至等敘又
概敘的方式呈現，使讀者既知前因後果，卻又不覺累贅、拖延。敘述者將夢
境或應驗的情節加以刪簡，簡潔有力，又能將意義表明。

（三）省略（敘述時間暫停，故事時間無聲的流逝）

省略，是概述的極至，直接將某部份省略，因此，敘述時間暫停，故事
時間也無聲的流逝。《史記·管蔡世家第五》：

〔註16〕 司馬遷撰，楊家駱主編：《史記》（台北：鼎文書局出版，1993年，新校本史
記三家注并附編二種），冊三，卷四十三，〈趙世家〉第十三，頁1824、1825。
〔註17〕 劉珍等撰，〔民國〕王雲五主編：《東觀漢記》（台北市：台灣商務印書館，1970
年），冊二，卷二十一列傳十六，頁5。

伯陽三年，國人有夢眾君子立于社宮，謀欲亡曹；曹叔振鐸止之，請待公孫彊，許之。旦，求之曹，無此人。夢者戒其子曰：「我亡，爾聞公孫彊爲政，必去曹，無離曹禍。」及伯陽即位，好田弋之事。六年，曹野人公孫彊亦好田弋，獲白鴈而獻之，且言田弋之說，因訪政事。伯陽大說之，有寵，使爲司城以聽政。夢者之子乃亡去。〔註18〕

伯陽三年所夢至六年時，公孫將出現，這其間的歲月並沒有敘述，無聲無息的過了，即是省略的用法。作者以省略帶過，也表示期間並無重大事情直得敘述。另外，由前述中可知，時限的使用並非是固定的，可互相搭配運用，如由等述轉爲概述，或由等述轉省略再轉等述⋯⋯等。史傳作者爲了使幾千年、幾百年的歷史皆恰如其分的躍然紙上，呈現於讀者面前，運用了不同時限的表述方式來描述歷史事件，實在高明。

　　總而言之，史傳夢喻時限方面，依情節的重要性，使用等敘、概敘及省略等。另外兩個時限分類：擴敘、靜敘，因其在夢喻敘述中較少見，故此沒有敘述。夢境爲敘寫重點，故多運用等敘，一一描繪夢情景及對話；至於，前因及後果等，則常以概敘的方式呈現，避免繁雜、累贅，將能迅速掌握其前因後果，又能清楚呈現作者欲意，滿足讀者好奇心，一舉兩得。而對於不會影響前因後果的非重點處，甚至直接予以省略。由此可知，史傳敘寫的夢境是經過去蕪存菁後的精采呈現。

　　在敘述頻率〔註19〕方面，史傳作者視夢重要與否作不同頻率的敘述。大部分使用的頻率爲敘述一次發生一次的事件。然亦有使用多次敘述發生一次的事件，如班固《漢書》在〈郊祀志〉與〈韋賢傳〉中皆描述「上寢疾，夢神靈譴罷諸廟祠」〔註20〕之事，此內容包含於兩主題之中，因此皆加以描述，只是在〈郊祀志〉中，提及此與祭祀相關，而在〈韋賢傳〉中詳細說明經過。甚至，由不同的史書也能發現，重要的史夢，在每本史書中皆會被提及。如：

〔註18〕 司馬遷撰，楊家駱主編：《史記》（台北：鼎文書局出版，1993 年，新校本史記三家注并附編二種）冊二，卷三十五，〈管蔡世家〉第五，頁 1573。

〔註19〕 敘述一次發生一次的事件、敘述幾次發生幾次的事件、多次敘述發生一次的事件、敘述一次發生多次的事件。胡亞敏著：《敘事學》（湖北省：華中師範大學出版社，2004 年），頁 85。

〔註20〕 荀悅撰，王雲五主編：《前漢記》（台北市：台灣商務印書館，1973 年），冊二，〈前漢孝元皇帝紀〉下卷第二十三，頁 7。

高祖母親夢與神遇之事，《史記》、《漢書》、《前漢記》都有敘述，雖然不至完全相同，然所欲表達高祖的不凡與登位的必然性，卻是一致的，可知道高祖母親夢與神遇之夢的重要性。

至於情節類型，史傳以傳記式，所以爲線型中「單線」〔註21〕的方式連接。以某一人物爲主線，敘寫其事蹟，如〈秦始皇本紀〉敘述秦始皇的作爲與敗亡徵兆、〈高祖本紀〉中描寫高祖的事蹟與夢徵，這些情節都是以單線連接。然而在〈外戚世家〉、〈佞幸列傳〉等卻是以環型中「并列」〔註22〕的方式銜接情節。將外戚的事蹟，一一連結於此，如〈外戚世家〉中記載了「薄姬夢蒼龍據腹」及「王美人夢日入其懷」等情節。以「單線」、「并列」不同的形式連接各種夢內容，消弭時代的隔閡，更能相互對照，瞭解其中顯示的意涵。

以史傳而言，夢境敘寫，若直接以聽覺的方式敘寫，完整表達人物所言，沒有省略者，即是以等述的方式表達。若以視覺方式約略描述者則爲概敘。至於夢徵兆結果顯現的部份，通常省略或概述了其中的過程，直接說明結果，這是爲了展現出夢徵兆實現的必然，省略其中的等待期，加深了徵兆的強度。也使節奏輕快明暢，不拖泥帶水。因此，在夢境結束後，大部分時間都爲快速的帶過。有的明顯點出應驗時間如孔子夢坐奠兩楹之間，「後七日卒」。有的僅描述出「果」、「遂」、「後 遂」、「有 頃」、「後」，並未告知應驗的時間。爲了突出夢必有應的特點，史傳大量運用這些果斷的字眼，來強調夢實現的必然。例如：

高后夢見物如蒼狗㧻后腋，忽然不見。卜之，云：「趙王如意爲祟，遂病腋傷」〔註23〕

五年春，夢孔子告之曰：「起，起，今年歲在辰，來年歲在巳。」既寤，以讖合之，知命當終，有頃寢疾。〔註24〕

〔註21〕單線，指只有單一線索的情節類型。與複線相比，它具有主線這一層次，減少或去掉了其他層次，多以一個單一連貫的故事爲主，輔之以相關的次要事件。胡亞敏著：《敘事學》（湖北省：華中師範大學出版社，2004年），頁131。
〔註22〕并列，是由多個相對獨立的小故事構成，這些作品猶如一組組特寫，其組構原則也基於某種語意因素，或是某些現象的概括，或是某種哲理的思索，或是某種特定的情緒。胡亞敏著：《敘事學》，頁132。
〔註23〕荀悅撰，王雲五主編：《前漢記》（台北市：台灣商務印書館，1973年），冊一，〈前漢高后紀〉卷第六，頁8。
〔註24〕范曄撰，楊家駱主編：《後漢書》（台北：鼎文書局出版，1987年，新校本後漢書并附編十三種），冊二，卷三十五，〈張曹鄭列傳〉第二十五，頁1211。

史傳徵驗事件必然實現，因此成為一個重要的特點。甚至以各種時限手法加快應驗的節奏，強調夢必有驗的效果，使讀者更加相信夢喻的功能。

三、史傳夢境敍寫模式

兩漢史傳敍寫歷史事蹟，夢有著不可或缺的地位。往往在最精采的片段，插入一則夢境預示未來，除了引人入勝，也透露了夢徵必驗的思想。由漢代史傳中夢敍述觀察，其敍寫模式如下所示：

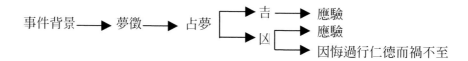

史傳營造一種徵驗的氛圍，有徵必有驗，通常先敍述事件，也就是引起此夢的原因，然後降下夢徵兆，再應驗。也就是說，夢徵是順應事情而發，並非突然降下徵兆的。這樣的敍寫方式，便於史傳作者以夢徵解釋事件的結果，在天命觀盛行的年代，除了增加神秘性，也更有說服力。

占夢可分為自占與他占，能自占者，為文化中約定成俗的解釋。如皇帝夢登天或妾妃胎夢等吉夢，早已成俗，不占夢亦能了解意涵。他占者情節較為複雜，並不能馬上明白意義，需解夢者解讀。上帝或祖先入夢徵兆未來，由占夢者判斷吉凶，若結果為吉，後必應驗；結果為凶，則視夢者是否能接受勸告。若無悔改，凶兆應驗，若改變作為符合仁義，即不應驗。然多數皆為凶兆應驗，逢凶化吉者屈指可數，然以其存在意義來說，極富教育意涵。以下針對幾種典型舉例說明：

（一）吉夢／不須占解：約定俗成，以皇帝夢為主

這類夢徵不須占夢亦能了解其象徵意涵，原因在於這是民族文化約定俗成的，將固定夢象象徵固定意涵。下一章節中公我之夢所述之帝王登天夢、得聖人夢、妃妾胎夢等皆屬於此，皆為帝皇之夢，即使並非帝王所夢，姜妃之夢也是徵兆胎兒為帝王。此類夢不須占卜解夢的過程，即知此為吉夢。以下依序說明之：

> 文帝嘗夢欲上天，不能，有一黃頭郎推上天，顧見其衣尻帶後穿。
>
> 覺而之漸臺，以夢中陰目求推者郎，見鄧通，其衣後穿，夢中所見

也。〔註25〕

武丁夜夢得聖人，名曰說。以夢所見視群臣百吏，皆非也。〔註26〕

男方在身時，王美人夢日入其懷。以告太子，太子曰：「此貴徵也。」
〔註27〕

文帝夢登天、武丁夢聖人得傅說、高祖母親夢與神遇，一切都是那麼不可思議，就因為不可思議，這些夢徵被視為是上天所下的旨意，夢登天與否為登帝之徵；夢得聖人亦真能得之；夢日、月、龍、蘭等胎夢，則能自己或親人等斷為吉夢，胎兒則當為帝或后，貴不可言。其敘寫模式為：

$$\text{夢徵} \longrightarrow \text{自占} \longrightarrow \text{吉} \longrightarrow \text{應驗}$$

在帝王夢中最常如此。事實上，夢是私人的見聞，他人不可知，因此這些早已約定成俗的夢徵，容易成為政權用以統治及蠱惑民心，製造神話來使民眾順從的手段。

（二）吉夢／須占夢：未成為規約，后妃、大臣夢為主

非登帝王之吉夢，則仍需占解夢，可見其未成為規約。如皇后得位之夢、得官位之夢。和熹鄧皇后年少時夢「嘗夢捫天體，蕩蕩正青，滑，有若鍾乳，后仰嗍〔嗽〕之。」〔註28〕占夢後認為此夢與堯曾夢攀天而上，湯曾夢登天舐之相同，認為必當富貴，後果然成為皇后。另外，蔡茂的得官位之夢，亦經一番精彩解夢方得知結果。蔡茂夢大殿上有三穗禾，茂跳取得中穗，然又失之，蔡茂自認為必失中台之位，然而主簿郭賀卻以拆解法告知「失禾為秩」，必將得中台之祿秩。這類沒有固定象徵意涵、固定解夢法之夢，為有靠占解者的智慧，才能將夢的真正的意涵展現。其敘寫模式為：

$$\text{夢徵} \longrightarrow \text{占夢} \longrightarrow \text{吉} \longrightarrow \text{應驗}$$

通常以后妃、大臣之夢為多。因為成為規約，仍須經由解夢者的占解，才能

〔註25〕班固撰，顏師古注：《漢書》（台北：明倫出版社，1972年），冊五，卷九十三，〈佞幸傳〉第六十三，頁3722。

〔註26〕司馬遷撰，楊家駱主編：《史記》（台北：鼎文書局出版，1993年，新校本史記三家注并附編二種），冊一，卷三，〈殷本紀〉第三，頁102。

〔註27〕司馬遷撰，楊家駱主編：《史記》，冊三，卷四十九，〈外戚世家〉第十九，頁1975。

〔註28〕劉珍等撰，王雲五主編：《東觀漢記》（台北市：台灣商務印書館，1970年），冊一，卷六〈列傳：外戚一和熹鄧皇后〉，頁4。

瞭解夢的意涵，後果得應驗。

（三）凶夢／須占夢：不知悔改，禍必速至及壽終之夢

此類敘述爲凶夢的模式，除了夢中人物直接說明夢意涵外，通常由史家或博通者占夢，告知吉凶，並指點補救方法，亦有壽終之夢，徵兆壽命將絕。茲先以《漢書》中〈武五子傳〉爲例：

> 初，賀在國時，數有怪。嘗見白犬，高三尺，無頭，其頸以下似人，而冠方山冠。後見熊，左右皆莫見。又大鳥飛集宮中。……後又血污王坐席，王問遂，遂叫然號曰：「宮空不久，袄祥數至。血者，陰憂象也。宜畏愼自省。」賀終不改節。居無何，征。既即位，後王夢青蠅之矢積西階東，可五六石，以屋版瓦覆，發視之，青蠅矢也。以問遂，遂曰：「陛下，之《詩》不云乎？『營營青蠅，至於藩；愷悌君子，毋信讒言。』陛下左側讒人眾多，如是青蠅惡矣。宜進先帝大臣子孫親近以爲左右。如不忍昌邑故人，信用讒諛，必有凶咎。願詭禍爲福，皆放逐之。臣當先逐矣。」賀不用其言，卒至於廢。〔註29〕

事件背景爲劉賀登位不祥之徵數至，然他卻不改其節，整天無所事事。這樣的行徑必然招徠禍害。於是以夢徵預兆之，他夢青蠅之糞便積於西階東，多到使屋版瓦翻覆，大臣遂占夢認爲是青蠅即是象徵劉賀左側讒人多，必有凶禍。顯示占夢結果爲凶，然劉賀不聽勸諫，不遠離讒人，最後落到被廢的地步。除此則外，許多凶夢皆是以相同的模式進行敘述。面對凶夢的徵兆，多數帝皇不願聽從大臣或解夢者的規勸，因此，凶夢不再只是徵兆，禍害必定發生。

另外，有些凶夢，雖然仍需占夢，卻與上述不同，非由他人所占，而是自解得之。這屬於不可更改的夢徵，如徵兆壽命。《史記·孔子世家第十七》言孔子「昨暮予夢坐奠兩柱之閒，予始殷人也。後七日卒。」〔註30〕孔子並非不用占夢，而是自己解夢。由夏人殯於東階，周人殯於西階，殷人殯於兩柱之間來判斷，孔子爲殷人，故得知自己將不久於人事。另外，鄭玄亦有相同的經驗。《後漢書》〈張曹鄭列傳〉中夢孔子告之曰：「起，起，今年歲在辰，

〔註29〕班固撰，顏師古注：《漢書》（台北：明倫出版社，1972 年），冊四，卷六十三，〈武五子傳〉第三十三，頁 2766。

〔註30〕司馬遷撰，楊家駱主編：《史記》（台北：鼎文書局出版，1993 年，新校本史記三家注并附編二種），冊三，卷四十七，〈孔子世家〉第十七，頁 1944。

來年歲在巳。」〔註31〕孔子自夢歲終，而鄭玄夢孔子言歲年，因此以讖合之，知命當終。這種夢徵與下一類型所欲強調的行仁義即可免禍不同，是屬於不可避免的死亡之徵。此種敘寫模式的表現為：

$$事件背景 \longrightarrow 夢徵 \longrightarrow 占夢 \longrightarrow 凶 \longrightarrow 應驗$$

這種模式佔史傳敘寫夢喻的大部份，顯示夢徵必驗思想為當時所崇信，更能展現夢徵兆的重要性。

（四）凶夢／須占夢：雖有惡徵，改過行仁，而避禍遠害

　　史傳敘述在事件的開端，即以夢徵顯示後果，但是這樣的徵兆，並非沒有轉圜的餘地。如能更改作為，符合仁義的話，將能避開禍害。雖然這樣的例子在史傳中僅有一例，卻非常重要。例如：《後漢書‧孝明八王列傳》中梁節王暢的事蹟：

> 暢性聰惠，然少貴驕，頗不遵法度。歸國後，數有惡夢，從官卞忌自言能使六丁，善占夢，暢數使蔔筮。又暢乳母王禮等，因此自言能見鬼神事，遂共占氣，祠祭求福。忌等諂媚，雲神言王當為天子。暢心喜，與相應答。永元五年，豫州刺史、梁相舉奏暢不道，考訊，辭不服。有司請征暢詣廷尉詔獄，和帝不許。有司重奏除暢國，徙九真，帝不忍，但削成武、單父二縣。
>
> 暢慚懼，上疏辭謝曰：臣天性狂愚，生在深宮，長養傅母之手，信惑左右之言。及至歸國，不知防禁。……臣暢知大貸不可再得，自誓束身約妻子，不敢複出入失繩墨，不敢複有所橫費。租入有餘，乞裁食睢陽、穀孰、虞、蒙、寧陵五縣，還餘所食四縣。臣暢小妻三十七人，其無子者願還本家。自選擇謹敕奴婢二百人，其餘所受虎賁、官騎及諸工技、鼓吹、倉頭、奴婢、兵弩、廄馬皆上還本署。……
>
> 詔報曰：「朕惟王至親之屬，淳淑之美，傅相不良，不能防邪，至令有司紛紛有言。今王深思悔過，端自克責，朕惻然傷之。志匪由王，咎在彼小子。一日克己復禮，天下歸仁。王其安心靜意。茂率休德。《易》不云乎：『一謙而四益。小有言，終吉。』強食自愛。」暢固

〔註31〕范曄撰，楊家駱主編：《後漢書》（台北：鼎文書局出版，1987 年，新校本後漢書并附編十三種），冊二，卷三十五，〈張曹鄭列傳〉第二十五，頁 1211。

讓，章數上，卒不許。〔註32〕

暢初始驕傲、不聽勸，其中數有惡夢即是徵兆，仍不知悔過。直至，遭受讒言將抄家，才省悟。開始端正品行，更誓言約束妻子節約，顯示出其誠心悔悟，皇帝爲他作爲所感動，並不加以責怪。終吉。表面上看似災禍爲天所降，人不可違逆，實際上若能改過遷善，禍遠矣！善至也。因此，徵兆乃只是警惕與警告意涵，凶禍應驗乃咎由自取。其敘寫模式爲：

夢徵 ──→ 占夢 ──→ 凶 ──→ 因悔過行仁德而禍不至

此爲孤證，可見在漢代史傳中，仍十分強調或相信夢徵驗的思想。然而，至少行仁德遠禍的思想已萌芽。

四、比象法：民族心理的積澱和約定俗成的民俗

　　史傳中因著重在於夢徵兆與應驗的連結，因此運用比象法來解釋夢象。申潔玲在《夢文化》中將比象法解釋如下：比象法就是以比喻和象徵的方法解釋夢象。這種解釋法中的夢象與夢兆之間的關係，多半是基於民族心理的積澱和約定俗成的民俗。如以登高爲升官顯貴之兆，以日月龍鳳爲帝王后妃之兆。比喻和象徵雖然有區別，但在對夢的解釋中總是互相滲透，比喻帶象徵的意味，象徵中有比喻，所以合稱比象。〔註33〕

　　史傳中最常用於帝王之夢中，尤其是以日、月、龍、鳳比喻象徵成爲帝王后妃，下一章所言的的妾妃胎夢皆屬於此。如《史記》中記載，「薄姬曰：『昨暮夜妾夢蒼龍據吾腹。』」〔註34〕所生之子，後成爲漢文帝。而「王美人夢日入其懷。」〔註35〕後爲漢武帝。《漢書》及《前漢記》皆錄夢月爲后，如：「皇后字正君。方妊正君，夢月入懷。」〔註36〕例子比比皆是。可見，比象法使用之普遍。另外，還有以夢登天來比象登皇位與否。如：

「王夢衣偏裻之衣，乘飛龍上天，不至而墜」〔註37〕

〔註32〕范曄撰，楊家駱主編：《後漢書》（台北：鼎文書局出版，1987年，新校本後漢書并附編十三種），冊三，卷五十，〈孝明八王列傳〉第四十，頁1676～1677。

〔註33〕申潔玲編著：《夢文化》（北京：中國經濟出版社，1995年），頁44～45。

〔註34〕司馬遷撰，楊家駱主編：《史記》（台北：鼎文書局出版，1993年，新校本史記三家注并附編二種），冊三，卷四十九，〈外戚世家〉第十九，頁1971。

〔註35〕司馬遷撰，楊家駱主編：《史記》，冊三，卷四十九，〈外戚世家〉第十九，頁1975。

〔註36〕荀悅撰，王雲五主編：《前漢記》（台北市：台灣商務印書館，1973年），冊二，〈前漢孝元皇帝紀〉上卷第二十一，頁1。

〔註37〕司馬遷撰，楊家駱主編：《史記》（台北：鼎文書局出版，1993年，新校本史

光武曰：「我昨夜夢乘赤龍上天，覺悟，心中動悸。」〔註38〕

皆將登天比喻象徵爲登帝位，如果登天成功，表示將平步青雲，若失敗，表示將喪失皇位或國家。因此，孝文帝夢中靠黃頭郎助之登天後，急於尋找他並加以重用，皆因此之故。因此，夢境的意涵不一定是直解的，比象法就是利用所夢事物的特徵而加以詮釋，使原本自然之境與人事相結合。

比象法是基於民族心理的沉澱和約定成的習俗，使用於固定的夢象表達象徵意涵，並非所有史傳之夢皆以比象法解釋。有依夢象直接解釋的「直解法」，或是「解字法」、「諧音法」等，非常豐富，在此不多贅述。

第二節　諸子散文夢喻的表述方式

進入諸子散文的敘事分類之前，或許應該先解決大家的疑惑，諸子散文有敘事嗎？不可諱言，諸子散文中有完全的議論，或許不涉及敘事的部份，然本文所研究的文本在於夢，夢存在諸子散文中多屬於例證的部份，援引他處的夢例爲證，因此多少涉及敘事，將史夢的情景再現，說明其意義或分析夢事。故本文將之以敘事學的方式分類論述。

一、敘述者類型與視角呈現

諸子散文與史傳記述史實不同，諸子散文爲議論事理，目的在於說服君王或說明己見，以第三人稱來主觀的論述思想。諸子散文以夾敘夾議的方式說明道理、加強論點，增加說服力。諸子散文敘述者爲作者，如果其中舉自身經驗爲例，則是同敘述者，然而此情形較少，就夢喻來說，諸子取材自史傳的夢例居多，作爲引證自身的論點，故也是屬於異敘述者，作者與敘述者不同。如《說苑・善說》：「陳子曰：『夫善亦有道，而遇亦有時。昔傳說衣褐帶劍而築於秕傳之城，武丁夕夢旦得之，時王也。』」〔註39〕舉武丁夢傳說，並重用之，來說明善說之理。其中，不管是陳子所述，或以夢例爲證，皆爲異敘述者。至於，外部層次與內部層次的區分，基本上除非整篇都在寫

記三家注并附編二種），冊三，卷四十三，〈趙世家〉第十三，頁1825。

〔註38〕范曄撰，楊家駱主編：《後漢書》（台北：鼎文書局出版，1987年，新校本後漢書并附編十三種），冊一，卷十七，〈馮岑賈列傳〉第七，頁645。

〔註39〕劉向編，王雲五主編：《新序、說苑、潛夫論》（台北市，台灣商務，1968年），卷十一〈善說〉，頁108。

夢，否則，一定能區分出外部層次與內部層次，諸子散文也不例外。諸子散文雖是擷取部分史例來印證事理，卻仍能明顯區別出夢的內部層次與外部層次的不同，既然與史傳相同，在此不多舉例。再者，諸子散文多爲自我意識的敘述者，以自我意識爲主，舉史實爲例，是爲了說明對史事的看法，表明自身的態度，也因此，採干預敘述者的方式，將事情的原委呈現外，並加入自身的觀點。茲以《論衡‧商蟲篇》爲例：

> 昌邑王夢西階下有積蠅矢，明旦召問郎中龔遂。遂對曰：「蠅者、讒人之象也。夫矢積於階下，王將用讒臣之言也。」由此言之，蠅之爲蟲，應人君用讒，何故不謂蠅爲災乎？如蠅可以爲災，夫蠅歲生，世間人君常用讒乎？〔註40〕

文末，爲作者自身的觀點，因此爲干預敘述者，時時點出自身的看法，使讀者清楚瞭解作者的態度。作者對史夢詮釋的看法不認同，有感而發。他認爲蠅與人君用讒，期間並無相關，因此，以詼諧的口吻來表明其謬誤。由此可見，諸子對於夢境的詮釋已經產生疑惑，甚至認爲是無稽之談。

就視角、聚焦方面來說，由於諸子散文是設定題目加以議論，論述多聚焦在義理內容。唯在舉例中，援引史夢爲例，則涉及敘事學中的視角、聚焦。既然是援引史夢，其視角與聚焦與史夢同，採用的是限知視角、內聚焦，也就是以做夢者的角度、聲音來敘寫夢境，這時的所見所聞是有所偏限的，僅在於做夢者內的。例如賈誼《新書》卷七〈諭誠〉篇中所述：

> 文王晝臥，夢人登城而呼己曰：「我東北隅之槁骨也，速以王禮葬我。」
> 文王曰：「諾。」覺，召吏視之，信有焉。〔註41〕

這夢中的所見所聞，誠然爲文王個人所感知，因此，其視角爲內聚焦型（限知角度）的，而不是非聚焦型（全知角度）的。事實上，夢境的敘寫應該不論在何種文體，都應該是內聚焦型（限知角度），唯有透過夢者之口，才能完整呈現夢境。

再者，諸子散文的夢境中引言也可由上例視之，「夢人登城」屬於視覺，原本仍應該置於引號內，表示由夢者所述，諸子散文以自由間接引語方式表現，彷彿非由夢者敘述；「我東北隅之槁骨也，速以王禮葬我。」一句屬聽覺，

〔註40〕王充著，楊家駱主編：《論衡集解上》（台北市：世界書局，1967年），卷第十六〈商蟲篇〉，頁339。

〔註41〕賈誼撰，盧文弨校《新書》（北京市：中華書局，1985年），卷七〈諭誠〉，頁75。

則以直接引語方式表達，形成兩種層次的敘述。這樣的敘寫模式直接從史傳學習而來，也可說是直接擷取史料內容，故使用的方式也一模一樣。事實上在這舉例部份，諸子散文只是如實的呈現史料，重點在於史料前後之主觀論述、評論部份。就如同熱耐特（Gerard Genette，1930）列出敘述者具有的功能中的「評論功能」，藉由敘述者的介入，將自身的意識形態展現。〔註42〕上述《論衡》〈商蟲篇〉即爲最加例證。不同於王充常以批判的方式呈現，漢初諸子散文則以夢例說明論點。如：

> 臣且以事勢諭天子之言：使匈奴大眾之信陛下也，爲通言耳，必行
> 而弗易，夢中許人，覺且不背其信，陛下已諾，若日出之灼灼，故
> 聞君一言，雖有微遠，其志不疑。〔註43〕

以「夢中許人，覺且不背其信」來說明誠信的重要，即是肯定並相信這樣的作爲，因此也可以視爲評述功能。論述完敘述者類型與視角呈現及引語方式，以下再就時間的安排加以分析。

二、時間的表述與情節：非時序中的塊狀

　　諸子散文以論述爲主，舉史實爲例，散文主要是以某一主題來闡述，那些夢境的敘述與文章並無時間上的牽連，應將之歸爲「非時序」中的「塊狀」〔註44〕較恰當，其主要是按作者主題來使用並加以連結的。如以劉向《說苑·善說》篇中，陳子舉「夕夢旦得傅說」之事來說服梁王「善亦有道，而遇亦有時。」之理。諸子散文的史夢敘述連接是按照作者篇章主題的，與史傳按照時間的情況不同。因此，其時間敘述上並沒有順敘、逆敘之別，年代上也無連接關係，一切以符合主題爲主。

　　諸子散文的夢境引用自史傳，因此，其中亦有等述、概述、省略、擴述等的運用，目地在於汲取所需的資料，佐證自身的想法，或批評其中的荒謬。這是一種史實的敘述，展現出既定的史料。然，爲了突顯出所論述的主題，散文作者史夢情節有時會加以修改。如王符《潛夫論·志氏姓》篇中明顯與《史記》敘述不同：

> 姞氏封於燕，及鄭文公有賤妾燕姞，夢神與之蘭曰：「余爲伯（儵）

〔註42〕 胡亞敏著：《敘事學》（湖北省：華中師範大學出版社，2004年），頁52。
〔註43〕 賈誼撰，盧文弨校《新書》（北京市：中華書局，1985年），卷四〈匈奴〉，頁38。
〔註44〕 塊狀時序，即將時間上並無直接關聯的幾段敘述按其語義組購成敘事作品。
　　　　胡亞敏著：《敘事學》（湖北省：華中師範大學出版社，2004年），頁74。

〔僑〕，余而祖也。以是有國香，人服媚。」及文公見姞，賜蘭而御

之。姞言其夢，且曰：「妾不才，幸而有子，將不信，敢徵蘭乎？」

公曰：「諾。」遂生穆公。〔註45〕

除了神所訴之語有所不同外，《史記》中只有「以夢告文公，文公幸之，而予

之草蘭爲符。遂生子，名曰蘭。」〔註46〕燕姞所言，爲增加的部份，增加此

段後，明顯感覺出文公對於夢的質疑，不若《史記》敘述中文公全盤信任。

可知，東漢王符對於夢徵不若西漢時的相信，展現出不同的思想方向。

在敘述頻率方面，散文中依其敘述主題尋找史例，因此可於不同篇章中有

相同的史例。例如高祖母親夢與神遇一事，除了上述提及多本史傳皆描述外，

在諸子散文中更是熱門，尤其在王充《論衡》一書中，在〈初稟篇〉、〈奇怪篇〉、

〈雷虛篇〉、〈感類篇〉、〈恢國篇〉、〈吉驗篇〉皆有引述，其敘述頻率方面屬於

多次敘述發生一次的事件。不論史傳或是諸子散文敘述，可瞭解到漢代史家、

知識分子對於漢帝國政權的正統性非常重視，此高祖母親夢與神遇之夢成爲揭

示正統性最佳的表達，故不論在史傳或諸子散文多一再提及。諸子散文情節類

形多屬於「非線型」，特徵爲打亂時間順序和因果關係，淡化人物和情節。在

諸子散文敘寫中，功能爲應證並加強論點。如劉向《說苑・辨物》中：

鄭簡公使公孫成子來聘於晉，平公有疾，韓宣子贊受館客，客問君

疾。對曰：「君之疾久矣，上下神祇，無不遍諭也，而無除。今夢黃

熊入於寢門，不知人鬼耶？亦屬鬼耶？」子產曰：「君子明，子爲政，

其何屬之有？僑聞之：昔鯀違帝命，殛之于羽山，化爲黃熊，以入

于羽淵，是爲夏郊，三代舉之。……

虢公夢在廟，有神人面白毛，虎爪執鉞，立在西阿。公懼而走，神

曰：「無走！帝今日使晉襲于爾門。」公拜頓首。覺，召史嚚占之。

嚚曰：「如君之言，則蓐收也，天之罰神也。天事官成。」……三年

虢乃亡。

景公畋於梧丘，夜猶蚤，公姑坐睡而夢有五丈夫，北面倖盧，稱

無罪焉。公覺，召晏子而告其所夢，公曰：「我其嘗殺不辜而誅無

〔註45〕王符撰，汪繼培箋：《潛夫論箋》（台北縣：漢京文化事業有限公司，1984年），
〈志氏姓〉第三十五，頁409。

〔註46〕司馬遷撰，楊家駱主編：《史記》（台北：鼎文書局出版，1993年，新校本史
記三家注并附編二種），冊三，卷四十二，〈鄭世家〉第十二，頁1765。

罪耶？」晏子對曰：「昔者先君靈公畋，五丈夫罟而駭獸，故殺之
斷其首而葬之，曰五丈夫之丘。其此耶？」……故曰，人君之爲
善易矣。〔註47〕

劉向爲了證明辨別夢中所見之物的重要性，將史傳「夢黃熊入於寢門」、「虢
公夢在廟」、「景公夢有五丈夫稱無罪焉」三個不同時間，並無因果關係的
夢事相連，即爲非線型類型的呈現。其原因可與下文敘寫模式相參照而得
之。

三、諸子散文夢敘寫模式

　　劉向以標題表達論述重點，夢例爲證。在諸子散文中，史夢雖只是附庸，
然亦可顯示夢的普及和影響力。史夢若無影響力就不會再被提及。以下分析
諸子散文的夢喻表述方式爲：

（一）以夢例為證

　　西漢諸子散文大部份以此種方式敘述，如劉向《說苑》、《新序》，賈誼的
《新書》，劉安《淮南子》等，都以夢例來應證論題及思想。當然，其中的夢
例援引史傳，故亦存有史傳中徵驗的模式，然並非篇章主體，故不在此詳述，
知其中夢例部分與史傳敘寫模式相同即可。以夢例爲證茲舉劉向《說苑·權
謀》加以說明：

　　聖王之舉事，必先諦之於謀慮，而後考之於蓍龜。白屋之士，皆關
　　其謀；芻蕘之役，咸盡其心。故萬舉而無遺籌失策。……夫權謀有
　　正有邪；君子之權謀正，小人之權謀邪。夫正者，其權謀公，故其
　　爲百姓盡心也誠；彼邪者，好私尚利，故其爲百姓也詐。〔註48〕

一開始先就權謀的意義及正反面論述，甚至認爲應該先考慮權謀，再參考卜
筮之道，漸漸脫離迷信。復次，立論權謀分爲正、邪，正者其權謀爲的是國
家公有的利益，而邪者，爲的則是自身的利益。立論後，則開始舉例，當然，
其中例證不只有是夢事，然本文以夢爲探討對象，故不提其餘例證。其所舉
夢例爲：

〔註47〕劉向編，王雲五主編：《新序、說苑、潛夫論》（台北市，台灣商務，1968年），
　　　　卷十八〈辨物〉，頁182～186。
〔註48〕劉向編，王雲五主編：《新序、說苑、潛夫論》（台北市，台灣商務，1968年），
　　　　卷十三〈權謀〉，頁125。

城濮之戰，文公謂咎犯曰：「吾卜戰而龜熸。我迎歲，彼背歲。彗星見，彼操其柄，我操其標。吾又夢與荊王搏，彼在上，我在下，吾欲無戰，子以為何如？」咎犯對曰：「十戰龜熸，是荊人也。我迎歲，彼背歲，彼去我從之也。彗星見，彼操其柄，我操其標，以掃則彼利，以擊則我利。君夢與荊王搏，彼在上，君在下，則君見天而荊王伏其罪也。且吾以宋衛為主，齊秦輔我，我合天道，獨以人事固將勝之矣。」文公從之，荊人大敗。〔註49〕

由此夢例呼應上文所立論權謀應先於卜筮考慮，因此，咎犯將原本是凶兆的夢境，解為吉兆，使文王有信心能參與戰爭。此為咎犯的權謀，為的是國家的安定，百姓的和樂，可說其權謀為公。幸運的是文公聽從之後，果大勝。顯示占夢者可依其目的解夢，更了解夢的影響甚大，幸虧咎犯並無私心，否則後果堪慮。占解者的欲意與目的將於夢喻敘述意圖、心理一章中說明。此類敘寫模式展現為：

論題 ⟶ 夢例 ⟶ 應證

諸子常引夢例為證，勸戒帝王，可證明夢事例及夢文化在當時君民心目中的分量及影響。

（二）批判夢徵迷信

批判夢，這樣的模式至東漢才開始，而以王充為主，積極批判種種不合理。因此，王充對於夢例的引用，並非用於印證，而是駁斥夢徵。可知王充對夢徵的迷信思維開始反思，冀望能使人認清夢徵中的諸多漏洞，進而不再相信這些史事。於是王充以實事求是的態度來判斷史夢的真偽。如晉侯夢黃熊入於寢門，解夢為黃熊是鯀所化，目的為求祭祀，王充駁斥曰：

夫鯀殛於羽山，人知也；神為黃熊，入于羽淵，人何以得知之？使若魯公牛哀病化為虎，在，故可實也。今鯀遠殛於羽山，人不與之處，何能知之？且文曰：「其神為〔黃〕熊。」是死也。死而魂神為黃熊，非人所得知也。人死世謂鬼，鬼象生人之形，見之與人無異，然猶非死人之神，況熊、非人之形，不與人相似乎！審鯀死，其神

〔註49〕劉向編，王雲五主編：《新序、說苑、潛夫論》（台北市，台灣商務，1968年），卷十三〈權謀〉，頁133。

爲黃熊，則熊之死，其神亦或時爲人，人夢見之，何以知非死禽獸
之神也？信黃熊謂之鯀神，又信所見之鬼以爲死人精也，此人物之
精未可定，黃熊爲鯀之神未可審也。且夢、象也，吉凶且至，神明
示象，熊羆之占，自有所爲。使鯀死，其神審爲黃熊，夢見黃熊，
必鯀之神乎？諸侯祭山川，設晉侯夢見山川，何復不以祀山川，山
川自見乎？人病，多或夢見先祖死人來立其側，可復謂先祖死人求
食，故來見形乎？人夢所見，更爲他占，未必以所見爲實也。何以
驗之？夢見生人，明日〔問〕所夢見之人，不與己相見。夫所夢見
之人不與己相見，則知鯀之黃熊不入寢門。不入，則鯀不求食。不
求食，則晉侯之疾非廢夏郊之禍。非廢夏郊之禍，則晉侯有間，非
祀夏郊之福也。無福之實，則無有知之驗矣。亦猶淮南王劉安坐謀
反而死，世傳以爲仙而升天。本傳之虛，子產聞之，亦不能實。偶
晉侯之疾適當自衰，子產遭言黃熊之占，則信黃熊鯀之神矣。〔註50〕

意味雖眾所皆知鯀死於羽山，卻沒有任何文獻記載鯀後來變爲黃熊。因此，
無法驗證黃熊即是由鯀變成的，怎能隨意認爲黃熊就是鯀？這樣實在太無根
據了，況且人死後爲何魂化爲熊，那熊死後又化爲何者呢？王充舉眾多夢例，
並一一駁斥夢徵的說法，充滿科學精神並分析精闢，因此，促使夢徵的迷信
觀念漸漸爲人所屏除。其敘述模式呈現爲：

論題 ⟶ 夢例 ⟶ 駁斥

這樣的敘寫方式正好與上文完全相反。一爲援夢例爲證，一援夢例爲駁，
卻可說是東漢理性萌芽，反思夢徵兆思想的最佳展現。

四、藝術手法：以彼喻此及設問法的運用

史傳著重於敘寫故事的來龍去脈，因此較多時序、時限上的變化來展現
其巧思。而散文著重於論述，故多用以彼喻此說明論點，更使用設問來引發
讀者的反思等，都強化了敘述的說服力。以下舉例說明：

（一）以彼喻此：使論點說明更具體化

散文論述目的是爲了使讀者了解。故常用以彼喻此的譬喻方式加以說

〔註50〕王充著，楊家駱主編：《論衡集解上》（台北市：世界書局，1967 年），卷第二
十一〈死偽篇〉，頁 432。

明，使文意更加明顯。可分為明喻、暗喻、略喻、借喻。此處所使用的是明喻與略喻的譬喻修辭。明喻，也就是直接將「好像」、「彷彿」者點出，透過譬喻讓讀者更了解想表達的旨意。如西漢劉安《淮南子‧俶真訓》所言：「若人者，千變萬化而未始有極也。弊而復新，其為樂也，可勝計邪！譬若夢，〔夢〕為鳥而飛於天，夢為魚而沒於淵，方其夢也，不知其夢也，覺而後知其夢也。」〔註51〕以夢中的多變來說明人的多變，即是運用明喻修辭。

略喻則省略了「好像」、「彷彿」等喻詞，直接將喻體與喻依點出。如東漢荀悅《申鑒‧雜言上第四》一文：

> 然后知非賢不可任，非智不可從也，夫此之舉宏矣哉。（省略「好像」）膏肓純白，二豎不生，茲謂心寧；省闈清淨，嬖孽不生，茲謂政平。夫膏肓近心而處阨，針之不遠，遠當作達藥之不中，攻之不可，二豎藏焉，是謂篤患。故治身、治國者，唯是之畏。〔註52〕

整篇文章中並沒有出現一個夢字。並且省略了「好像」兩字，直接以史夢來論述政事。以膏肓、二豎為譬，認為治理國家就像是重視身體健康一般。膏肓如果純白，二豎即不生，這就是所謂的心寧。就像是省闈（門）清淨，則嬖孽不生，稱之為政平。既然，人會因為自身健康而不讓二豎入膏肓，當然治理國家時也應不任用非智與非賢者，國家才能有良好政績。

（二）設問法：以疑問激起反思

設問法共分為三種，有疑問、激問、提問等。王充為了駁斥一些荒誕不羈的史夢，採批判的方式分析，因夢境是虛無縹緲的，難以事實反駁，故以設問法中疑問引發思考，激問反詰，點出其中的不合理，並表明自身的意見，雖不直接否定，卻已達到效果。王充《論衡‧奇怪篇》：

> 堯、高祖之母，適欲懷妊，遭逢雷龍載雲雨而行，人見其形，遂謂之然。夢與神遇，得聖子之象也。夢見鬼合之，非夢與神遇乎？安得其實？〔註53〕

王充認為夢見鬼合之或是夢與神遇，並非人所能分辨，因此，提出疑問讓人

〔註51〕劉安等撰，高誘注，楊家駱主編：《淮南子注》（台北市：世界書局，1969年），卷二〈俶真訓〉，頁20。

〔註52〕荀悅著，錢培名校，王雲五主編：《申鑒、春秋繁露、中論》（台北市：台灣商務，1968年），頁20、21。

〔註53〕王充著，楊家駱主編：《論衡集解‧上》（台北市：世界書局，1967年），卷第三〈奇怪篇〉，頁76。

思索其中的眞實性，使讀者了解其中的奇詭處後自然否定夢的迷信。又〈感類篇〉言：

> 天雖奪文王年以益武王，猶須周公請，乃能得之。命數精微，非一臥之夢所能得也。」應曰：「九齡之夢能得也。」難曰：「九齡之夢，文王夢與武王九齡，武王夢帝予其九齡，其天已予之矣，武王已得之矣，何須復請？〔註54〕

由此論述可知王充認爲命數非臥夢可得知，更對於周公請以文王之年增於武王之年，實爲可笑，因既已給予，就不需要再請求了。因此以「何須復請？」激問方法來點明，給予讀者不同的思考方向。

第三節　詩、賦夢喻的表述方式

　　詩的部份，其句法結構與一般的敘事結構不同，有省略主詞或語序倒裝等的敘寫方式，形成與散文敘事的差異。在夢的敘述中也如此。然而，其意象常遞相沿襲，形成一種寫意不寫實的現象，成爲寄託心意的來源。這樣的目的在於能精鍊文章，文章與古人相同意象連接，提升出文章的不凡。另外，詩、賦中不明白說明己意，除了能讓讀者思考作者所欲表達的寄託之情，也可使讀者多方的解讀，更豐富多元。

一、敘述者類型與引言方式

　　詩、賦兩種文體雖然不同，詩是用來抒發情感的，賦以諷諫爲旨，多以第一使人稱主觀的表達，自述親身見聞、情感。而客觀介紹在文句中也偶有呈現，如「宣、曹興敗于下夢兮，魯、衛名謐于銘謠」〔註55〕、班孟堅〈荅賓戲〉的「殷說夢發于傅巖，周望兆動于渭濱」〔註56〕等少數以第三人稱引用史夢，只是大部分仍以主觀的抒發情感或思想爲主。在敘述者類型方面，因爲通常以自身的事例爲抒發對象，爲同敘述者，但上述以第三人稱引述夢例，闡明對史傳事蹟的感想，反映自身的遭遇的作品則是異敘述者。至於，

〔註54〕王充著，楊家駱主編：《論衡集解・上》（台北市：世界書局，1967年），卷第十八〈感類篇〉，頁377～378。

〔註55〕費振剛、胡雙寶、宗明華輯校：《全漢賦》（北京：北京大學出版社，1993年），頁345。

〔註56〕費振剛、胡雙寶、宗明華輯校：《全漢賦》，頁359。

外部層次與內部層次方面，詩是不明顯的，詩不像史傳，運用大量篇幅說明原委，僅以精練的字句來抒發，說明夢中所見如〈在鄒詩〉：

> 我既遷逝，心存我舊，夢我瀆上，立于王朝。其夢如何？夢爭王室。
> 其爭如何？夢王我弼。〔註57〕

清楚表達出夢境地點在瀆上，爭奪王位的情景，而在夢中，自己在輔佐皇帝。而詩大部分可能只以「夢」、「夢想」帶過，並沒有深入的說明夢境。以賦來說，篇幅是比詩擴張不少，而賦本身就是一種敘事文體，較能看出外部與內部層次的差別。甚至，班固〈幽通賦〉、張衡〈思玄賦〉，都是進入夢鄉，醒後將夢中所見占卜，得到省悟。此清醒時為外部敘述，包含夢境的內部層次。然而也有僅以內部層次呈現者，全部皆敘寫夢境，如王延壽《夢賦》以「余夜寢息，乃有非恆之夢。」開端，開始敘寫夢境，最後再以感想總結。這些敘述通常帶有主觀的情感與思想，因此屬於自我意識的敘述者，也會對其中敘述加以論斷，故為干預敘述者。

在視角聚焦方面，其視角為內聚焦型（限知角度），僅呈現某一人的想法、意識，故較能呈現情感、感受，且受限於篇幅較小，也無法展現出非聚焦型（全知角度）的多人視角。上述〈在鄒詩〉即是以韋孟的視角與感受敘述，為限知視角及內聚焦的呈現。夢境視角依舊是內聚焦型（限知角度），透過夢者或自夢呈現。復次，引語方面，以第一人稱主觀角度的敘寫，並無引語方面的問題，畢竟是自己敘寫自己的話語。如〈在鄒詩〉中以第一人稱「我」敘寫。而在第三人稱敘寫客觀史夢之時，引語則採用自由間接引語〔註58〕，以無形的方式呈現，融入於自我的敘述當中。如上述的班孟堅〈荅賓戲〉寫武丁夢傅說一事。然此類在詩、賦中仍數少數。

二、時間的表述與情節：順時序、逆時序中的閃回（倒敘）

詩、賦中多直接展現自我的夢境，因此時序屬於順時序者多，例如〈古詩十九首〉中第十七首〈凜凜歲云暮〉，由夜裡作夢寫至早晨醒來的情景，隨時間先後描述，可說是順序法的最佳例證。然亦有閃回（倒敘）者，如張平子〈思

〔註57〕班固撰，顏師古注：《漢書》（台北：明倫出版社，1972年），冊四，卷七十三，
　　　　〈韋賢傳〉第四十三，頁3106。
〔註58〕自由間接引語：敘述者省掉引導詞以第三人稱模仿人物語言和內心活動。胡
　　　　亞敏著：《敘事學》（湖北省：華中師範大學出版社，2004年），頁90。

玄賦〉「發昔夢於木禾兮，穀崑崙之高岡。」〔註59〕及〈飲馬長城窟行〉中「遠道不可思，夙昔夢見之。夢見在我傍，忽覺在他鄉。」〔註60〕等，由「昔」自可知並非現在所夢，而是過往所做的夢。可知此處爲回憶或回述，屬於逆敘法中的閃回（倒敘）。在內容中以不同的敘事方式，可增加文章的豐富性及變化性。

在時限方面，詩、賦中常以「等敘」爲主，將作者對於夢境的體會與感受如實呈現，令讀者能感受其思與情。詩、賦中的夢與史傳不同，並不強調應驗，因此，夢境後不需關注到應驗與否，時間快慢問題。古詩中的夢已經明顯表達出「記想之夢」的特點，並無徵兆的特點，認爲夢境純粹爲自身想望、思想的呈現。至於敘述頻率，詩、賦用以抒情，多屬於個人，因此，多屬於敘述一次發生一次的事件。另外，詩、賦多記載自身夢事，夢境連接屬於線型中的單線，篇幅亦不若史傳、散文長篇，故情節較爲單一。如漢代〈古詩十九首〉中「凜凜歲雲暮」，以夢良人來抒發妻子思念丈夫的心情，由夢至醒，瞭解一切皆是想望，情節非常的單純，屬於單線類型。

三、詩、賦夢敘寫模式

詩、賦的夢敘寫模式較不明顯，也只能於少數篇章中視之，並不能全面。然本文仍盡量將能歸結者，於此展現。

（一）夢爲心中想望的呈現

在詩的敘述中，先以融情於景開頭，再敘寫夢境中與所思之人，最後點明夢醒成空的悲傷、寂寥心情。依序舉〈古詩十九首〉之〈凜凜歲云暮〉與蔡邕的〈飲馬長城窟行〉爲例說明之：

> 凜凜歲云暮，螻蛄夕鳴悲。涼風率已厲，遊子寒無衣。錦衾遺洛浦，同袍與我違。獨宿累長夜，夢想見容輝。良人惟古懽，枉駕惠前綏。願得常巧笑，攜手同車歸。既來不須臾，又不處重闈。亮無晨風翼，焉能凌風飛？眄睞以適意，引領遙相睎。徒倚懷感傷，垂涕沾雙扉。
> 〔註61〕

〔註59〕 費振剛、胡雙寶、宗明華輯校：《全漢賦》（北京：北京大學出版社，1993年），頁394。

〔註60〕 逯欽立輯校：《先秦兩漢魏晉南北朝詩》（台北市：木鐸出版社，1983年），卷七〈蔡邕〉，頁192。

〔註61〕 逯欽立輯校：《先秦兩漢魏晉南北朝詩》（台北市：木鐸出版社，1983年），卷十二古詩，頁333。

> 青青河畔草，綿綿思遠道。遠道不可思，宿昔夢見之。夢見在我旁，
> 忽覺在他鄉。他鄉各異縣，展轉不相見。枯桑知天風，海水知天寒；
> 入門各自媚，誰肯相爲言？客從遠方來，遺我雙鯉魚。呼兒烹鯉魚，
> 中有尺素書。長跪讀素書，書中竟如何？上言加餐飯，下言長相憶。
> 〔註62〕

〈凜凜歲云暮〉的前四句與〈飲馬長城窟行〉的首二句，皆是屬於景色的部份，然由「螻蛄夕鳴悲」的「悲」字及「青青河畔草，綿綿思遠道」的「思」字，皆能體會到作者融情於景。再者，〈凜凜歲云暮〉由「夢想見容輝」後開始進入夢境，描寫夢中與丈夫的歡樂，甚至夢到他來迎娶的情景，希望能永遠過著歡笑的日子，度過一生。然而夢醒後才知丈夫並不在身邊，一切只是一場夢，內心惆悵、悲傷，眼淚不禁流下。最後，著重對於情的描寫。〈飲馬長城窟行〉的夢境敘寫非常簡短，以「宿昔夢見之。夢見在我旁，忽覺在他鄉。」言之，快速的表達夢境落空，表達思念愈深，失落愈大。直到最後一句，才由信中的言語，表達出丈夫對妻兒的思念，相對的也表達了妻兒對丈夫的思念，以情結尾。其敘寫方式爲：

寫景 ⟶ 夢 ⟶ 情

以寫景至作夢再抒情的敘寫方式呈現，透過夢，加深無法達到期待的哀愁。

（二）夢為義理體悟的過程

在賦中，因爲敘寫的篇幅長，而又有不同的表述手法，如此處將夢的呈現視爲義理體悟的過程，又如下文視夢爲不當期待的抑制，不論何者，皆能展現出敘寫者以夢喻形式突顯自身想法的目的。如〈幽通賦〉與〈思玄賦〉。〈幽通賦〉中班固夢神仙授予他葛藟，使他免於掉下峻谷，醒來後請占夢。占夢結果爲吉，然而卻又有明顯的警誡意涵，有墜落深淵的危機，需要步步謹愼小心。最後，使班固體悟到：即使，前方禍福難明，只要依道行事，一切將能逢凶化吉。這也可說是班固對自我的信心喊話，鼓起勇氣面對未來的艱苦。而張衡的〈思玄賦〉則由木禾之夢後開始遊歷，往東、南、西遊歷一番，最後由夢中回到現實。又由占木禾之夢，導引自己思念家鄉故居，顯示官場黑暗而興起歸鄉隱居的念頭。更害怕若不歸隱，到時遭受宦官讒言，則

〔註62〕 逯欽立輯校：《先秦兩漢魏晉南北朝詩》，卷七〈蔡邕〉，頁192。

不能全身而退。〈幽通賦〉、〈思玄賦〉中表面上形式是：

$$夢 \longrightarrow 占（解）夢 \longrightarrow 心有體悟$$

實際上卻是作者整理內心錯綜複雜的思緒。藉由占夢的儀式，來表達自我的心情與體悟，也是對現實與理想差距的宣解。這類是由夢中的遊歷體會人世的哲理，醒後進而感悟，可見夢既有宣解現實不遇的功能，亦能帶領人積極的體悟道理。

（三）夢為不當期待的抑制

在東漢賦中，盛行一種期待美人入夢交靈，但最後希望成空，舉幾則為例：

　　〈止欲賦〉：「忽假暝其若寐，夢所懽之來征。魂翩翩以遙懷，若交
　　　　　　　　好而通靈。」〔註63〕

　　〈正情賦〉：「魂翩翩而夕遊，甘同夢而交神。晝彷徨于路側，宵耿
　　　　　　　　耿而達晨。」〔註64〕

　　〈閑邪賦〉：「排空房而就衽，將取夢以通靈。目炯炯而不寐，心忉
　　　　　　　　怛而惕驚！」〔註65〕

假暝等待美人入夢、希望同夢而交神、換裝準備就寢，這些都是希望能等待美人入夢，最後只能「宵耿耿而達晨」沒有所獲，這些賦以止欲、正情、閑邪為題，藉此來說明這些不正當的期待是需要加以制止的。其敘寫的模式呈現是：

$$期待美人入夢 \longrightarrow 希望落空$$

雖然寫的是希望美人入夢而希望落空，事實上是以此說明應對現實中種種不當慾望的抑制。

四、藝術手法：以夢設譬，抽象表述

漢代古詩中所呈現的夢是淺白易懂的，不含多餘的修飾，通常以白描夢境表達思念之情，更以「夢想」詞等來表達心情。而漢賦則不如此，多以夢表達抽象的情感，如人生的目標、理想等。

〔註63〕費振剛、胡雙寶、宗明華輯校：《全漢賦》（北京：北京大學出版社，1993年），
　　　　頁701。

〔註64〕費振剛、胡雙寶、宗明華輯校：《全漢賦》，頁729。

〔註65〕費振剛、胡雙寶、宗明華輯校：《全漢賦》，頁682。

　　譬喻即是以此喻彼，以事情的某項特徵來做譬況，讓讀者更加的了解所欲表達的特點。以夢爲譬在初期數目不多，在散文及賦中偶有發現。在散文中通常表達的較爲具體所譬喻之夢也以生理上的眞夢爲主，傳達夢的意義與何相似，如王充《論衡・訂鬼篇》：「病者之見也，若臥若否，與夢相似。」〔註66〕意欲說明鬼並非眞實，而是人生病時的幻覺。然而，在賦中，則非如此，賦中之夢，通常敘述何者感受如夢。以下舉例說明：

　　　　張平子〈西京賦〉：曾髣髴其若夢，未一隅之能睹。〔註67〕

　　　　楊子雲〈甘泉賦幷序〉：雖方征僑與偓佺兮，猶彷彿其若夢。〔註68〕

　　　　蔡邕〈讓高陽鄉侯章〉：恍惚如夢，不敢自信。〔註69〕

以上三則，皆以夢爲譬，運用明喻的「彷彿」、「若」、「猶」、「如」等喻詞，〈西京賦〉及〈甘泉賦幷序〉皆用以形容所見景物華麗壯闊不眞實，而〈讓高陽鄉侯章〉則是對於自己升官之事充滿驚訝之情。這些譬況，皆是利用夢的特點而運用。因夢給人的感覺總是虛無、飄邈，彷彿幻覺、不眞實，詩賦作者抓住這樣的特點加以譬況，用來形容他們不可置信的事物。這也顯示出夢喻至此又開創一條新的道路，準備迎向另一階段。有一說法此爲佛教傳入的影響，佛教常言人生如夢，意謂人生既不眞實且短暫，表達人生苦短、輪迴的意涵。

　　歸結前述，夢喻有各種表述方式，不論如何呈現，背後都有其目的性，目的是體，而表達的手法與形式是面，體與面相輔相成，才能創造出形式與內容兼具之文章。各文體採用不同的敘寫方式、時間、敘寫模式等，是爲了達到創作的目的，也與作者或內容欲呈現的主題息息相關。本章大類以文體區分，冀能清楚展現各種文體夢述的特點，然而，分類總難完整，每一文體中可能包含其他的文體，如《史記》中摘錄其敘寫人物的詩、賦、散文論述等，使史傳不全然只有歷史敘述。對於上文的探析，最後以統整表羅列於下。從作用與目之探討，歸結下表：

〔註66〕王充著，楊家駱主編：《論衡集解・上》（台北市：世界書局，1967 年），頁448～449。

〔註67〕費振剛、胡雙寶、宗明華輯校：《全漢賦》（北京：北京大學出版社，1993 年），頁421。

〔註68〕費振剛、胡雙寶、宗明華輯校：《全漢賦》，頁172。

〔註69〕顏可均校輯《全上古三代秦漢三國六朝文》（北京市：中華書局，1995 年），冊一，頁861。

圖表 2-3　夢喻的作用與目的表

表述方式／文體	史傳	諸子散文	詩、賦
夢喻作用	告知、預示的作用	明白、明示夢的意涵	以夢為譬喻、寄託
目的	陳述歷史事件	闡述、證明論點	抒情、諷諫

　　由上可知，各文體夢喻展現出不同的功用及特點。史傳夢注重時間及事件的始末，將夢喻視為告知與預示的作用，而有徵兆與應驗情節；諸子注重夢事件展現的意義，並以此闡述、證明自身論點；詩、賦表達出個人對於夢境的觀點及情感等，以夢為抒情、諷諫並寄託心志。既然目的、作用不同，因此敘述手法亦有同異。再者從敘述方法則從敘述者、視角、引語等探究，可得下表：

圖表 2-4　敘述類型表：從敘述者、視角、引語等分析

敘述者、視角、引語呈現			
敘述人稱	第三人稱敘述	第三人稱敘述	第一、三人稱敘述
夢者	皇帝、諸侯等之夢	歷史中的夢	自夢、歷史中的夢
敘述者	史家述	諸子引述	自述、引述
敘述者類型	異敘述者	異敘述者	同敘述者、異敘述者
	外部層次、內部層次	外部層次、內部層次	外部層次、內部層次
	自然而然的敘述者	自我意識的敘述者	自我意識的敘述者
	客觀敘述者、干預敘述者	干預敘述者	干預敘述者
整體視角聚焦	非聚焦型（全知角度）	議論採非聚焦型（全知角度），聚焦於義理內容。	內聚焦型（限知角度）
夢境視角聚焦	內聚焦型（限知角度）	內聚焦型（限知角度）	內聚焦型（限知角度）
夢境引言	自由間接引語、直接引語	自由間接引語、直接引語	自由間接引語

　　由上表可發現各體的敘述方法各有異同，較重要者為敘述者類型，因本文主要探究者夢為內部層次，故所有文體皆具有外部層次與內部層次。就視角與聚焦方面而言，史傳與諸子散文以非聚焦型（全知角度）為主，唯史傳是採無所不知的方式來敘寫人物心理狀況，但諸子散文則用以敘述義理內容。至於，詩、賦多敘寫自身的情感、心志，因此採內聚焦型（限知角度），聚焦於人物自我的心理態度。最重要的夢境視角，更是為個人所夢所聽聞，因此必以內聚焦

型（限知角度）方式敘寫之。復次，時間敘寫方面，統整如下：

圖表 2-5　夢時間敘述與情節表

夢時間敘述與情節			
時序	順時序 逆時序：閃回（倒敘）、閃前（預敘）	非時序：塊狀	順時序 逆時序：閃回（倒敘）
時限	等敘、概敘、略敘	等敘、概敘、略敘	等敘
敘述頻率	敘述一次發生一次的事件、多次敘述發生一次的事件	敘述一次發生一次的事件、多次敘述發生一次的事件	敘述一次發生一次的事件
情節類型	線型：單線 環型：并列	非線型	線型：單線

　　時間敘寫分為：時序、時限與敘述頻率，再併入以情節類型。史傳與詩、賦都以順時序及逆時序的方式敘寫，唯獨諸子散文以非時序中的塊狀方式敘寫，主要是按作者主題來連結，非關時間順序。時限上，等敘、概敘、略敘為史傳、諸子散文運用，僅詩、賦多如實敘述，而以等敘。情節類型方面，史傳既採單線又採并列，顯示依內容安排，有些單純以某一人為敘述主體為單線，有些則依主題納入內容為環型的并列式。詩、賦亦以單線為主，至於諸子散文則是打亂時間順序和因果關係，淡化人物和情節的非線型情節了。以上圖表列出的敘述者類型、時間敘述等，功能在於印證各種文體為了展現其目的與意義，而有不同的表述方式，使文章意義更加鮮明。

　　最後，歸結本文，各文體夢境敘寫的特殊模式，如下表所示：

圖表 2-6　夢境敘寫模式表

夢境敘寫模式	
史傳	事件背景　➞　夢徵　➞　占夢　➞　吉　➞　應驗 　　　　　　　　　　　　　　➞　凶　➞　應驗 　　　　　　　　　　　　　　　　　　➞　因悔過行仁而禍不至
諸子散文	大部分的散文：　論題　➞　夢例　➞　應證（劉向、賈誼等） 東漢後散文：　　論題　➞　夢例　➞　駁斥（王充等）
詩、賦	詩：景　➞　夢　➞　情 賦：夢　➞　占（解）夢　➞　心有體悟 　　期待美人入夢　➞　希望落空

史傳夢徵爲典型的敘述，紀錄著歷史的情節，以夢預言的方式告知皇帝及百姓夢的眞實性，這種表達方式著重事情的原委，呈現前因後果。諸子散文主要以議論爲主，援引的夢例只是用來加強論點，夢內容是爲了明示論述而寫。東漢後開始對讖緯等迷信反思，因此有王充等駁斥夢徵的敘述，透露出東漢人主體的覺醒。詩、賦的夢較無徵兆意味，通常是思念之情的展現或日思夜夢，夢見思念之人，表達內心的渴望。藉由夢來抒發感情或體悟人生，成爲其敘述模式。另外，詩、賦經由發展，衍生出一種以夢譬喻的方式，展現出夢在詩人心中的意義，用來形容虛幻、縹緲、不能置信之心情。對於夢的表述方式來說，實爲一項重大的突破。

本章小結

兩漢夢喻在不同文體中有不同的呈現方式，如在敘述者類型、視角、聚焦、引語方式及時間敘述與情節類形方面，或同或異，上述已統整、分析過。造成此差異的原因有：一、因爲文體不同所形成的差異；二、敘寫者意圖、目地與功用不一所形成。因此，唯有瞭解各文體的功用與目地才能眞正透析敘事方式的意義。由此可清楚呈現敘述者的觀點與敘事取捨，敘述者的巧思與目的昭然若揭。

史傳夢多強調君王徵兆夢的應驗性，以徵兆爲主，有徵必有驗，表達天命論思想，強化君王地位的正統性，這樣的徵兆夢情節即使到了《漢書》、《後漢書》仍舊如此，具有豐富的敘事技巧如預敘、倒敘等，視角也並非固定於一人，而是採全知視角，敘述多元，並使讀者信任。另外，諸子散文中，西漢時以史夢爲政事論說之例，至東漢則開始駁斥夢徵，以論述的方式呈現夢例，充分展現作者思想與目的，因此視角爲限知視角，情節類型則採非時序塊狀方式敘述，無時間上的關係，而是依題目或目地敘述。詩、賦中以傳達情感爲目地。還發展出「如夢」、「若夢」表達抽象情感，其中常以限知視角表達所見所聞，情節則爲單線類型。

再者，夢境敘寫模式更是重要，顯示出不同文體各有其敘寫夢境的方式與意義，雖各有其變體，既豐富又多元，卻仍脫離不開整體模式，顯示各種文體夢境敘寫傳承的痕跡。不論是史傳中故事的傳承，或是詩、賦中意象的傳承，夢敘述模式漸漸形成，促進文學的發展與文化的傳承。

　　經由兩漢夢喻形式的分析，能更客觀了解不同文體間敘寫的差異，不同文體、目的不同的情形下，夢喻呈現的方式大相逕庭，因此，而能發展出成熟而多元的夢文化。

第三章 夢喻之內容與表徵：公我與私我的關懷

　　「夢喻」指涉的範圍包括以夢預示、說明及譬喻、寄託等，內容相當廣泛。因此，本文搜羅文本包含兩漢史傳、諸子散文及詩、賦中對於夢的描寫，如史傳中徵兆夢，預示國家社會或是個人的吉凶禍福；也有諸子散文中以史夢為例，藉以說明作者的心意或是以邏輯推理來駁斥夢徵；更有詩歌或辭賦以夢抒發愛國情懷或個人感情等等。夢充斥在不同的文類中，不同文類各有其作用，當然也表示不同的意涵，統括來看，其目的終不離公我與私我的關懷。推究原因，夢與個人思慮及社會環境關係密切，若位居上位，憂慮國家社會，所夢、所敘亦攸關國政；反之，一般百姓，關切的則多為個人安身立命。以下將夢喻內容分為公我及私我兩方面加以論述。

第一節　公我：家國意識的展現

　　家國意識首要體現於史傳中君王、王后等夢，延續先秦占夢系統，解讀夢徵、判定吉凶，成為國事依據、興亡驗證。夢喻在此表預示的作用，強調夢徵兆靈驗的事蹟。復次，國家大臣及知識份子有鑒於夢的影響性，在議論政事時以夢為例，達到勸諫目的。諸子的夢喻是以夢說明、明示道理。最後，夢也用以抒發愛國情感，期望對國家社會貢獻之情，借夢喻來寄託情感。家國意識展現的敘述，將於以下論述，其將以夢者來分類：首先為王、后夢徵兆吉凶，兆應國事；再者，大臣藉夢論述，闡明道理；最後，還有臣子以夢詩表達愛國情懷，盡忠報國的心情。

一、王、后：家國興衰—吉凶夢徵，兆應國事

家國興衰之夢主要為《史記》、《漢書》、《後漢書》等史傳或野史中對夢的描寫為主，所述夢境並不全以漢代為主，如緒言所述，《史記》、《吳越春秋》、《越絕書》作者雖為漢代人，然所述卻是包含先秦之歷史，可了解漢人對前人之夢的看法，因此，本文對此夢喻文本仍蒐羅在內。如《史記》由先秦開始記載，展現出歷史的傳承性，在敘寫夢的事蹟方面也是如此，顯示出帝王夢徵的延續。公我之夢預示著國家君王的死生，帝位的更迭及衰敗或影響國家政事，因此夢者為王、后及高官等足以影響國家興亡、更迭者為主，僅有極少數的平民之夢，顯示出夢徵兆與權位的高度相關。經由夢內容歸納後，分為得位、得賢聖輔佐及國滅人亡之夢加以論述：

（一）君王、王后得位之夢

史傳之夢有極大部分為君王夢龍、登天的事蹟，或是君王的妾懷胎時夢龍、日等，此夢預示著所夢之人將來能得權位，成為君王。還有王后的夢徵，表達將來得后位的隆盛及其淳厚德性。

1. 帝王自夢：夢上天、天、龍、蛇

《史記》中記先秦諸侯王登上天，接受上帝旨意的例子有秦穆公與趙簡子，兩人皆一連好幾日昏睡不醒，醒後說明夢登上天，並道出上帝的旨意。秦穆公夢上天內容為：

> 秦穆公立，疾臥五日不寤；寤，乃言夢見上帝，上帝命穆公平晉亂。史書而記藏之府。而後世皆曰上天。[註1]

又有趙簡子夢游於鈞天：

> 簡子寤。語大夫曰：「我之帝所甚樂，與百神游於鈞天，廣樂九奏萬舞，不類三代之樂，其聲動人心。有一熊欲來援我，帝命我射之，中熊，熊死。又有一羆來，我又射之，中羆，羆死。帝甚喜，賜我二笥，皆有副。吾見兒在帝側，帝屬我一翟犬，曰：『及而子之壯也，以賜之。』帝告我：『晉國且世衰，七世而亡，嬴姓將大敗周人於范魁之西，而亦不能有也。今余思虞舜之勳，適余將以其冑女孟姚配而七世之孫。』」董安于受言而書藏之。[註2]

〔註1〕 班固撰，顏師古注：《漢書》（台北：明倫出版社，1972 年），冊二，卷二十五，〈郊祀志〉第五，頁 1196。

〔註2〕 司馬遷撰，楊家駱主編：《史記》（台北：鼎文書局出版，1993 年，新校本史記三家注并附編二種），冊三，卷四十三，〈趙世家〉第十三，頁 1787。

傅正谷稱此類爲鈞天廣樂，他認爲這類是流傳最廣、影響最深者。夢遊鈞天這類預言比其他夢來得完整，君王幾日的不醒人世，卻非疾病，之後仍完好如初的醒來，公信力更強。兩則皆預示著晉國的衰亡，自己國家將興盛。前者，清楚表明上帝的旨意；後者，因較抽象，因此而有路人爲其解夢。趙簡子夢中射熊羆，有路人爲他解夢，說是趙簡子將滅范氏、中行氏二氏之徵兆，而上帝賜其子翟犬，則暗示未來的接班人爲翟婢女之子毋卹。甚至，上帝言將孟姚配趙七世之孫，也在後來《史記・趙世家》中得到應證明言：「王遊大陵。他日，王夢見處女鼓琴而歌詩曰：『美人熒熒兮，顏若苕之榮。命乎命乎，曾無我嬴！』異日，王飲酒樂，數言所夢，想見其狀。」〔註3〕吳廣一聽，獻其女孟姚，非常受寵，而成爲惠后。以上鈞天之夢非常詳盡，直接得到上天的旨意，預示未來發生情景，但卻是少數，年代也以先秦爲主。漢代則是純粹以登天與否來表示。如漢孝文帝有登天之夢，在夢中孝文帝想要登天卻不能，有位黃頭郎推他一把，才得以上天。文帝於是四處尋找鄧通，認爲是鄧通協助他成爲皇帝，甚爲禮遇他，還賜其自鑄銅錢，號「鄧氏錢」。由孝文帝對鄧通的禮遇，可知登天夢對君王的意義，也顯現出夢在當時影響甚大。

　　反之，若夢上天不成，反而墜落，是敗亡的徵兆。譬如《史記》描寫孝成王的夢云：「王夢衣偏裻之衣，乘飛龍上天，不至而墜，見金玉之積如山。」〔註4〕筮史敢占之認爲裻在中，衣偏爲左右異色，表示不純，有殘缺；乘飛龍上天卻墜下，有君王之氣而無實力，既然沒有實力卻得金玉堆積如山，將會有憂愁事發生。三天後，韓氏上黨的使者來，欲獻十七城邑於趙，實際上此地早被秦所佔領，這樣將使秦、趙關係緊張，大臣平陽君豹認爲不可如此做，將會因此導致災難。趙王卻被利益薰心，接受韓氏上黨使者的提議，結果發生秦攻趙的長平之禍，四十餘萬軍皆遭不幸。此夢預示趙國的衰敗，將發生憂慮之事，趙王不聽建言，終究導致國家日趨敗亡。此外，也有自言夢上天者，如：漢成帝爲得民心，聽信方術人士之言，自言夢上天，導致天帝生氣：「何故敗我濯龍淵？」〔註5〕而降下災禍，人民飢困。

　　除登天夢外，夢龍也爲被視爲得王位之徵。龍爲四靈之一，可飛天。如

〔註3〕司馬遷撰，楊家駱主編：《史記》（台北：鼎文書局出版，1993 年，新校本史記三家注并附編二種）冊三，卷四十三，〈趙世家〉第十三，頁 1804。
〔註4〕司馬遷撰，楊家駱主編：《史記》冊三，卷四十三，〈趙世家〉第十三，頁 1825。
〔註5〕范曄撰，楊家駱主編：《後漢書》（台北：鼎文書局出版，1987 年，新校本後漢書并附編十三種），冊四，卷八十二上，〈方術列傳〉第七十二上，頁 2710。

光武帝尚未得位時曾夢:「乘赤龍上天,覺寤,心中動悸。」〔註6〕以夢乘赤龍上天說明光武帝受到天命,日後將能得王位,成為光武中興漢朝,建立東漢最好的證明。由以上夢兆,可以發現,先秦諸侯王至漢代君王以夢上天、龍等來判斷得王位與否。有時是抽象的,如登上天或登天不成反墜;有時是具體由天神明白告訴旨意,治理國家。至於為何以上天、龍等作為夢徵,及徵兆與得位之間的關連,將在夢喻表現意涵時一併說明。

　　2. 妃妾胎夢──夢蘭、日、月、龍

　　除了登王者自夢,懷有懷胎者之夢。懷胎之時,母親若夢蘭、日、月、龍等,被視胎兒將登王掌權,極為尊貴。從先秦時的諸侯王至漢代的帝王,有此種夢徵兆者不勝枚舉。這種夢徵,深受帝王、諸侯的重視。例如:鄭文公賤妾燕姞夢天與之蘭言:「余為伯鯈。余,爾祖也。以是為而子,蘭有國香。」〔註7〕夢祖先賜與蘭花,蘭花為君子花,為高貴的象徵,因此,燕姞告訴文公此夢,文公幸之,並給予蘭草為符,最後生下一子曰蘭。衛襄公賤妾也夢:

　　　　襄公有賤妾,幸之,有身,夢有人謂曰:「我康叔也,令若子必有衛,
　　　　名而子曰『元』。」〔註8〕

此夢沒有蘭等象徵,但也是祖先藉夢表明日後將登位的子孫,並幫子孫命名好,預示天命。還有,周武王夢天賜唐地給叔虞,叔虞出生手還紋了一「虞」字,後成為晉國之祖。先秦胎夢以天與祖先預言未來得位者為主要形式,傳承至漢代,夢徵一樣極為盛行,只是夢境不再是天或祖先假夢相告,而是以妻妾夢龍、日等成為君王得位的象徵。其中,最廣為流傳的正是高祖母親懷孕的夢徵,史書、散文中大量引用,說明高祖的不凡,《史記·高祖本紀》中云:

　　　　其先劉媼嘗息大澤之陂,夢與神遇。是時雷電晦冥,太公往視,則
　　　　見蛟龍於其上。已而有身,遂產高祖。〔註9〕

這個夢表示高祖能成為漢代帝王,不是沒有原因的,因為他是龍之子,而龍又為天之象徵。還配合許多的傳說如高祖左股有七十二黑子為火神之子的解

〔註6〕范曄撰,楊家駱主編:《後漢書》(台北:鼎文書局出版,1987年,新校本後漢書并附編十三種),冊一,卷十七,〈馮岑賈列傳〉第七,頁645。

〔註7〕司馬遷撰,楊家駱主編:《史記》(台北:鼎文書局出版,1993年,新校本史記三家注并附編二種),冊三,卷四十二,〈鄭世家〉第十二,頁1765。

〔註8〕司馬遷撰,楊家駱主編:《史記》冊二,卷三十七,〈衛康叔世家〉第七,頁1598。

〔註9〕司馬遷撰,楊家駱主編:《史記》,冊一,卷八,〈高祖本紀〉第八,頁341。

釋來輔翼政權，第四章將會更深入探討。某日高祖醉時曾斬殺一蛇，有婦人即哭曰：「我的兒子是白帝之子，赤帝之子殺了我的兒子。」由此說明劉邦爲火神之子故能成爲帝王。又高祖薄姬夢蒼龍據腹、景帝的王美人夢日入其懷與後漢靈帝的王美人夢負日而行。尤其《後漢書》中言後漢靈帝的王美人服藥欲除胎兒，沒想到胎兒安然無所動，最後仍順利的生下皇子劉協，後爲漢獻帝。這樣夢龍、日的胎夢，在漢代就此定形，不用解夢即可知爲吉夢，成爲日後帝王得位的依據。除了帝王的夢徵外，有一關於皇后的夢徵，《漢書·元后傳》中：

> 初，李親任政君在身，夢月入其懷。及壯大，婉順得婦人道。嘗許
> 嫁未行，所許者死。後東平王聘政君爲姬，未入，王薨。〔註10〕

皇帝夢徵爲日，那皇后則爲月，似乎再合理不過。皇后母親政君懷孕時，即夢月入其懷，長大後也深得婦女柔順之道，只是，不管許配給誰，未嫁，所許的人都死亡，令人匪夷所思，後來成爲漢元帝的皇后。月只能配日，其他人皆無福消受，因此未入門而所許者皆亡。再來，爲何其他皇后無此夢徵，獨獨王政君？當皇后不一定就可一帆風順，許多皇后遭廢黜、殺害等，而政君不僅爲皇后，後還成爲皇太后、太皇太后，可謂享盡榮華，符應其徵兆。

　　3. 皇后德行、得位之夢

　　上述最後一則皇后夢徵爲胎夢，是皇后之母所夢，而此皇后得位、德行之徵，則爲皇后自夢。夢兆有以下二則，其一明德馬皇后所夢：「有小飛蟲萬數隨著身，入皮膚中，復飛（去）〔出〕。」〔註11〕小蟲代表小人讒言，然而飛入皇后皮膚後又馬上飛去，小人讒言根本無法傷害她。此夢後，皇后更加謙虛嚴謹。因怕外戚干政重演，而不願皇帝封其父兄爲侯，可謂賢德至極。另一爲和熹鄧皇后年少時夢：

> 嘗夢捫天體，蕩蕩正青，滑，有若鍾乳，后仰嗽〔嗽〕之。以訊占
> 夢，言堯夢攀天而上，湯夢及天舐之，此皆聖王之夢。〔註12〕

和熹鄧皇后夢攀天及吸天水，與堯、湯所夢一樣，爲聖王之夢，是吉兆。因

〔註10〕〔漢〕班固撰，〔唐〕顏師古注：《漢書》（台北：明倫出版社，1972年），冊五，卷九十八，〈元后傳〉第六十八，頁4015。

〔註11〕劉珍等撰，王雲五主編：《東觀漢記》（台北市：台灣商務印書館，1970年），冊一，卷六〈列傳：外戚—明德馬皇后〉，頁2。

〔註12〕劉珍等撰，王雲五主編：《東觀漢記》，冊一，卷六〈列傳：外戚一和熹鄧皇后〉，頁4。

此，和熹鄧皇后除了平順的當上皇后，還成為垂簾聽政的皇太后，印證了把天掌權等吉兆。后統帥後宮，地位也甚高，因此，其夢也被視為能否登后位的徵兆，顯示出王位、后位的可貴。除了上天、龍、日之夢，顯示王位的更迭外，君王治理國事也須有輔助者，因此有得賢聖之夢。

（二）得神書、賢聖輔佐之夢

治理國事並非君王能自為，周圍輔佐的人亦甚重要。因此君王夢得神書、賢勝輔佐，顯示出君王對國事的重視。首先，《吳越春秋》中記載著禹得山神書之夢，越國的祖先無余是禹的後代，因而記載禹的事蹟，史傳並無此事，為民間的傳聞異說。敘述著大禹治水三過家門而不入，然而卻未能成功，於是按書所記，登衡山，以白馬祭，希望能求得神書，亦無所獲。恍惚間睡著了，夢見穿紅色繡花衣的男子自稱：

> 玄夷蒼水使者，聞帝使文命于斯，故來候之。……欲得我山神書者，
> 齋於黃帝岩岳之下，三月庚子，登山發石，金簡之書存矣。〔註13〕

禹果然得到了山神書，得到治水的方法，治好了水患。這樣的夢顯示出當時百姓對於大禹能治水患覺得不可思議，並非人所能做到的，而有神助才能如此。還有，殷帝武丁日夜思復興殷，然而未得賢臣佐，於是三年不言，以觀國風。因此，《史記・殷本紀》中言：「武丁夜夢得聖人，名曰說。」〔註14〕得說於傅險中，傅說雖從事卑賤工作，但武丁與之交談後，認為果然是賢人，聘請輔佐國家，殷國因此而大治。之後，想要復興的光武帝也說：「夢想賢士，共成功業，豈有二哉！」〔註15〕也是希望能得到賢臣輔佐。皇帝君臨天下，日理萬機，急須賢臣、聖人輔助，所以夢得人才的輔助也是正常。

除賢才之外，明帝甚至夢見神佛，雖然神佛並非輔佐的賢士或聖人，然而對漢代帝王而言，夢是神聖的，夢中事物必有其徵兆，因此用盡心力尋找夢象，此心與得賢勝輔佐之情相同，故置於此。明帝夢金人之夢如下：

> 世傳明帝夢見金人，長大，頂有光明，以問羣臣。或曰：「西方有神，

〔註13〕趙曄撰，楊家駱主編：《吳越春秋》（台北市：世界書局，1962年），〈越王無余外傳〉第六，頁176。

〔註14〕司馬遷撰，楊家駱主編：《史記》（台北：鼎文書局出版，1993年，新校本史記三家注并附編二種），冊一，卷三，〈殷本紀〉第三，頁102。

〔註15〕范曄撰，楊家駱主編：《後漢書》（台北：鼎文書局出版，1987年，新校本後漢書并附編十三種），冊一，卷二十，〈銚期王霸祭遵列傳〉第十，頁734。

名曰佛，其形長丈六尺而黃金色。」〔註16〕

皇帝因夢而派人至天竺學習佛法，傳至中國，使佛教興盛起來。這一類得賢聖之夢，顯示漢人將夢中所見視爲必有徵兆，明帝才會急於尋找夢中之神佛，藉以符應其夢徵兆，達到趨吉避凶的效果。賢明的君王亦須有賢聖之士輔佐，因此，日有所思，夜有所夢，才會有得賢聖之夢。禹得山神書大治水利，武丁得傅說國家大治，也透露出神助之意，表示國家大治除了君王，賢臣也很重要，而賢臣輔佐等的出現，並非易事，端靠天的旨意。

（三）國滅人亡之夢

上述的吉兆之夢有登帝王的夢上天、龍、日等及夢賢聖輔佐，而以下所述則爲凶兆，預示著國家的滅亡或統治者的死亡。這類的夢分爲兩部份：一爲祖先示警、譴責，君王仍不改善，因此受到懲罰；另一爲抽象的夢徵，如秦始皇夢與海神爭戰，夢後身死國滅的。不論是哪一種方式，皆是以夢預示國家的未來。

1. 祖先譴責後滅亡

祖先身雖死，然卻仍能以夢來示警、譴責，預示吉凶。趙國盛衰皆徵兆於夢，趙氏祖先叔帶以夢預示子孫未來，《史記・趙世家》中言：「趙盾在時，夢見叔帶持要而哭，甚悲；已而笑，拊手且歌。」〔註17〕叔帶爲趙氏之祖。史援占卜後認爲此夢大凶，若非凶及趙盾自身，也將移禍子孫。果眞，趙盾死後，屠岸賈陷害趙氏，於是以靈公遇賊，趙盾在外不能相救之事加罪於趙盾的子孫，誅其族。還好有程嬰等藏匿遺腹子，辛苦立孤，終於復立。因此叔帶先哭而後笑，拍手而歌。國家大事通常由在位者君王的夢來預示，然也有一例外，例如曹國的滅亡是由曹國的百姓所夢。曹人夢見曹國祖先振鐸阻止眾君子亡曹，希望等待一個叫公孫彊之人。伯陽登上王位，喜好打獵射箭，遇到了同好公孫彊，與之談田獵，並獻上所獲的白鴈，伯陽龍心大悅，賜與官位。夢者的兒子聽聞，馬上離開曹國。公孫彊慫恿曹伯背著晉國伐宋，因此，宋景公派兵攻打，晉人也不救曹國，曹國就此滅亡，絕其祀。

此外，宗廟爲一國的象徵，具有無限莊嚴的形象，也代表著對祖先的敬

〔註16〕范曄撰，楊家駱主編：《後漢書》（台北：鼎文書局出版，1987年，新校本後漢書并附編十三種），冊四，卷八十八，〈西域傳〉第七十八，頁2922。

〔註17〕司馬遷撰，楊家駱主編：《史記》（台北：鼎文書局出版，1993年，新校本史記三家注并附編二種），冊三，卷四十三，〈趙世家〉第十三，頁1783。

畏。因此，當漢元帝聽臣子之言，認為說：「宗廟在郡國，宜無修」〔註18〕，
從此昭靈后、武哀王、衛思后等宗廟皆不再奉祠，祖先神靈即托夢予以譴責。
《漢書》、《前漢紀》皆有此夢：

　　　上寢疾，夢神靈譴罷諸廟祠，上少弟楚孝王亦夢焉。〔註19〕

兩本書此夢的內容大意並無不同，本文取《前漢紀》之語，因其將上少弟楚
孝王亦夢焉置於一起，顯示出並非元帝生病的胡亂猜想，增加可信度。元帝
心生畏懼，想復郡國廟，匡衡於是作《禱高祖孝文孝武廟》：「郡國吏卑賤，
不可使獨承，有祭祀之義，以民為本，閒者數歲不登，百姓困乏。郡國廟無
以修立，禮，凶年則歲事不舉，以祖禰之意為不樂，是以不敢復。如誠非禮
義之中，為祖宗之心，咎盡在臣衡，當受其殃，大被其疾，隊在溝瀆之中。」
〔註20〕匡衡雖祈禱降災於自身，然元帝仍疾病連年，久不癒，於是皇帝下令
修復所罷的寢廟。這件事在漢書《韋玄成傳》中也有記載「後或罷或復，至
哀、平不定。」〔註21〕可見，祖先對於家國仍具有強大影響力，可使君王生
病，以達到目的。再者，靈帝聽後宮幸姬讒言，罷宋皇后，導致皇后憂慮而
死，因此夢見先帝責備：

　　　帝後夢見桓帝怒曰：「宋皇后有何罪過，而聽用邪孽，使絕其命？勃
　　　海王悝既已自貶，又受誅斃。今宋氏及悝自訴於天，上帝震怒，罪
　　　在難救。」〔註22〕

靈帝做這些違背天理之事，受到先帝的譴責，先帝也明言靈帝將受到上帝的責
罰。許永《對詔問夢祥》中說明宋皇后母臨天下，過惡無聞，竟受讒言而憂死。
渤海王處理國事亦沒有不合理法的，遭王枉誅。許永還以從前晉侯之夢為例：
「昔晉侯失刑，亦夢大厲，被髮屬地。天道明察，鬼神難誣。」〔註23〕勸戒靈
帝改葬死者以安其冤魂，恢復渤海之封地，消除罪惡，否則將會受到天道懲罰。

〔註18〕班固撰，顏師古注：《漢書》（台北：明倫出版社，1972年），冊四，卷七十三，
　　　　〈韋賢傳〉第四十三，頁3117。
〔註19〕荀悅撰，王雲五主編：《前漢記》（台北市：台灣商務印書館，1973年），冊二，
　　　　〈前漢孝元皇帝紀〉下卷第二十三，頁7。
〔註20〕嚴可均校輯《全上古三代秦漢三國六朝文》（北京市：中華書局，1995年），
　　　　冊一，〈全漢文〉卷三十四，頁319。
〔註21〕班固撰，顏師古注：《漢書》，冊二，卷二十五，〈郊祀志〉第五，頁1253。
〔註22〕范曄撰，楊家駱主編：《後漢書》（台北：鼎文書局出版，1987年，新校本後
　　　　漢書并附編十三種），冊一，卷十下，〈皇后紀〉第十下，頁448。
〔註23〕嚴可均校輯《全上古三代秦漢三國六朝文》，冊一，〈全後漢文〉卷八十二，
　　　　頁918。

但是，靈帝並不聽從，不久，即駕崩。

2. 夢象徵兆滅亡

相較於上述祖先以夢示警後滅亡來說，夢象徵兆滅亡，沒有固定的形式，以夢象的方式表現，並非一目了然，因此，需占夢者加以解釋。如《吳越春秋》中有一則戰敗亡國的夢徵。夫差想要發動九郡的軍隊和齊國戰爭，才剛出胥門，經過姑胥臺，稍作休息時，做了一個夢：

> 夢入章明宮，見兩鉶蒸而不炊，兩黑犬嗥以南、嗥以北，兩鋤殖吾宮**墻**，流水湯湯，越吾宮堂，後房鼓震簴有鍛工，前園橫生梧桐。
> 〔註24〕

醒後，夫差若有所失，於是請太宰嚭爲之占夢，太宰嚭爲逢迎吳王，解爲吳王興師伐齊將會成功，四夷朝服、貢獻錢財積滿宮堂。夫差雖然開心，還是不滿足，又問王孫駱，王孫駱不敢自釋夢，而推舉博學多聞的公孫聖爲之占。公孫聖聞此涕泣，自知難逃一死。因爲此爲一戰敗之徵的凶夢：章，表示戰不勝敗走的偉偟之情狀；明，離開大智而親近愚昧；見鉶蒸而不炊者，大王不能吃到熟食；兩黑犬嗥，黑是象徵陰，北，表示隱藏之意；兩鐵鍬豎立於宮牆，表示被越國入侵，剷除宗廟；流水浩浩蕩蕩流過吳宮，是王功將被洗劫一空；後房拉風箱聲聲作響，是歎息的聲音；最後前園生的梧桐，不能做實用的器物，只能做殉葬用的小木偶一起埋葬。公孫聖勸誡吳王停止用兵，並且向越王句踐謝罪，災禍將得解。只是，吳王不但不願聽從公孫聖之勸，還處死他。最後，果眞兵敗國亡。而太宰嚭被越王誅以不忠信之罪。

再者，秦帝國建立，關於秦之敗亡徵兆有兩則，第一爲「始皇夢與海神戰，如人狀。」〔註25〕事實上，秦始皇會夢與海神戰是有原因的，方士徐氏入海求神藥多年，皆未得，故詐曰大鮫魚所阻而不能得，還希望派善射者跟隨射之。始皇日思夜夢，夢與海神戰，請博士占夢的結果認爲「水神不可見，以大魚蛟龍爲候，今上禱祠備謹，而有此惡神，當除去，而善神可致。」〔註26〕秦始皇聽之，乃自以連弩等候大魚出而射之，在海中尋找多日，果見一巨魚而射殺之。可是，這樣連日的操勞，秦始皇過平原津沒多久就生病逝世。

〔註24〕趙曄撰，楊家駱主編：《吳越春秋》（台北市：世界書局，1962 年），〈夫差內傳〉第五，頁 137。

〔註25〕司馬遷撰，楊家駱主編：《史記》（台北：鼎文書局出版，1993 年，新校本史記三家注并附編二種），冊一，卷五，〈秦始皇本紀〉第五，頁 263。

〔註26〕司馬遷撰，楊家駱主編：《史記》冊一，卷五，〈秦始皇本紀〉第五，頁 263。

始皇病危時，璽書欲賜公子扶蘇，遭趙高等攔截，甚至將皇帝崩亡於沙丘平台之事掩蓋，並私立胡亥為太子。

胡亥及位，是為二世，受制於趙高、李斯。二世在位三年時，國家已亂，關東各地自立為王，趙高又與沛公有私，害怕二世生氣怪罪，不敢見。是時，二世夢：

> 白虎齧其左驂馬，殺之，心不樂，怪問占夢。卜曰：「涇水為祟。」
> 二世乃齋於望夷宮，欲祠涇，沈四馬。使使責讓高以盜賊事。〔註27〕

趙高畏罪，因此先發制人，使閻樂殺二世，二世自知不可逃脫而自殺。國家滅亡的夢意象內容皆不同，並非如夢龍、日有固定的意義，只能由占夢者解夢來判斷，然而卻仍會產生誤判。以上秦帝國兩則夢，占卜後認為是水神或涇水為祟，應馬上祭祠，顯示當時夢與祭祀的密不可分。帝皇以謹慎的禱祠，祈求國家免於發生災禍。由此可知，祭祀實為心理作用，唯有依天理、道德來行事，國家才能長治久安。

二、臣：政事論說─藉史夢論述、說明道理

上述史傳中夢的徵驗，顯示夢對國家興亡有極深的影響力，班固《漢書》：「眾占非一，而夢為大，故周有其官。而《詩》載熊羆虺蛇眾魚旐旟之夢，著明大人之占，以考吉凶，蓋參卜筮。」〔註28〕史傳中占夢或夢徵履驗不爽。在這樣夢文化興盛的時代，以史夢論國事，說明道理，也是必然。如下所述：

（一）論述誠信、修德之理

賈誼在《新書・論誠》中舉文王之夢為例說明誠信之理。文王夢人登城呼己，自言為枯槁人骨，希望文王以王禮埋葬他。文王夢中許之，醒後，派人前往尋找，果真有一枯骨，王欲以王禮葬之，吏認為無主之白骨，以五大夫之禮葬之即可，文王曰：

> 吾夢中已許之矣，奈何其倍（背）之也。士民聞之曰：「我君不以夢
> 之故而倍槁骨，況於生人乎？」於是下信其上。〔註29〕

文王夢中許人能不背信，可見其一諾千金，當然能得到人民的信任。賈誼此

〔註27〕司馬遷撰，楊家駱主編：《史記》（台北：鼎文書局出版，1993年，新校本史記三家注并附編二種），冊一，卷五，〈秦始皇本紀〉第五，頁273、274。

〔註28〕班固撰，顏師古注：《漢書》（台北：明倫出版社，1972年），冊二，卷三十，〈藝文志〉第十，頁1773。

〔註29〕賈誼撰，盧文弨校《新書》（北京市：中華書局，1985年），卷七〈論誠〉，頁75。

夢除強調誠信的重要，也說明帝王如何使人民信服之法。賈誼在〈匈奴〉篇中也說：「夢中許人，覺且不背其信，陛下已諾，若日出之灼灼，故聞君一言，雖有微遠，其志不疑。仇讐之人，其心不殆，若此則信諭矣！」〔註30〕認爲君王厚德懷服匈奴，須以誠信爲之，像夢中許人能不背信一般行事。聽到君王的話，即使想防微慮遠，心志也不會懷疑；仇敵聽到，其心不會不安，至此誠信就建立了。桓譚在〈求輔〉中認爲誠信亦須存在於君臣之間，此信非信用而是信任。君若不信臣，即使大材，亦無所使。幸得才士，然而用事時遭人讒言，小則事不成，大則傷及才能之士。桓譚又曰：

> 是故非君臣致密堅固，割心相信，動無嫌疑，若伊尹之見用，傅說
> 通夢，管鮑之信任，則難以遂功竟意矣。〔註31〕

桓譚以傅說通夢，武丁四處尋找並重用及管鮑之間的信任爲例，來說明君臣之間應該要無所猜忌，割心相信，臣子才能眞正達到效用—輔助國家政事，否則，則難「遂功竟意」〔註32〕，達其成效。君王講究誠信，不僅僅於對外邦、對臣子，也對人民，畢竟一個言而無信之君王、朝令夕改的法令如何教人信服，外邦、臣子、人民又要如何措手足呢？以夢中許人，醒後不背信及武丁夢傅說而大爲重用之信任，來點明身爲君王必備的內涵。

　　另外，德性一直是治理國家的標準。治國以德，則能長治久安，不德，則民心背離，國家敗亡。因此，劉向在《新序》、《說苑》中各章立標題探討，收錄歷史史事爲例，成爲君王行事借鏡。如《新序》描述晉文公打獵，途中遇有大蛇擋路，文公認爲是天示警戒，於是還車而反。後守蛇吏夢大帝殺蛇，懲罰牠擋了聖王之路，因此，文公曰：「然，夫神果不勝道，而妖亦不勝德，奈何其無究理而任天也，應之以德而已。」〔註33〕只要能順從道德行事，神妖亦不能加以侵犯，萬事逢凶化吉。此處更點明並非不講道理而順神妖行事，仍須以德作爲標準。《說苑·敬愼》中更詳盡的說明：

> 此迎天時得禍反爲福也。故妖孽者，天所以警天子、諸侯也；惡夢

〔註30〕賈誼撰，盧文弨校《新書》（北京市：中華書局，1985 年），卷四〈匈奴〉，頁38。
〔註31〕嚴可均校輯《全上古三代秦漢三國六朝文》（北京市：中華書局，1995 年），冊一，〈全後漢文〉卷十三，頁539。
〔註32〕作者以爲在此遂、竟當動詞用，爲成就、完成之意。遂功竟意的意思是成就功業，完成割心相信之意。
〔註33〕劉向編，王雲五主編：《新序、說苑、潛夫論》（台北市，台灣商務，1968 年），〈雜事〉第二，頁22。

者，所以警士大夫也。故妖孽不勝善政，惡夢不勝善行也。至治之極，禍反爲福。〔註34〕

天災、妖孽、惡夢等皆爲天警示天子、諸侯、士大夫的徵兆，但是，若能以德治理國家、以德行事，所有不詳的徵兆，都將化爲烏有，反禍爲福。對於夢徵報以善行、善政的態度，將能倖免於難，可見當時思想家對於夢徵的態度。

（二）其他：權謀、見微、正失等道理

劉向的《說苑》以史事諷諫，上述的祖先示警、譴責中寫道趙盾夢叔帶持要而哭，已而笑之夢，劉向置之於〈復恩〉篇中，對程嬰等人的撫孤給予肯定，更對於韓厥不忘恩，舉而趙後終於恢復舊業之事的讚賞。又〈權謀〉一文中描述城濮之戰時，晉文公夢與荊王搏鬥，荊王在上，晉文公位居下位，晉文公心中恐懼，不願再戰。咎犯卻告訴晉文公，戰事將勝，一定要繼續打下去。以爲晉文公在下位是可以見到天，荊王雖在上位卻背天，其實是失敗服罪。劉向以爲此是咎犯的權謀，除了希望晉文公繼續攻打荊王外，也安了晉文公不安的心。還有三則夢事，一爲平公夢黃熊入於寢門，子產以爲黃熊爲鯀的化身，教以祀於夏郊；二爲虢公夢有神傳帝命，「帝今日使晉襲于爾門。」〔註35〕史囂占之爲凶，將被晉國取代而亡，虢公不僅不警惕還變本加厲，國乃滅；三爲景公夢五丈夫稱無辜，晏子知其爲先君靈公所誅之五丈夫，景公令人葬之。這三則夢事置於〈辨物〉篇，劉向對於子產、史囂、晏子能找到癥結，辨別所夢之物，表達讚揚。由此可知，劉向對於夢徵仍是抱持相信的態度。《史記》中也以虢公夢境爲例，解釋夢土田的意涵，云：

昔虢公爲無道，有神降曰『賜爾土田』，言將以庶人受土田也。諸侯夢得土田，爲失國祥，而況王者畜私田財物，爲庶人之事乎！〔註36〕

受土田耕種是平民百姓之事，君王處理國家大事，不須得土田。虢公因做事無道，故神賜其土田，史傳以此夢說明君王、諸侯王不應蓄積私田財物，與民爭產，否則國家將失祥的道理。應劭的《風俗通義·正失》中更以「高帝

〔註34〕劉向編，王雲五主編：《新序、說苑、潛夫論》（台北市，台灣商務，1968年），卷十〈敬慎〉，頁98。

〔註35〕劉向編，王雲五主編：《新序、說苑、潛夫論》，卷十八〈辨物〉，頁183。

〔註36〕班固撰，顏師古注：《漢書》（台北：明倫出版社，1972年），冊二，卷二十七，〈五行志〉第七，頁1368。

數夢見一兒祭己，使使至代求之，果得文帝，立為代王。」〔註37〕之事說明須實事求是，不可道聽塗說的「正失」之理，事實上文帝一直生活在宮中，並非生在軍營中，因此並不會有不知父親是誰而祭祀之情形發生。另外，桓譚則以「博士弟子韓生居東寺，連三夜有惡夢，以問人。人教以晨起清中祝之。三旦，而人告以為呪詛，捕治，數日死。」〔註38〕來說明「見微」之理，原本只是惡夢，尚不致死，卻因為聽信人言清晨祝之而被捕而死，這能說是噩夢所招致嗎？是韓生不察他人言，而罹此禍。

　　夢喻用於闡明復恩、權謀、見微、正失等的道理，以史夢為例少了教條化的枯燥敘述，使道理更具體、更深動，帝王將更能接受與認同。這當然是劉向等人最大的用意。

三、臣之愛國情懷—夙夜夢寤，盡心所計

　　日思夜夢，顯示出夢者全心全意的關注。因此，夢喻也被用於抒發對國家的愛國情懷。如《漢書・韋賢傳》中寫道：

> 我既遷逝，心存我舊，夢我濆上，立于王朝。其夢如何？夢爭王室。
> 其爭如何？夢王我弼。寤其外邦，歎其喟然，念我祖考，泣涕其漣。
> 〔註39〕

韋賢之祖先韋孟的〈在鄒詩〉中言雖離開朝廷，但心仍掛念國家安危。夢到以前所居的濆上之地，自己為朝廷效命，又夢到王室中爭奪、王違戾我言的情形。一切似乎如此真實，只是醒後發覺自己身已在鄒這外邦之地，內心無限悵然。〈在鄒詩〉以夢委婉地抒發離開王朝後的心境，表達懷念家國之情。又郎顗言：「夙夜夢寤，盡心所計。」〔註40〕以夙夜夢寤表明對國家政事的用心。還有，王莽欲以虛名說服皇后，成為攝皇帝時也曾言：

> 勤身極思，憂勞未綏，故國奢則視之以儉，矯枉者過其正，而朕不
> 身帥，將謂天下何！夙夜夢想，五穀豐孰，百姓家給，比皇帝加元

〔註37〕應劭撰，吳樹平校釋：《風俗通義校釋》（天津：天津古籍出版社，1980年），〈正失〉第二，頁71。

〔註38〕嚴可均校輯《全上古三代秦漢三國六朝文》（北京市：中華書局，1995年），冊一，〈全後漢文〉卷十三，頁541。

〔註39〕班固撰，顏師古注：《漢書》（台北：明倫出版社，1972年），冊四，卷七十三，〈韋賢傳〉第四十三，頁3106。

〔註40〕范曄撰，楊家駱主編：《後漢書》（台北：鼎文書局出版，1987年，新校本後漢書并附編十三種），冊二，卷三十下，〈郎顗襄楷列傳〉第二十下，頁1058。

服，委政而授焉。〔註41〕

王莽塑造出一個忠心為國為民的形象，夙夜夢想於國家安危、百姓民生，目的就是希望成為攝政王。孔融於《六言詩》詩中言：「郭李分爭為非。遷都長安思歸。瞻望關東可哀。夢想曹公歸來。」〔註42〕孔融對於長安偏安不滿，希冀曹操歸來，能帶領重回關東。最後，以與周公通夢表示治國的志願。邊孝先學生嘲笑他肚子肥胖、上課打瞌睡的情狀，邊孝先滿腹學問，回應道：

> 邊為姓，孝為字。腹便便，五經笥。但欲眠，思經事。寐與周公通夢，靜與孔子同意。師而可嘲，出何典記？」〔註43〕

邊孝先反駁說自己腹便便是因為裝了太多書，打瞌睡是在思考經典。就像是孔子夢周公一樣，自己除了夢周公，還夢孔子，顯示出對經事及治國的重視。此則雖為一機智對答，但其中夢卻其來有自，《論語》中曾記載孔子感歎自己很久沒夢見周公，於是夢周公成為憂慮不復施行政治抱負的象徵。

第二節　私我：個人思維的呈現

　　夢被視為私我的神話，因夢中所見所聞，通常與生活脫不了干係，僅是抽象、無結構的呈現。漢代雖不像先秦人民知識未發，然亦無法真正了解夢之意義，因此，視夢為禍福吉凶的依據，亦可由夢的敘寫，藉此瞭解漢代人的思維。

一、個人禍福—人事夢兆，死亡關懷

　　一般來說，關乎國家大事的夢徵兆，多為帝王或諸侯王或位高權重者，夢兆自然與國家的興亡相連。個人存亡的徵兆，多為百姓或官員所夢，吉凶止於一身或一家。然而，還是有例外，如上文所述曹國百姓夢國家敗亡，而下文中呂后夢疾病纏身等。個人禍福的夢徵中，吉兆少，凶兆多，以下分為自夢與托夢兩部分探討。

〔註41〕班固撰，顏師古注：《漢書》（台北：明倫出版社，1972年），冊五，卷九十九，〈王莽傳〉第六十九上，頁4050。

〔註42〕逯欽立輯校：《先秦兩漢魏晉南北朝詩》（台北市：木鐸出版社，1983年），卷七〈孔融〉，頁197。

〔註43〕范曄撰，楊家駱主編：《後漢書》（台北：鼎文書局出版，1987年，新校本後漢書并附編十三種），冊四，卷八十上，〈文苑列傳〉第七十上，頁2623。

（一）自夢禍福

自夢顧名思義即是由自身所夢。經由對夢象的自解或他解，顯示出吉凶禍福的徵兆。吉兆有官位之夢及文采之夢，其餘則多為凶兆，如徵兆疾病、壽命或敗亡之徵等。

1. 官位之夢、文采之夢

官位之夢徵兆將得高位，文采之夢預示書籍或篇章精采可期，得到皇帝的認同。然而，這兩方面之夢例不多，只於一本書中見之，可知其並非廣為流傳。如官位之徵僅有蔡茂夢得中台之位：

> 茂初在廣漢，夢坐大殿，極上有三穗禾，茂跳取之，得其中穗，輒復失之。〔註44〕

此夢中雖然得穗又失之，蔡茂以為必失中台之位，然而主簿郭賀卻恭賀蔡茂將得中台之位，因為「取中穗，是中台之位也。於字禾失為秩，雖曰失之，乃所以得祿秩也。」〔註45〕此為解夢法中的反面解釋及拆合字的方法，探尋出夢徵兆的真實意涵。雖為孤證，卻亦能顯現其特殊性。

再者為文采之夢，在《西京雜記》中有三則記載。《西京雜記》所記多為西漢中長安的遺聞軼事、時尚風氣、奇人奇事等。文中開始關注文人夢，夢與其書連結，使書充滿傳奇、崇拜色彩。其例為：

> 楊雄讀書，有人語之曰：「無為自苦，玄故難傳。」忽然不見。雄著《太玄經》，夢吐鳳凰，集《玄》之上，頃而滅。〔註46〕

意為揚雄聽到有人告訴他說：「因為沒人肯苦讀，玄於是快要失傳。」揚雄有感而著《太玄經》，完成時夜夢吐鳳凰，集中於書之上。鳳凰為四靈之一，帶有吉祥、高貴之意，夢吐鳳凰於書上，表示此書為揚雄心血之結晶，甚為可觀。又鳳凰具有重生意涵，揚雄寫太玄經，將「玄」做新的詮釋，重新闡發宇宙生成、天地變化等道理，因此以鳳凰為徵。另有「董仲舒夢蛟龍入懷，乃作《春秋繁露》詞。」〔註47〕及司馬相如作《大人賦》：

〔註44〕范曄撰，楊家駱主編：《後漢書》（台北：鼎文書局出版，1987年，新校本後漢書并附編十三種），冊二，卷二十六，〈伏侯宋蔡馮趙牟韋列傳〉第十六，頁908。

〔註45〕范曄撰，楊家駱主編：《後漢書》，冊二，卷二十六，〈伏侯宋蔡馮趙牟韋列傳〉第十六，頁908。

〔註46〕劉歆，一說西晉葛洪：《西京雜記、世說新語》（上海市：上海商務，1965年），〈西京雜記〉第二，頁6～7。

〔註47〕劉歆，一說西晉葛洪：《西京雜記、世說新語》，〈西京雜記〉第二，頁7。

相如將獻賦，未知所爲。夢一黃衣翁謂之曰：「可爲《大人賦》。」

遂作《大人賦》，言神仙之事以獻之。賜錦四匹。〔註48〕

司馬相如受漢武帝詔獻賦，夢黃衣老人告訴他寫《大人賦》，相如依夢寫《大人賦》，內容爲神仙之事，受到皇帝的喜愛，賜錦四匹。黃衣老人托夢要司馬相如寫《大人賦》，大人就是神，因此，司馬相如在《大人賦》中寫神仙之事。這些夢境的描寫，是眞是假亦無可考，只於《西京雜記》中記載，夢境內容生成的原因或許是賦大爲流傳後，經後人捏造，意欲將此賦傳奇化，提升價值。然而，對於文采的徵兆，漢以後卻大爲流傳，因此，也有其不可抹滅性。

2. 壽命、疾病之夢

個人的夢徵中，關於壽命、疾病之夢不少。畢竟人生在世，有什麼比死亡或疾病還令人畏懼、重視？如《史記》就記載孔子之夢：

昨暮予夢坐奠兩柱之間，予始殷人也。」後七日卒。〔註49〕

又鄭玄云：

夢孔子告之曰：「起，起，今年歲在辰，來年歲在巳。」既寤，以讖合之，知命當終，有頃寢疾。〔註50〕

孔子知殷代之禮，坐奠兩柱之間爲死亡的象徵，因此，感於自身壽命將盡。禰衡《魯夫子碑》：「合吉凶于鬼神，遂殂落于夢寐，是以風烈流行，無所不通。」〔註51〕即是謂此。而鄭玄爲一代經學大師，學識亦非凡，僅因夢孔子所訴之語，即可推算出自身壽考，另有周磐夢先師東里先生爲其講學於陰堂之奧而知自己將與老師相聚，離開人世。此種論示自身壽命將終之夢，現今亦曾聽說，有人說是有修行之人常能有此感應，如修行的和尚等，亦有人認爲人將死，通常都會有所徵兆，只在自身於能否體悟。另外，王延壽曾做惡夢，夢中妖怪想要牽引他，於是作〈夢賦〉砥礪自己「齊桓夢物，而亦以霸。武丁夜感，而得賢佐。周夢九齡克百慶。晉文監腦國以竟。老子役鬼爲神將。

〔註48〕劉歆，一說西晉葛洪：《西京雜記、世說新語》，〈西京雜記〉第三，頁10。

〔註49〕司馬遷撰，楊家駱主編：《史記》（台北：鼎文書局出版，1993年，新校本史記三家注并附編二種），冊三，卷四十七，〈孔子世家〉第十七，頁1944。

〔註50〕范曄撰，楊家駱主編：《後漢書》（台北：鼎文書局出版，1987年，新校本後漢書并附編十三種），冊二，卷三十五，〈張曹鄭列傳〉第二十五，頁1211。

〔註51〕嚴可均校輯《全上古三代秦漢三國六朝文》（北京市：中華書局，1995年），冊一，全後漢文卷八十七，頁942。

轉禍為福永無恙。」〔註52〕希望能禍轉為福。史傳敘述「曾有異夢，意惡之，乃作《夢賦》以自厲。後溺水死，時年二十餘。」〔註53〕似乎也意味著夢徵的靈驗。又有疾病夢例如：

> 高后夢見物如蒼狗撠后腋，忽然不見。卜之，云：「趙王如意為祟。」
> 遂病腋傷。〔註54〕

高后即是高祖之后—呂后，呂后為防戚夫人之子趙如意奪取嫡位，因此暗殺趙如意，還殘害戚夫人，棄之廁所內，稱之為人彘，手段實在殘忍。呂后夢見有物如蒼狗刺入腋下，卜卦後發現是趙如意在作祟，欲報殺身之仇，皇后沒多久就生病，果真是腋下受傷。《西京雜記》中亦紀錄一則夜夢腳傷之事：

> 樂書家，棺柩明器朽爛無餘。有一白狐，見人驚走，左右遂擊之，不能得，傷其左腳。有夕，王夢一丈夫，鬚眉盡白，來謂王曰：「何故傷吾左腳？」乃以杖叩王左腳。王覺，腳腫痛生瘡，至死不差。
> 〔註55〕

此夢源於左右之人傷白狐左腳，白狐因此入夢尋仇，以杖叩王左腳。沒想到醒後，果真腳腫痛生瘡，至死仍如此。夢與人生活息息相關，但以夢徵應驗自身的死亡、疾病，仍讓人嘖嘖稱奇。

3. 官敗人亡

　　上文為徵兆得官位，此則為徵兆官敗人亡。在《漢書‧武五子傳》敘述漢武帝孫，昌邑哀王髆之子劉賀的夢境。昭帝崩，因無子嗣，故召賀受璽印，襲尊號，沒想到即位後行淫亂，不祥之兆數來，如獨見熊，或大鳥飛集宮中，又夢：

> 王夢青蠅之矢積西階東，可五六石，以屋版瓦覆，發視之，青蠅矢也。〔註56〕

〔註52〕費振剛、胡雙寶、宗明華輯校：《全漢賦》（北京：北京大學出版社，1993年），頁534。

〔註53〕范曄撰，楊家駱主編：《後漢書》，冊四，卷八十上，〈文苑列傳〉第七十上，頁2619。

〔註54〕荀悅撰，王雲五主編：《前漢記》（台北市：台灣商務印書館，1973年），冊一，〈前漢高后紀〉卷第六，頁8。

〔註55〕劉歆，一說西晉葛洪：《西京雜記、世說新語》（上海市：上海商務，1965年），〈西京雜記〉第六，頁19。

〔註56〕班固撰，顏師古注：《漢書》（台北：明倫出版社，1972年），冊四，卷六十三，〈武五子傳〉第三十三，頁2766。

大臣於是警告賀，說：「營營青蠅，至于藩；愷悌君子，毋信讒言。」〔註57〕
表示左右讒人太多，應該放逐讒人，若以先帝大臣的子孫為左右，國家將能
轉凶為吉。劉賀不聽此警語，最後被孝昭皇后所廢，賀復歸故國。劉賀雖貴
為王，但是不修德政，最後落得被廢的下場。再來是霍光的兒子霍禹敗亡的
夢兆：

> 先是禹夢見第門皆壞，有人發第端門屋瓦投之地，就視之則不見。
>
> 〔註58〕

霍光兒子霍禹被抓前除了自夢外，霍禹的母親顯也夢見井水滿溢於庭院，廚
房的灶居然掛在樹上，這是家園敗亡的徵兆，而且夢中大將軍告訴她：「知捕
兒不？亟下捕之。」〔註59〕《漢書》中言：「禹夢車騎聲正讙來補禹」〔註60〕，
都是霍家敗亡的徵兆。霍光女兒為漢宣帝皇后，一人得道，雞犬升天，霍家
因此興盛。然而霍光死後，霍氏卻越來說奢侈、跋扈，又因霍光妻子顯之前
謀害許皇后的事情曝光，宣帝於是收取霍氏的兵權，霍氏不甘心，密謀叛亂，
後來事機敗露，霍禹於是被腰斬，其他霍家女眷被棄市，慘遭滅族。夢門第
皆壞、投屋瓦之地，顯示家敗人亡。以上敗亡見廢之徵，可以說是咎由自取
的，如果能潔身自好，就不會有此下場。除了霍禹的母親顯外，同樣夢見自
己兒子下場的還有武威太守張奐的妻子，她懷孕時：

> 夢見奐帶印綬，登樓而歌。乃訊之于占者，曰：「必生男，復臨茲邦，
>
> 命終此樓。」〔註61〕

結果，兒子張猛，與其父一樣成為威武太守，然而卻因為殺刺史邯鄲商，而
被州兵圍剿，張猛不願被捕，於是登樓自焚而死，如同占夢者所云。最後，
彭寵妻夢：「嬴袒冠幘，踰城，髡徒推之。又寵堂上聞〔蝦〕蟆蟇聲在火爐下，
鑿地求之，不得。」〔註62〕夢徵預示了死亡的情狀。彭寵自立為燕王，皇帝

〔註57〕 班固撰，顏師古注：《漢書》，冊四，卷六十三，〈武五子傳〉第三十三，頁 2766。

〔註58〕 荀悅撰，王雲五主編：《前漢記》（台北市：台灣商務印書館，1973 年），冊二，
〈前漢孝宣皇帝紀〉二卷第十八，頁 1。

〔註59〕 班固撰，顏師古注：《漢書》（台北：明倫出版社，1972 年），冊四，卷六十八，
〈霍光金日磾傳〉第三十八，頁 2955。

〔註60〕 班固撰，顏師古注：《漢書》，冊四，卷六十八，〈霍光金日磾傳〉第三十八，
頁 2956。

〔註61〕 劉珍等撰，王雲五主編：《東觀漢記》（台北市：台灣商務印書館，1970 年），
冊二，卷二十一，列傳十六〈張奐〉，頁 5。

〔註62〕 劉珍等撰，王雲五主編：《東觀漢記》，冊二，卷二十三〈載記〉，頁 8。

下召討伐寵者將能封侯。寵懷疑將軍不忠，因此將軍隊安排在外，沒想到反叛的卻是奴隸。子密等三奴，趁彭寵臥睡時，捆綁他，並假裝彭寵命令遣走守門的官吏，還召喚寵妻進來以收括財物。先讓彭寵寫信告訴城門將軍開門放行，又讓寵妻縫製兩縑囊，利用完就斬下寵及其妻頭，放置囊中，前往京城求賞。官敗人亡之夢中，除了劉賀語霍禹的夢徵外，其餘皆由母親和妻子所夢，感覺上似乎並非自夢。然而，在兒子或丈夫受到傷害之時，母親或妻子也無法倖免於難，說是應驗自身夢兆亦無不可。只是，在當時社會體制的限制下，只重視掌權者男性，女性視為附屬品，才會顯示出夢是應驗兒子或丈夫的遭遇，並非自身。

（二）他者托夢

托夢顧名思義即他人有所托之夢，也可說是他者入夢。如《史記‧龜策列傳》中說「龜見夢曰：『送我水中，無殺吾也。』其家終殺之。殺之後，身死，家不利。」〔註63〕龜被殺後懲罰了殺牠之人。除此之外，龜也見夢於宋元王，請元王搭救牠於漁夫之手，最後果真找此龜，以此占卜，每占必中。《史記‧龜策列傳》由此托夢顯示龜的靈性。《後漢書》中則是記載人托夢之事：

> 式忽夢見元伯玄冕垂纓屐履而呼曰：「巨卿，吾以某日死，當以爾時葬，永歸黃泉。子未我忘，豈能相及？」式悗然覺寤，悲歎泣下，具告太守，請往奔喪。〔註64〕

元伯托夢告訴好友自己去世的日期及安葬日期，希望好友能趕得及奔喪，陪伴他走最後一段路。范式一點懷疑都沒有，醒後通悟，悲傷哭泣，馬上請假前往奔喪。可知，對夢深信不疑的程度。夢被視為去世靈魂與世人溝通的管道。另有，溫序為表示對國家的忠貞，不願屈服叛亂者，於是扶劍而死，光武帝感念溫序的賢良，賜京城旁做墳墓，並且提拔他三個兒子為郎中，還賜與穀、縑布等。然而，溫序對墳墓的地點並不滿意，托夢給長子壽，希望骸骨歸葬家鄉，長子壽夢見父親托夢，馬上棄官，請求皇帝將父親骸骨歸葬家鄉，完成溫序願望。中國人安土重遷，死後入土為安，葬於家鄉的觀念，甚

〔註63〕司馬遷撰，楊家駱主編：《史記》（台北：鼎文書局出版，1993年，新校本史記三家注并附編二種），冊四，卷一百二十八，〈龜策列傳〉第六十八，頁3228。

〔註64〕范曄撰，楊家駱主編：《後漢書》（台北：鼎文書局出版，1987年，新校本後漢書并附編十三種），冊四，卷八十一，〈獨行列傳〉第七十一，頁2677。

爲深遠。再者，一孝女托夢：

> 雄因乘小船，於父慟處慟哭，遂自投水死。弟賢，其夕夢雄告之：「卻
> 後六日，當共父同出。」〔註65〕

再如黃翻《上言流屍事》：

> 海邊有流屍，露冠絳服，感翻夢曰：「我伯夷弟，孤竹君也。求見掩
> 藏。」吏民有嗤者，皆死。〔註66〕

上則孝女雄爲找父親而自投河，托夢其弟，將於六日後，與父親一起出現。
六日後，果真與父親相扶持，一起浮於江上，郡縣爲了感念其孝心，爲其立
碑，圖象其形。下則托夢訴說心願，願被掩埋，而對流屍不敬者皆死，更製
造出恐怖的氣氛，顯示出人死後靈魂不死的觀念，甚至靈魂有威力足以操弄
生死。透過夢例的闡釋，加深人對神靈的敬畏，展現社會文化思潮。

二、陳述思想—闡揚思想、批判夢徵

先秦《列子》書中就曾對夢分類，分析夢產生的原因，並以夢來闡揚道
家無爲的思想，如〈華胥之夢〉。時至漢代，這樣的行爲並沒有停止，甚至更
加的興盛。以下分爲三部份來探討，（一）闡揚思想：以《淮南子》中闡揚的
道家思想爲主。（二）分析夢因、夢分類：延續《列子》等的研究，漢代對夢
因、夢分類有更深的探究。（三）批判夢徵：夢徵兆一直爲國家社會所崇拜，
因此王充以科學的推理批評夢徵的虛幻。如下所述：

（一）闡揚思想：《淮南子》

劉安的《淮南子》以道家思想爲主，然亦雜染各家學說。其中對於夢的
觀念，多用以闡揚道家聖人的意涵。如聖人無夢：

> 夫聖人用心，杖性依神，相扶而得終始，是故其寐不夢，其覺不憂。
>
> 〔註67〕

又云：

> 是故體道者，不哀不樂，不喜不怒，其坐無慮，其寢無夢，物來而

〔註65〕范曄撰，楊家駱主編：《後漢書》（台北：鼎文書局出版，1993年，新校本後
漢書并附編十三種），冊四，卷八十四，〈列女傳〉第七十四，頁2800。

〔註66〕嚴可均校輯《全上古三代秦漢三國六朝文》（北京市：中華書局，1995年），
冊一，全後漢文卷八十二，頁931。

〔註67〕劉安等撰，高誘注，楊家駱主編：《淮南子注》（台北市：世界書局，1969年），
卷二〈俶眞訓〉，頁21。

名，事來而應。〔註68〕

此聖人並非儒家的聖人孔子。而是道家的聖人。道家觀念認爲「聖人」是去
除思慮、不憂而不夢，亦沒有喜怒哀樂。如《淮南子・精神訓》所說：「其智
不萌，其魄不抑，其魂不騰。」〔註69〕將道家聖人的形象勾勒出來，由其智
不萌可知道家的思想是反璞歸眞，太多的思慮及人爲都是迫害，離聖人之路
更遠。另外，道家認同「直夢」的觀念。《淮南子・墜形訓》：「寢居直夢，人
死爲鬼。」〔註70〕直夢，也就是夢中夢見，明日則發生。對於直夢，舉一例
爲：

> 中夜夢受秋駕於師。明日，往朝。師望之，謂之曰：「吾非愛道於子
> 也，恐子不可予也。今日將教子以秋駕。」尹需反走，北面再拜曰：
> 「臣有天幸，今夕固夢受之。」故老子曰：「致虛極，守靜篤，萬物
> 並作，吾以觀其復也。」〔註71〕

尹需夜夢受秋駕於師，隔天，老師果眞要教他秋駕，這種夢境應驗的例子就
是直夢。末尾點明致虛極，守靜篤等理念，皆是對於道家思想的闡揚。然而
仍雜有儒家的思想，如即使作惡夢，只要行善念、做善事，將會逢凶化吉。
國家有祅祥，則不勝善政等，這種人爲重於徵祥的思想，於前文「勸諫國事」
中已言，不多贅言。

　　（二）分析夢因、夢分類

　　從先秦思想家即常探究夢發生之原因，欲給予夢更合理的解釋。漢代知
識份子亦然，由各方面探討夢產生之因，且分類更加精細，顯示出夢在兩漢
的發展與進步。以下詳細分析之。

　　1. 夢因、夢特性

　　夢是人人皆有的經驗，因此，知識份子也開始對夢產生的原因及夢的特
性加以探討，希望能對夢有更深的了解。《淮南子・說林訓》中寫道「遺腹子
不思其父，無貌於心也；不夢見像，無形於目也。」〔註72〕認爲夢的影像源
於雙眼所見，遺腹子不曾看見過父親，就不可能夢見父親的樣貌。又說道：「行

〔註68〕劉安等撰，高誘注，楊家駱主編：《淮南子注》（台北市：世界書局，1969 年），
　　　　卷十〈繆稱訓〉，頁 153。
〔註69〕劉安等撰，高誘注，楊家駱主編：《淮南子注》，卷七〈精神訓〉，頁 104。
〔註70〕劉安等撰，高誘注，楊家駱主編：《淮南子注》，卷四〈墜形訓〉，頁 59～60。
〔註71〕劉安等撰，高誘注，楊家駱主編：《淮南子注》，卷十二〈道應訓〉，頁 207。
〔註72〕劉安等撰，高誘注，楊家駱主編：《淮南子注》，卷十七〈說林訓〉，頁 294。

者思於道，而居者夢於牀；慈母吟於巷，適子懷於荊。」〔註73〕則是說明精相往來也，雖然距離遙遠，然因互相思念，輒夢見思念之人。這與崔寔〈政論〉中「晝則思之，夜則夢焉。」〔註74〕有異曲同工之妙。

夢的特性方面，王充認為夢、殄、死幾乎是一樣的實質：

> 人之死也，其猶夢也。夢者、殄之次也，殄者、死之比也。人殄不悟則死矣。案人殄復悟，死從來者，與夢相似，然則夢、殄、死，一實也。人夢不能知覺時所作，猶死不能識生時所為矣。〔註75〕

按此推論，「殄」於此應為昏厥之意。王充把夢、殄、死三者相提並論甚為有意思，人夜間作夢，似昏厥狀，只是差別在於一為生理自然，一為病態。又昏厥與死若不仔細辨別有無呼吸，也是很難判定。只是昏厥還有醒來之時，死則是死矣！如果，人昏厥後醒，人死後復活，就與夢相似了，因此他認為夢、殄、死為一實也。甚至，還以人夢不知外界所作與人死不識生時所為的特點來強化其論點。王充以夢的外在特徵，尋找與之相似表象的殄、死，有助於了解夢的性質，及其對夢的看法。再者，夢的特性還有與現實不相涉，如〈論死篇〉中所言：

> 人夢殺傷人，夢殺傷人，若為人所復殺，明日視彼之身，察己之體，無兵刃創傷之驗。〔註76〕

王充舉此例是為說明人的精神於夢中無法害人，死後的精神更不可能害人。但，此例甚能表達出王充反徵驗之性質，認為夢中殺人或被殺，隔天醒後都相安無事，顯示出夢的虛幻性。

2. 夢分類：《潛夫論》

王符的《潛夫論·夢列》是漢代唯一有系統的夢分類，其餘只是零零星星的介紹，如王充認為夢是人「思念存想」所導致的，因而《論衡·訂鬼篇》曰：「晝日則鬼見，暮臥則夢聞。獨臥空室之中，若有所畏懼，則夢見夫人據案其身哭矣。夫覺見臥聞，俱用精神；畏懼存想，同一實也。」〔註77〕顯

〔註73〕劉安等撰，高誘注，楊家駱主編：《淮南子注》，卷十七〈說林訓〉，頁300。

〔註74〕顏可均校輯《全上古三代秦漢三國六朝文》（北京市：中華書局，1995年），冊一，全後漢文卷四十六，頁723。

〔註75〕王充著，楊家駱主編：《論衡集解·上》（台北市：世界書局，1967年），卷第二十〈論死篇〉，頁417。

〔註76〕王充著，楊家駱主編：《論衡集解·上》，卷第二十〈論死篇〉，頁421。

〔註77〕王充著，楊家駱主編：《論衡集解·上》，卷第二十二〈訂鬼篇〉，頁448。

示王充認爲人所夢皆因所思，非徵兆。王符的夢分類並非全部獨創，而是統合眾多夢分類再加以深化而成，也因此分類標準不一。王符對於夢的分類爲：「有直，有象，有精，有想，有人，有感，有時，有反，有病，有性。」〔註78〕等十種。十類中，有科學的如病夢，也有迷信的如直夢、反夢，分類並無設立標準，茲將其歸納如下：

其中，以夢發生原因而分類者如「精夢」、「想夢」、「病夢」。「精夢」，也就是心智專心凝練其中而夢，例如孔子日思周公之德，晚上即夢周公。「想夢」，是「畫有所思，夜夢其事，乍吉乍凶，善惡不信者，謂之想。」〔註79〕人畫有所思、所憂，夜即夢之。「想夢」似吉似凶，沒有所謂善惡徵兆，似乎是平常無意義之夢。同樣都是日思，意精而夢與記想而夢其間有著灰色地帶，令人難以判別。「病夢」，因疾病而生夢，例如「陰病夢寒，陽病夢熱，內病夢亂，外病夢發，百病之夢，或散或集。」〔註80〕不同的疾病所產生的夢也不同。這早在《黃帝內經》中即視夢與疾病相關，歸納出因疾病產生的夢境，王符有鑑於此，而有「病夢」。以上多爲因襲，將前人歸納析解而成。如王符將《列子》的思夢分爲精夢與想夢。

也有以夢者的身分或心理態度而分者如「人夢」、「性夢」。「人夢」爲因身分貴、賤，資質賢愚或男、女、長、少不同而有所差別者，謂之「人夢」。這是對解夢方面來說，如貴人夢之爲祥，賤人夢之即爲凶，因人身分地位不同，所解的吉凶也不同。至於「性夢」，也就是性情之夢，王符認爲「人之情心，好惡不同，或以此吉，或以此凶。當各自察，常占所從。」〔註81〕這並非從夢的角度出發，而是依做夢者自身好惡不同，解自己的夢而應驗吉凶的情形。重視的反而是夢者對夢的心理態度。人夢的分類之前尚未明確被提出，但占卜者釋夢早已行之已久，王符將之行諸文字。至於性夢，確爲王符所創，是肯定了個別的差異。

再者，有以夢應驗結果而分類如「直夢」、「反夢」。「直夢」：王符認爲直夢例爲邑姜夢帝謂己：「命爾子虞，而與之唐。」後來果予之唐之事爲直夢。對於直夢，《淮南子》及王充《論衡》中也有提及。直夢爲對夢的普遍認知。

〔註78〕王符撰，汪繼培箋：《潛夫論箋》（台北縣：漢京文化事業有限公司，1984年），〈夢列〉第二十八，頁315。

〔註79〕王符撰，汪繼培箋：《潛夫論箋》，〈夢列〉第二十八，頁317。

〔註80〕王符撰，汪繼培箋：《潛夫論箋》，〈夢列〉第二十八，頁315。

〔註81〕王符撰，汪繼培箋：《潛夫論箋》，〈夢列〉第二十八，頁315。

「反夢」也就是「陰極即吉，陽極即凶。」〔註82〕物極必反之意，夢兆吉凶與事實相反，故爲反夢。王符舉晉文公夢楚子伏己而盬其腦，似乎是凶兆，然而戰爭卻是大勝，因此稱反夢。此二種也是王符沿襲前人。另外，還有「象夢」，夢中所見實爲象徵，如《詩經》中夢熊羆生男，夢蛇虺生女，即是象夢。

還有以外在環境因素影響而分類者如「感夢」、「時夢」。「感夢」，對颳風、下雨、寒冷、溽暑有所感而夢。如「陰雨之夢，使人厭迷；陽旱之夢，使人亂離；大寒之夢，使人怨悲；大風之夢，使人飄飛。此謂感氣之夢也。」〔註83〕意思是睡眠環境的更改或變化，也會使人產生不同的夢境。「時夢」，因五行王相的更迭變化而夢就是「時夢」。如春天是萬物生長的季節則夢「發生」；夏天是雲高風清、大地明亮的季節，則夢「高明」；秋冬爲採收、多眠的時節，則夢「熟藏」。因季節的遞嬗而夢，謂應時之夢。「感夢」、「時夢」是王符注意到外界環境對於人夢境的影響而有此分類。最後，象夢解釋夢中圖象則以社會文化共識來理解。「象夢」例子如夢熊羆生男，夢蛇虺生女，象夢有象徵之意，並非一目了然，而是根據對夢象的了解而解讀。

由上可知，王符將所有可能的夢的分類皆聚於此，雖有集結之功，卻失之繁雜，標準不一。有以夢發生原因而分者如「精夢」、「想夢」、「病夢」等；有以夢者的身分或心理態度而分者如「人夢」、「性夢」；又有以夢應驗結果而分類如「直夢」、「反夢」等。但是，不可抹煞的是王符以各種角度觀看夢的發生與結果，以生理、疾病、環境等角度出發，有助於人對夢的了解。

（三）批判夢徵：《論衡》

夢徵原本被深信不疑，然而對夢的產生原因了解越多，醫學發達的情況下，知識份子開始質疑夢徵，如淮南子〈說山訓〉中開始對於「神龜能見夢元王，而不能自出漁者之籠。」〔註84〕產生疑問。桓譚〈祛蔽〉中以趙昭儀受寵，皇帝詔令作賦，爲之徹夜思慮，終於賦成，小睡一下時夢「其五藏出在地，以手收而內之。及覺，病喘悸，大少氣，病一歲。」〔註85〕說明是因

〔註82〕王符撰，汪繼培箋：《潛夫論箋》，〈夢列〉第二十八，頁317。
〔註83〕王符撰，汪繼培箋：《潛夫論箋》（台北縣：漢京文化事業有限公司，1984年），〈夢列〉第二十八，頁315。
〔註84〕劉安等撰，高誘注，楊家駱主編：《淮南子注》（台北市：世界書局，1969年），卷十六〈說山訓〉，頁272。
〔註85〕嚴可均校輯《全上古三代秦漢三國六朝文》（北京市：中華書局，1995年），冊一，全後漢文卷十四，頁544。

為思慮太過，傷精神而致病，並非疾病徵兆，反擊夢徵驗的說法。王充《論衡》一書中更以科學推論的方式，批判夢徵的不合理。如《論衡‧吉驗篇》言：伊尹母夢人謂己曰臼出水，即東走。臼果出水，伊尹母急走，因此伊尹倖免於難。大家歌功頌德說伊尹命不當沒，其母才會感夢而走。王充駁斥此說法，認為若以此推論「歷陽之都，其策命若伊尹之類，必有先時感動在他地之效。」〔註86〕那徵兆不就太浮濫了。又對於「感於龍」、「夢與神遇」之類的夢徵，從多方面加以批判。王充以《史記》中：「劉媼嘗息大澤之陂，夢與神遇。是時雷電晦冥，太公往視，則見蛟龍於其上。已而有身，遂產高祖。」〔註87〕為例，於多個章節中都有論述。如〈感類篇〉言大部分認為雷雨為天怒之象徵，為何生聖人而雷電晦冥呢？〈奇怪篇〉曰：「夢與神遇，得聖子之象也。夢見鬼合之，非夢與神遇乎？安得其實？」〔註88〕要如何分辨夢中究竟為神或為鬼呢？又云萬物生下各似本種，同類才能繁衍，就像牡馬與雌牛不同類不相合。〈奇怪篇〉又言：

> 今龍與人異類，何能感於人而施氣？或曰：夏之衰，二龍鬥於庭，吐於地。龍亡在，櫝而藏之。至周幽王發出龍，化為玄黿，入於後宮，與處女交，遂生褒姒。玄黿與人異類，何以感於處女而施氣乎？夫玄黿所交非正，故褒姒為禍，周國以亡。以非類妄交，則有非道妄亂之子。今堯、高祖之母不以道接會，何故二帝賢聖，與褒姒異乎？〔註89〕

的確，萬物中同類才會相互吸引並繁衍後代。不同種的或許可交配，生下的卻幾乎無繁殖能力，不符合動物演化的規律，就像眾所皆知的母馬加公驢所產生的騾子並無法繁衍。而龍與人如何生出人，甚至是聖人？這種問題是沒有解答的，只是王充以其博學多聞加上懷疑推理的能力，提出一連串對於夢徵的疑惑，反駁了夢徵的神聖性。對於「趙簡子夢上天」的鈞天廣樂之夢，他認為夢通常是以其象，不以其實為徵。所以夢樓臺、山陵為官位之徵，然樓臺、山陵實非官位，因此在〈紀妖篇〉中說：

〔註86〕王充著，楊家駱主編：《論衡集解‧上》（台北市：世界書局，1967 年），卷第二〈吉驗篇〉，頁 42。

〔註87〕司馬遷撰，楊家駱主編：《史記》（台北：鼎文書局出版，1993 年，新校本史記三家注并附編二種），冊一，卷八，〈高祖本紀〉第八，頁 341。

〔註88〕王充著，楊家駱主編：《論衡集解‧上》，卷第三〈奇怪篇〉，頁 76。

〔註89〕王充著，楊家駱主編：《論衡集解‧上》，卷第三〈奇怪篇〉，頁 74～75。

> 簡子所夢見帝者非天帝也。人臣夢見人君，人君必不見，又必不賜。
> 以人臣夢占之，知帝賜二筍、翟犬者，非天帝也。非天帝，則其言
> 與百鬼游于鈞天，非天也。魯叔孫穆子夢天壓己者，審然，是天下
> 至地也。〔註90〕

以夢中所見非事實而是其象徵來推論夢天帝非真天帝，這樣的推論稍嫌牽
強，但王充勇於懷疑的態度仍是非常可取的。又《論衡・死偽篇》云：「齊景
公將伐宋，師過太山，公夢二丈人立而怒甚盛。」〔註91〕晏子認為景公所夢
二丈人為湯、伊尹，因景公將伐宋，使其無後祀而怒，而王充辯白說：「絕伊
尹之後，遂至於今，湯、伊尹不祀，何以不怒乎？」〔註92〕若以晏子之言，
湯、伊尹對絕後祀將怒，秦滅六國時，為何不怒？大一統的漢代時，為何不
怒呢？將一般人沒設想到的道理言明、邏輯清晰，實在高明。而晉侯「夢黃
熊入於寢門」之夢，王充懷疑鯀死為何魂為黃熊？那黃熊死後魂為何？鯀殛
於羽山之事人人皆知，然其神化為黃熊入于羽淵，人何以得知？因此，怎能
斷定那黃熊不是死後禽獸的神靈？如以釋夢者所言，夢見黃熊入于寢門目的
為警示晉侯應祀於夏郊，何不直接以山川見夢更明確呢！他更運用假設，反
駁人死為鬼報仇之事，如〈死偽篇〉言：

> 人或夢見伯有介而行，曰：「壬子，余將殺帶也。明年壬寅，余又將
> 殺段也。」及壬子之日，駟帶卒，國人益懼。後至壬寅日，公孫段
> 又卒，國人愈懼。子產為之立後以撫之，乃止矣。〔註93〕

王充認為人死後應為無知，若有知，不應獨人有知，動植物等亦應有知。
又冤死之人能為鬼，比干、子胥等為何不為鬼？且即使伯有果為鬼，欲報
仇，也應找子皙報仇，而非受命於人的駟帶及公孫段，這樣哪算有知呢？
王充等知識份子面對先秦流傳下來的史夢加以批判，破除根深蒂固的相信
夢徵靈驗性，以懷疑、反思，加以批判，對於夢觀念的演變史上有著重大
的意義性。王充等知識份子在漢代就能廣泛運用歸納、分析的方式來破解
迷信，實在令人欽佩。夢的發展因漢代知識分子的努力，漸漸脫離迷信，
邁入另一階段。

〔註90〕王充著，楊家駱主編：《論衡集解・上》（台北市：世界書局，1967年），卷第
　　　　二十二〈紀妖篇〉，頁440。
〔註91〕王充著，楊家駱主編：《論衡集解・上》，卷第二十一〈死偽篇〉，頁431。
〔註92〕王充著，楊家駱主編：《論衡集解・上》，卷第二十一〈死偽篇〉，頁431。
〔註93〕王充著，楊家駱主編：《論衡集解・上》，卷第二十一死偽篇，頁427。

三、抒發情感—愛情、友情、親情等

每個人都有做夢的經驗，更有夢見所思念之人的經驗，透過經驗的累積，夢漸漸被視為抒發情感的管道。以夢抒情也符合委婉曲折傳達情意的傳統。其中，抒發的情感非常多元，可以是愛情、可以是親情、友情，甚至理想志向等。以下分成三方面敘述：

（一）騁情舒愛—忽寢寐而夢想兮，魄若君之在旁

愛如何傳達，如何以深刻而婉曲的表達，是由古至今的課題。前章已引之漢代〈古詩十九首〉中第十七首〈凜凜歲雲暮〉，即是以夢良人的情節來抒發妻子思念丈夫的心情。妻子獨自度過漫漫長夜，夢想著見到丈夫的容顏。前六句敘寫夢中見到丈夫的情景，絲絲入扣。夢中丈夫與我歡樂的愛戀，還夢到他迎娶我的模樣，希望能永遠過著歡笑的日子，與他度過一生。沒想到歸來後丈夫沒有停留，也沒有入深閨中相聚，突然就消失不見。由其中「亮無晨風翼，焉能凌風飛？」一句則早已知是夢，否則怎能來無影去無蹤呢？最後，只能無奈的引頸期盼丈夫的歸來。此詩由思念至入夢，又由夢中情境敘寫到醒後的心情，妻子對丈夫的愛意完整呈現出來。徐淑〈答秦嘉詩〉：

> 思君兮感結，夢想兮容暉。君發兮引邁，去我兮日乖。恨無兮羽翼，
> 高飛兮相追。長吟兮永歎，淚下兮沾衣。〔註94〕

徐淑對丈夫秦嘉的情意，可於此一覽無疑。然而由「夢想」、「容輝」、「羽翼」、「淚下沾衣」可知，完全出於古詩十九首，以前人之夢詩來傳達己身思念情意。蔡邕耳熟能詳的〈飲馬長城窟行〉：「遠道不可思，夙昔夢見之。夢見在我傍，忽覺在他鄉。」〔註95〕以女子的口吻訴說對丈夫的思念，夢中似乎見到丈夫在我身旁，突然醒來，原來一切都是夢，丈夫依舊遠在他鄉，突顯出內心的失落感。

以上為詩的部份，然而漢賦中也有以夢抒情，如雄才大略的漢武帝思念薄命的李夫人，寫下傳世的〈李夫人賦〉：「驩接狎以離別兮，宵寤夢之芒芒，忽遷化而不反兮，魄放逸以飛揚。」〔註96〕漢武帝因思念李夫人太深，夜夢其魂來相聚，短暫的歡愉，一醒來不見身影。武帝以此寄託對李夫人的深愛

〔註94〕逯欽立輯校：《先秦兩漢魏晉南北朝詩》（台北市：木鐸出版社，1983年），卷六〈徐淑〉，頁188。

〔註95〕逯欽立輯校：《先秦兩漢魏晉南北朝詩》，卷七〈蔡邕〉，頁192。

〔註96〕費振剛、胡雙寶、宗明華輯校：《全漢賦》（北京：北京大學出版社，1993年），頁126。

之情。復次，司馬相如應陳皇后所求，寫〈長門賦〉來挽回漢武帝的心，也是以「忽寢寐而夢想兮，魄若君之在旁。」〔註97〕刻劃出陳皇后日夜思念漢武帝的情景，使遭廢的陳皇后終於如願復寵。再者，〈檢逸賦〉雖爲殘篇，然僅依「晝騁情以舒愛，夜託夢以交靈。思在口而爲簧鳴，哀聲獨不敢聆。」〔註98〕一段，知爲愛情之夢，白天的騁情舒愛不足夠，夜晚還希望夢中相見，可見思念之情深。然而，思念之情卻有口說不出，只能獨自思念的哀淒之聲讓人不敢聆聽。而後，東漢末出現等，寫對於愛人或美女的遙想，希望能入夢相交而通靈，以慰相思之苦。如陳琳〈止欲賦〉所言「忽假瞑其若寐，夢所懼之來征。魂翩翩以遙懷，若交好而通靈。」〔註99〕假瞑就是爲能夢與魂聚。〈正情賦〉中：「魂翩翩而夕遊，甘同夢而交神。晝彷徨于路側，宵耿耿而達晨。」〔註100〕及〈閑邪賦〉：「排空房而就衽，將取夢以通靈。目炯炯而不寐，心忉怛而惕驚！」〔註101〕以上幾首展現出等待美人入夢交好而通靈，但期待卻落空的無奈。然而，以止欲、正情、閑邪爲題，表示這些期待是需要加以制止的。爲何如此？俟第六章中再詳細說明。

（二）傳達親、友情—夢中執手兮一喜一悲

詩中夢多用以傳達情感，情感除愛情外，親情、友情亦盛，夢在此中展現出欲見不得之情。現實不可見，唯在夢中才能一償宿願的亦喜亦悲的矛盾心情。最著名爲蔡琰的〈胡笳十八拍〉。蔡琰被胡人擄掠十二年，終於被贖回國，然而卻又經歷生離的痛苦。兩個兒子仍須留在胡國。蔡琰所作〈胡笳十八拍〉中即敘述思念兒子之夢：

> 身歸國兮兒莫之隨。心懸懸兮長如飢。四時萬物兮有盛衰。唯我愁苦兮不暫移。山高地闊兮見汝無期。更深夜闌兮夢汝來斯。夢中執手兮一喜一悲。覺後痛吾心兮無休歇時。十有四拍兮涕淚交垂。河水東流兮心是思。〔註102〕

〔註97〕費振剛、胡雙寶、宗明華輯校：《全漢賦》（北京：北京大學出版社，1993年），頁101。

〔註98〕費振剛、胡雙寶、宗明華輯校：《全漢賦》，頁596。

〔註99〕費振剛、胡雙寶、宗明華輯校：《全漢賦》，頁701。

〔註100〕費振剛、胡雙寶、宗明華輯校：《全漢賦》，頁729。

〔註101〕費振剛、胡雙寶、宗明華輯校：《全漢賦》，頁682。

〔註102〕逯欽立輯校：《先秦兩漢魏晉南北朝詩》（台北市：木鐸出版社，1983年），卷七〈蔡琰〉，頁203。

歸國後，山高地闊，蔡琰欲與子相見遙遙無期，只能深夜夢兒子來到中原找她，夢中握著兒子的手既高興又悲傷，覺醒後更是痛心，因思念兒子而涕淚俱下。再則，丁廙也為蔡琰的悲慘遭遇作〈蔡伯喈女賦〉，其中：「祈精爽於交夢，終寂寞而不至。哀我生之何辜？為神靈之所棄。」〔註103〕將蔡琰思念家園、親人，哀嘆境遇的心情烘托出來。此外，亦有思念友人之例，如李咸〈荅張奐書〉：「離別三年，夢想言念，何日有違。伯英來，惠書盈四紙，讀之三復，喜不可言。」〔註104〕伯英為張奐之子，為父親傳送書信與李咸。李咸得之，開心得一讀再讀，可見對張奐之思念與重視。此處的「夢想言念，何日有違」，明顯可知非真有夢，而是以夢來表達對友人的深切想念。

（三）宣寄情志、情狀—恍惚如夢，不敢自信

在賦方面，賦不同於詩篇的短小，以記敘的方式來撰寫，更有韻文及散文的特點。其中，夢被用來宣寄個人的情志，將自身的理想假託其中，或以夢遊、夢占的方式，得到領悟。更有以夢描述抽象情狀，透露出其不可置信的驚喜之情。以下分別說明之。

首先，班固自言作〈幽通賦〉目的在於「致命遂志」，通透命的吉凶，明己之志。內容說明夢與神仙相遇的情形。〈幽通賦〉云：「魂煢煢與神交兮，精誠發於宵寐。夢登山而迴眺兮，覿幽人之髣髴，攬葛藟而授余兮，眷峻谷曰勿隧。」〔註105〕神仙授予他葛藟，免於掉下峻谷。醒來後，不知此夢是吉是凶，請占夢。占夢結果為吉，然而卻又有明顯的警誡意涵，有墜落深淵的危機。因此，點出全賦的意涵，只要行之有道，就能化解危機，反禍為福，無道，則遭受凶禍。這夢是班固於父親亡後，欲接下父親著史大業的表述，更是道德精神的強心針。即使，前方禍福難明，但班固相信，只要依道行事，一切將能逢凶化吉。除此之外，張衡的〈思玄賦〉亦是用以抒發情志。《後漢書》中敘述：「衡常思圖身之事，以為吉凶倚伏，幽微難明，乃作〈思玄賦〉，以宣寄情志。」〔註106〕可知，在敘寫夢及解夢的背後，目的是要將內心的情

〔註103〕費振剛、胡雙寶、宗明華輯校：《全漢賦》（北京：北京大學出版社，1993 年），頁 744。

〔註104〕嚴可均校輯《全上古三代秦漢三國六朝文》（北京市：中華書局，1995 年），冊一，全後漢文卷六十一，頁 810。

〔註105〕費振剛、胡雙寶、宗明華輯校：《全漢賦》，頁 344。

〔註106〕范曄撰，楊家駱主編：《後漢書》（台北：鼎文書局出版，1987 年，新校本後漢書并附編十三種），冊三，卷五十九，〈張衡列傳〉第四十九，頁 1914。

感、志向顯示出來。而其內容由「發昔夢於木禾兮，穀崑崙之高岡。」〔註107〕開始進入夢遊，往東、南、西遊歷一番，最後由夢中回到現實。夢醒後請巫咸占夢：

> 抨巫咸以占夢兮，迺貞吉之元符。滋令德於正中兮，含嘉秀以爲敷。
> 既垂穎而顧本兮，亦要思乎故居。〔註108〕

由占木禾之夢，導引到思念家鄉故居，顯示出官場太黑暗而興起歸鄉隱居的念頭。否則，若遭受宦官讒言，不知能否全身而退。還援用古代的一些夢事如殷高宗得傅說之夢、叔孫穆子夢天壓己及趙簡子夢鈞天廣樂等，與木禾之夢相互輝映，闡揚吉凶禍福相依之理。夢與遊仙可說是張衡的內心之旅，透過夢占及遊歷仙境，他更加確定歸隱的信念。宣寄情志之夢表達出人生禍福不可捉摸的心情，宜對未來審慎處事，才能消災避禍的展現。

此外，還有對所見所聞不敢置信者，則言「若夢、如夢」表明其驚訝的情狀，只可能於夢中看見。更有以夢境迷茫、恍惚的情狀來譬喻。如張平子〈西京賦〉：

> 得之者強，據之者久。流長則難竭，柢深則難朽。故奢泰肆情，馨
> 烈彌茂。鄙生生乎三百之外，傳聞於未聞之者。曾髣髴其若夢，未
> 一隅之能睹。〔註109〕

張衡讚美西京長安自高祖時爲首都，因地勢顯要，易守難攻，而成就此富饒、繁華。他一個鄙生在三百年後，來到此傳聞的京都，一睹其風采，就如同夢一般難以置信。又揚子雲〈甘泉賦并序〉：「雖方征僑與偓佺兮，猶彷彿其若夢。」〔註110〕也是如此。征僑、偓佺爲兩仙人，揚雄以他們來誇飾宮的高峻，即使是仙人，都恐怕看不清其全貌，似乎只能於夢中看見。最後，蔡邕對自己封侯之事敘寫如下：

> 臣稽首受詔，怔營喜懼，精魄播超，恍惚如夢，不敢自信。〔註111〕

蔡邕對於自己封陳留雍丘高陽鄉侯，歲五十萬穀各米的優渥俸祿，表現出不

〔註107〕費振剛、胡雙寶、宗明華輯校：《全漢賦》（北京：北京大學出版社，1993 年），
　　　　頁 394。
〔註108〕費振剛、胡雙寶、宗明華輯校：《全漢賦》，頁 397。
〔註109〕費振剛、胡雙寶、宗明華輯校：《全漢賦》，頁 421。
〔註110〕費振剛、胡雙寶、宗明華輯校：《全漢賦》，頁 172。
〔註111〕嚴可均校輯《全上古三代秦漢三國六朝文》（北京市：中華書局，1995 年），
　　　　冊一，全後漢文卷七十一，頁 861。

可置信之心情。還認爲自己是否在恍惚的夢中，並非眞事。以夢表達狀態的用法，充分表達夢的恍惚，令人不敢置信的態度，也是以誇飾方式說明此物之美善到極點。由以上三點以夢抒情可發現，以夢達情強化了情感的眞摯，比直接說出思念言語來的深刻，用以表達內心深刻的情感非常適合，因此深得敘寫者的喜愛。

本章小結

　　兩漢夢喻包括「公我的國家政治」及「私我個人關懷」二個面向。「公我」以夢來兆應國事、政事論說及訴說愛國情懷；「私我」則以夢來徵驗自身安危、深入探究夢因與分類，反省夢徵的可信度。甚至，也以夢來抒發對愛情、親情或友情的眞摯。

　　公我之夢喻，夢者多爲位高權重者，立基於國家、社會的脈動下，源於政治的需求而成，也就是說「公我之夢喻」是一種社會文化思潮、集體思維的表現，滿足了政治上的須求。史傳以夢徵來兆應國事，確立帝王的崇高地位；劉向、賈誼等以夢勸誡帝王修德、誠信等，期望君王以仁義治國；甚至還以夙夜夢寐等傳達對國家的忠誠、盡心。公我之夢，除了抒發愛國情懷外，都是爲安定國家而創。史傳中帝王之夢龍、上天及胎夢等，成爲文化之夢喻，不須解夢，或者由通解歷史者解夢，表示已形成固定的意涵。不論是約定俗成或未規約之夢，皆可說明夢喻在漢代社會文化中的重要性。

　　「私我之夢喻」，通常關懷個人死亡或敗亡等議題，展現個人心理表徵。其中僅少數官位之夢、文采之夢爲吉夢，與公我國家帝王之夢多爲吉夢有所差別，可見其中英雄主義的情結。另外，漢代知識份子延續先秦思想家《列子》、《莊子》及《黃帝內經》等對夢的探索，如王充開始質疑夢徵的眞實性，以許多科學假設反駁夢徵。王符〈夢列〉則是對夢做更深入的分析，探索夢因，分類成十種，對於了解當時夢的思想甚有幫助。夢也用以抒發個人的情感，不論是愛情、親情、友情等，皆可藉由夢的特性—日有所思、夜有所夢來傳遞思念的深切。

　　由上可知史傳、諸子散文及詩、賦之間的夢喻，雖然表面上壁壘分明：史傳爲徵兆夢、諸子散文爲論述夢、詩賦爲抒情夢，然在社會一體的關係下，終究脫離不了國家與個人的關懷，更可探究夢與人思想的密切聯繫。只是，

不同的文體有不同的目的性，夢喻的表現方式也差異甚大，因此，第二章權以史傳、諸子散文及詩、賦等不同文體來分述其特性與表述方式。而內在動機與集體意識的表現，則留待第四章加以說明。茲將本章內容統整如下表：

圖表 3-1 夢喻內容表徵統整表

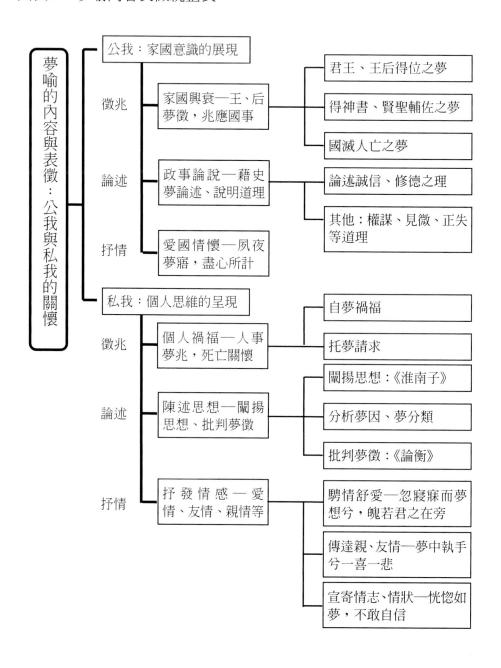

第四章　夢喻敍述心理意圖探析

　　「舊歷史主義」揭示史書是眞實的歷史，史家皆是秉筆直書。〔註1〕直到，「新歷史主義」〔註2〕出現，人類開始思索歷史的眞實性，所謂歷史其實是主流政權的歷史或敍寫者根據掌權者意識創造出來的一種假象。雖然，並不能一竿子打翻一船人，認爲所有的歷史全不能信任，然而不得不承認史書中所敍寫的史事是經過篩選而成的，並非全然客觀的歷史。既然如此，其中敍寫的夢又何嘗不是經過篩選或詮釋而成？夢產生後，經由個人或占夢著，甚至是敍述者的意識與詮釋，而賦予意義，呈現於讀者面前。甚至，史傳中所敍之夢境，可能有某些虛寫、虛構的成分。如楊丁友〈《史記》歷史敍事虛實藝術論〉所言：「合理的想像和虛構屬於虛寫。司馬遷《史記》是一部偉大的實錄性歷史著作，被人們稱爲信史，但在他的歷史敍事過程中也穿插著許多這一類虛寫。如〈高祖本紀〉開頭部分對高祖出生及一些怪異現象的敍寫……。」〔註3〕不管是經由篩選或虛寫，可知這些內容皆有其意義與目的，若能深入探究夢喻敍述的心理，才能體會其目的與意義。

　　先民面對夢境中種種情境的不解，產生了畏懼心理，因而訴諸於神聖的天或祖靈，融入自身信仰，有助於減少畏懼，但時間一久，夢卻漸漸的成爲

〔註1〕舊歷史主義的文學評論家在談論某一文學作品的「語境」時，總是假定這個語境—歷史背景—具有文學作品本身無法達到的眞實性和具體性。張京媛主編：《新歷史主義與文學批評》（北京：北京大學出版，1997年），頁4。

〔註2〕新歷史主義者認爲歷史和文學同屬於一個符號系統，歷史的虛構成分和敍事方式同文學所使用的方法十分類似。張京媛主編：《新歷史主義與文學批評》，頁4。

〔註3〕楊丁友〈《史記》歷史敍事虛實藝術論〉（中國《學術論壇》，2009年，第四期），頁168～169。

統治者的心理戰術，以此蠱惑人民的信任。漢代夢文化也就是由社會無意識，漸漸發展成社會意識，受統治者所用。社會無意識被認為「透過深植於文化和歷史的種種假設，態度、價值觀、創傷、意識型態以及神話等而影響個體和團體的生命。透過這些，自我認同和自我價值感、個體的以及集體的，都得到支持和重視。」〔註4〕在社會無意識期，人人相信夢具有意義，進而產生期許及畏懼心理，經過詮釋或理解，甚至能影響社會、國家的整體秩序。這些夢可能由於作夢者的心理因素，也可能是經由解夢者詮釋，更可能是由敘述者自身的觀點而形成，在社會無意識的影響下，刻意或非刻意的敘夢或詮釋夢，由是探索，將能了解當時人的夢心理。

第一節　作夢者的心理

　　夢的意義緣於作夢者的心理，端靠作夢者與釋夢者如何解讀，心理學中視夢與人心理相關，也是建立在夢者說明自身夢時的資訊，而達到透視其心理的效用。作夢者因其想望或畏懼，產生了預期、恐懼心理及良心譴責等，茲分述如下。

一、內心期待，預期心理

　　對於早已約定俗成的妾妃胎夢、皇帝登天夢，此以兩個層次分析，一為真有此夢，二為假夢。其內心各是存著何種心理？首先，以妾妃胎夢來說，漢一統天下，帝王的權大位高，享盡榮華富貴。皇宮后妃為得龍子，奪龍位，競爭激烈可想而知。其中，最常有的是胎夢。藉此哄抬自己與胎兒的身分，期待受到帝王的重視。胎夢產生的時間點為二：一為尚未受到帝王臨幸前，使自己於後宮佳麗三千中脫穎而出。漢高祖妾薄姬就是如此，她告訴高祖夜夢蒼龍據腹。高帝曰：「此貴徵也，吾為女遂成之。」〔註5〕可知，高祖於夢境後才臨幸之。二為懷孕時，增加胎兒成為太子、皇帝的機率。如王美人夢日入其懷，太子也視此為貴徵。作夢者因內心期待、慾望的投射，將夢中所見虛無飄渺之物或亮光等設想為龍、日等，增加自身信心。妾妃內心更冀望

〔註4〕安東尼‧貝特曼（Anthony Bateman）、丹尼斯‧布朗（Dennis Brown）、強納森‧佩德（Jonathan Pedder）著，陳登義譯：《心理治療入門》（台北縣，心靈工坊文化事業，2003年），頁26。

〔註5〕司馬遷撰，楊家駱主編：《史記》（台北：鼎文書局出版，1993年，新校本史記三家注并附編二種），冊三，卷四十九，〈外戚世家〉第十九，頁1971。

帝王聽夢後會對孩子產生預期心理，另眼相待而使孩子能登上龍位。

　　然而，此夢甚有可能為造假？試想，這些在先秦、兩漢的胎夢中，皇帝及大臣都不用解夢即知為貴徵，約定俗成的文化，後宮佳麗們會不知嗎？既然有此文化，假說胎夢來得到重視，相較於後宮中爾虞我詐，互相陷害來說，已經是最無傷的了。僅要小計，利用帝王或大臣們的既定心理，來達到目的。另外，帝皇登天夢又何嘗不是如此。天與帝位一樣的高遠，想登上勢必非常困難，若能有貴人相助，成功之路必將不遠。因此，夢中有龍或黃頭郎等相助，使之成功登天。若矯言做夢，必然是為了達成登帝位之目的，以此取信於大臣與人民，漢光武帝即是因此而受到大臣擁護。夢為個人所感知，他人不可得，不論是真是假，皆無法證實。至少，不難理解的是漢代的胎夢是由夢者內心期待與預期他人心理而成的。

　　此外，詩、賦中所描述的夢，通常亦屬於內心期待而成。如對於親人、愛人的思念而夢，夢滿足了作夢者無法見到親人或愛人的期待。

二、死亡的恐懼，憂慮敗亡

　　既然對生命期待，必然也會對死亡恐懼。恐懼更能觸動人的心思，因此，死亡、敗亡的夢佔了絕大多數。孔子、鄭玄夢壽命將結束，又何嘗不是如此。面對年華老去，身體漸衰，尤其又有疾病之時，難免心理預期死亡將至，而導致夢的發生，夢以象徵的方式委婉的傳達意涵，唯有了解象徵者，才能真知其意。如孔子夢兩楹之間，若非孔子了解此為死亡之徵，亦無法正確解釋。而對死亡、凶禍憂慮的王延壽在〈夢賦〉中亦寫道：

> 余夜寢息，乃有非恆之夢。其為夢也，悉睹鬼神之變怪，則有蛇頭
> 而四角，魚首而鳥身，三足而六眼，或龍形而似人，群行而奮搖，
> 忽來到吾前。申臂而舞手，意欲相引牽。于是夢中驚怒，腷臆紛紜。

〔註6〕

王延壽將自身噩夢寫成夢賦，為的就是希望轉化自身的心境。夢中，有鬼怪欲擾之，使他認為將危及到自身的生命，萌生畏懼，而做〈夢賦〉，以前人夢凶化吉來寬慰自己，希望能轉禍為福。然而，若他並不擔心，不相信夢的徵兆意義，又何須寫此。可見，人人都有對生命的渴求，對死亡的恐懼。因而面對噩夢中的情景，做了不少的聯想與詮釋。

〔註6〕 費振剛、胡雙寶、宗明華輯校：《全漢賦》（北京：北京大學出版社，1993年），
　　　 頁534。

此外，不論是帝王或人民之敗亡夢，則源於憂慮而生。只是，在社會無意識的帶動下，更加深君民心中的恐懼，若無法排解，最後則被自身的恐懼所湮沒。秦二世夢白虎齧死其左驂馬，而心憂慮災難的發生。秦二世為趙高的傀儡，並非實際掌權，夢境的發生前《史記》如此敘述：「沛公將數萬人已屠武關，使人私於高，高恐二世怒，誅及其身，乃謝病不朝見。」〔註7〕可見，這夢是他對於現實中處境的憂慮。夢境敘述後，二世即派遣使節責備趙高沛公之事，果引來殺身之禍。再者，還有已知大禍臨頭而致夢的，如霍禹的母親顯夢見井水滿溢於庭院，廚房的灶居然掛在樹上那則夢，是家園敗亡的徵兆。《漢書》中亦提及禹夢車騎聲正朝他追趕來，正因為霍家恃寵而驕，甚至，叛國欲自立，事情曝光後，知大禍臨頭，憂慮而致夢。

三、良心譴責

夢，反應人的思慮，當然也包括內心的不安與徨恐。當人做了違反常理的壞事時，夢也成為良心譴責的出口。真實的反應出潛意識的態度。如元帝因聽匡衡之建議，郡國的廟祠不再修復。而在生病時，夢見神靈譴責罷免諸廟祠，這可能就是元帝對祖靈廟不修復的不安與良心譴責。畢竟，中國人慎終追遠，把前人的祖位視為靈魂延續的象徵，不修復廟祠於情於理皆難以說服自身，因而產生此夢。復次，高祖后也因夢見蒼狗攫腋下，而病腋傷。卜夢後，認為是趙王如意作祟。事實上，當時高祖后為防止帝位被趙王奪，暗殺趙如意，並殘害趙王母戚夫人，斷其手足、戳瞎其眼、毒啞其口，手段凶殘，連高后子都不忍卒睹。呂后聽夢占之後內心不安、畏懼，果病。若呂后不作虧心事，占夢者不會如此解釋，事情的結果應該就會不同。還有，在第三章已提過漢靈帝罷宋皇后，導致皇后憂慮而死，而夢見先帝責備也是因為良心遣責。

因作虧心事，事後若有不舒服，甚至死亡，則聯想到鬼神的作怪。實際上，都是作夢者心理作祟，而非真有應驗。心理學實驗證實，且做過夢者皆知，當說明夢中的情節時往往其中不連貫，原因在於記憶的消失，這中間模糊的地帶，正是做夢者自身解讀與詮釋的所在，也最能顯示做夢者的問題所在，往往會以自身的想像與思慮解釋。夢的價值，正是在此，能藉由解釋夢

〔註7〕 司馬遷撰，楊家駱主編：《史記》（台北：鼎文書局出版，1993年，新校本史記三家注并附編二種），冊一，卷五，〈秦始皇本紀〉第五，頁273。

境，透露潛在的壓力與意識不願面對的問題。

　　總之，不論是心理導致夢或是夢影響心理，眞正能發揮作用的是自身的心理意識。如同王符十夢中的「人夢」，每人之好惡不同，因此夢後對心理的影響也不同。若視夢爲眞，吉夢則喜，心情開朗、正面，喜事果至；夢若爲凶，整天擔心受怕，心神不寧，用事不專，而凶果到。眞正的吉凶，並非決定於夢，而是夢者的應對態度才是。

第二節　解夢者的意向

　　周時有專業的占夢官，秦時依周制亦設，而漢代無設占夢官，解夢的工作由誰來擔任呢？並且解夢者究竟如何解夢？依據爲何？是否眞有吉凶判定的標準呢？以下由兩部分析論之：

一、解夢者的身分

　　在探討解夢者的欲意前，首先應先瞭解夢者爲誰。此部分僅就史傳的解夢者做探析，原因在於諸子散文中之夢多援引史夢，且其目的在於論述道理，並非占解夢境的意涵。詩、賦中多爲抒情，占夢情形不多，頂多說明占爲何，解夢亦不是其中重點，目的在抒情。在此依文本將解夢者分爲三方面：

　　（一）自解或皇者解夢：皇帝、太子

　　此多爲吉夢之解，並以皇帝或徵兆未來皇帝之夢爲主，如武丁夢得聖人名說，沒經過占解夢則認爲必得聖人，於是尋得傳說。《後漢書》中公孫述雖非爲皇帝，然夢：「八厶子系，十二爲期。」〔註8〕自解可當十二年皇帝，於是自立爲天子，建元曰龍興元年。另外，一再說明的胎夢，一直都是姜妃直接告訴皇帝或太子，皇帝或太子對於這約定俗成的夢，則有「此爲貴徵」之解。此可依自身想法而解，容易成爲掌權者的工具。

　　（二）專業占夢者：占夢者、卜夢者、筮史

　　周代有專門的占夢官，秦因襲周制亦設占夢官，《史記》中秦夢由占夢官占卜。如二世夢白虎齧左驂馬，占夢以爲涇水爲祟，二世乃齋戒，祠涇水，甚至沉四馬，最後仍被趙高派人殺死。當然，占卜也有正確者，如《後漢書》

〔註8〕范曄撰，楊家駱主編：《後漢書》（台北：鼎文書局出版，1987年，新校本後漢書并附編十三種），冊一，卷十三，〈隗囂公孫述列傳〉第三，頁535。

中張奐妻胎夢帶奐印綬登樓而歌，占夢後為必生男，且能成為太守，然將命喪此樓，後果如占者所言。另外，《史記》中描寫趙孝成王夢穿偏裻之衣，乘飛龍上天，不至而墜之事，其中的筮史為敢，占夢認為乘飛龍上天卻墜下，將會有憂愁事發生。由占、卜、筮字面意思可知，此非只以夢中情境解夢，而是輔以其他龜、筮占卜等，多重確認夢的吉凶。或許因占夢者所占有中亦有不中，又或許占夢並不能達成帝王的目的，符合皇帝期待，因此而喪失優勢，後來慢慢被大臣、博士所取代。

（三）朝廷大臣、博士：佔大多數

直接註明臣或姓名者有：史敦、盾、趙史、谷永、遂、匡衡、太宰嚭、伍子胥、馮異、羽林左監許永、主簿郭賀、卞忌，還有博士衛平等。佔了漢代史夢占解者的大部份。大臣與博士成為解夢者，解夢者由專門占夢官漸漸開放，甚至一般人皆可占解，如《吳越春秋》中公孫聖解吳王與齊國之戰的夢徵。大臣、博士為知識份子，所識者多，能引經據典，更能令人信服。如《漢書·武五子傳》中，王夢青蠅之屎積於西階東，翻覆屋瓦，果真發現五、六石青蠅屎。問遂，遂答曰：「陛下之《詩》不云乎？『營營青蠅，至于藩；愷悌君子，毋信讒言。』」〔註9〕遂引《詩》解此夢，信而有徵，認為王應該遠離讒人，並以先帝大臣的子孫為左右，國家才能轉凶為吉。然而，這些夢究竟是果真如此解，還是參雜解夢者的目的呢？由下文繼續論述。

二、吉、凶／真、假：解夢者的內心掙扎

解夢者對於夢的詮釋，有吉有凶，而其結果亦有真有假。此部分僅就有解夢者之篇章而論，自占解夢者不在其列。夢之吉凶與解夢者占夢的真假，依情節的結果而定，結果如與所占相同則為真，不同則為假。所解之夢實蘊含著解夢者的心理意圖與內心想望。

（一）反解：使夢者得到安慰，重拾信心

將夢境中看似凶的夢，詮解為吉夢。這樣的反解之夢，在先秦時期解夢中早已頻頻見之。如《說苑》中重述晉文公對城濮之戰的夢：

　　文公謂咎犯曰：「吾卜戰而龜熸。我迎歲，彼背歲。彗星見，彼操其

〔註9〕班固撰，顏師古注：《漢書》（台北：明倫出版社，1972年），冊四，卷六十三，〈武五子傳〉第三十三，頁2766。

柄，我操其標。吾又夢與荊王搏，彼在上，我在下，吾欲無戰，子
乙爲何如？」咎犯對曰：「十戰龜燋，是荊人也。我迎歲，彼背歲，
彼去我從之也。彗星見，彼操其柄，我操其標，以掃則彼利，以擊
則我利。君夢與荊王搏，彼在上，君在下，則君見天而荊王伏其罪
也。且吾以宋衛爲主，齊秦輔我，我合天道，獨以人事固將勝之矣。」
文公從之，荊人大敗。〔註10〕

文公從龜卜、災異、夢境皆認爲城濮之戰是不佳的徵兆，然而咎犯以其三寸
不爛之舌，說服文公此爲吉兆、吉夢，使文公對於徵兆不再恐懼，重拾信心
與荊王戰，後得勝利。事實上，人之心念與意志力，才是眞正影響結果的重
要因素，咎犯的策略也才能得到成功。另外，《越絕書》記載夫差伐越時非常
不順利，大風狂吹，日夜都不停止，而且車敗馬失，騎士落馬而死，甚至，
大船陵居，小船淹水等。夫差內心驚懼此戰將失敗，晝臥而夢：

吳王曰：「寡人晝臥，夢見井贏溢大，與越爭彗，越將掃我，軍其凶
乎！孰與師還？」此時越軍大號，夫差恐越軍入，驚駭。子胥曰：「王
其勉之哉，越師敗矣！臣聞井者，人所飲；溢者，食有餘。越在南，
越在南，火，吳在北，水。水制火，王何疑乎？風北來，助吳也。
昔者武王伐紂時，彗星出而興周。武王問，太公曰：『臣聞以彗鬬，
倒之則勝。』胥聞災異或吉或凶，物有相勝，此乃其證。願大王急
行，是越將凶，吳將昌也。」〔註11〕

伍子胥爲挽救吳王的信心，積極勸阻他帶軍隊返還，而解釋井贏溢大爲食有
餘，更舉武王時彗星現而戰勝之例，證明災異吉凶之理。鼓勵吳王進攻，將
能得到勝利。最後，《後漢書》中蔡茂夢三穗禾，也是如此，蔡茂夢坐在宮
廷大殿上，殿上有三穗禾，蔡茂跳取穗禾，得到中穗，但不久又失去它。夢
中蔡茂得穗又失之，於是難過得以爲必失中台之位。然而，主簿郭賀卻恭賀
蔡茂將得中台之位，解夢爲「取中穗，是中台之位也。於字禾失爲秩，雖曰
失之，乃所以得祿秩也。」〔註12〕原來，失禾並非眞失之，反而爲得祿位的

〔註10〕 劉向編，王雲五主編：《新序、說苑、潛夫論》（台北市，台灣商務，1968年），
　　　　 卷十三〈權謀〉，頁133。

〔註11〕 袁康、吳平撰，楊家駱主編：《越絕書》（台北市：世界書局，1962年），〈越
　　　　 絕外傳紀策考〉第七，頁89。

〔註12〕 范曄撰，楊家駱主編：《後漢書》（台北：鼎文書局出版，1987年，新校本後
　　　　 漢書并附編十三種），冊二，卷二十六，〈伏侯宋蔡馮趙牟章列傳〉第十六，
　　　　 頁908。

意思。郭賀除了反解外，更以拆字的方法，達到解釋的目的。蔡茂此夢以現今心理學來解夢，應該是他內心對於中台之位的渴望與擔心失去的心情呈現，郭賀以其聰明才智，成功的撫慰張茂不安的心靈，蔡茂也成功得其中台之位。

（二）吉夢之解：迎合帝王心理，避免惹禍上身

解夢的大臣或博學者面對帝王的夢，通常採取迎合帝王心理，這樣的例子數不勝數。如漢光武帝的夢乘赤龍上天，馮異馬上逢迎恭賀此夢爲得位之徵。解夢者揣測上位者的心理，依其所欲解夢，使夢成爲帝王與大臣操縱政治大局及攏絡民心的武器。還有一明顯之例爲夫差之夢。夫差發動九郡的軍隊要和齊國戰爭，做了一個夢，不知吉凶，請太宰嚭及公孫聖解夢，而太宰嚭解爲吉夢：

> 太宰嚭對曰：「善哉，大王興師伐齊。夫章明者，伐齊克，天下顯明也。見兩鬵炊而不蒸者，大王聖，氣有餘也。見兩黑犬嗥以北、嗥以南，四夷已服，朝諸侯也。兩鋘倚吾宮堂，夾田夫也。見流水湯湯，越吾宮牆，獻物已至，則有餘也。見前園橫索生樹桐，樂府吹巧也。見後房鍛者扶挾鼓小震者，宮女鼓樂也。」〔註13〕

所謂黑犬嗥南北，表示四夷朝服。流水湯湯，越過宮牆，表示朝服者獻物滿溢，而前園生樹桐，表示可做樂府吹巧。後房鍛者扶挾鼓小震，爲宮女鼓樂的象徵。將整個夢境詮釋成繁榮、興盛的景象。太宰嚭解此夢徵兆著夫差與齊國戰爭將會勝利，天下顯明，夫差大悅，而賜太宰嚭雜繒四十疋。然而，太宰嚭所解之夢實在令人質疑？《吳越春秋》中記載：「太宰嚭愚而佞言，輕而讒諛，妄語恣口。」〔註14〕展現出太宰嚭的形象。太宰嚭也曾收越王賄賂，而在吳王面前美言越王。吳國敗亡後，越王因太宰嚭不忠信而殺之。由此可知，太宰嚭逢迎拍馬、阿諛奉承的個性，再加上喜收受賄賂，因此以吉夢迎合帝王，是極合理之事。不論是登天夢、得賢人夢，甚至上述的戰爭夢，解夢者爲了顧全自身性命安全，迎合上位者以保全者，所在多有。此爲人性趨吉避凶的本性所使然。

〔註13〕 袁康、吳平撰，楊家駱主編：《越絕書》（台北市：世界書局，1962年），〈越絕外傳記·吳王占夢〉第十二，頁139～140。

〔註14〕 劉殿爵、陳方正主編：《吳越春秋逐字索引》（台北市：台灣商務印書館，1994年），頁27。

（三）凶夢之解：解夢者勸誡與引導君王方向

俗話說伴君如伴虎，解夢者占解帝王之夢，如不謹慎小心，人頭馬上落地。因此，解夢者對於帝王的凶夢，內心實掙扎於真與假之間。如上文夫差之戰，太宰嚭解吉夢得到夫差賜疋，公孫聖自知解凶夢必亡，內心十分掙扎，後仍以凶夢解釋，果為吳王所殺。然而，解夢者也常以凶夢勸諫、引導帝王正確之路。如上述漢靈帝罷宋皇后，夢見先帝責備，言明天將降禍，羽林左監許永曾以夢勸諫漢靈帝改葬死者以安其冤魂，恢復渤海王之封地與其子孫，消除內心罪惡。但是，靈帝並不聽從，不久駕崩。而《史記》中孝成王夢衣偏裻之衣，乘飛龍登天，然而不至而墜，又見金玉堆積如山。其筮史敢占之曰：「夢衣偏裻之衣者，殘也。乘飛龍上天不至而墜者，有氣而無實也。見金玉之積如山者，憂也。」〔註15〕以解夢勸導君王不可得城市十七邑這不勞而獲之財富，將會招徠凶禍，可能因此以小失大。孝成王不聽此勸，而有長平之禍。再者《漢書・武五子傳》敘述漢武帝孫，昌邑哀王髆之子劉賀的夢境。昭帝崩，因無子嗣，故召賀受璽印，襲尊號，沒想到即位後行淫亂，不祥之兆數來，如獨見熊，或大鳥飛集宮中，又夢：

> 王夢青蠅之矢積西階東，可五六石，以屋版瓦覆，發視之，青蠅矢也。〔註16〕

大臣於是警告賀，表示左右讒人太多，應該放逐讒人，若以先帝大臣的子孫為左右，國家才能轉凶為吉。皆是藉著凶夢來引導帝王正確的方向與作為，但是卻很少受到重用，因而難以趨吉避凶。

總之，不論解夢者是以反解夢來安慰帝王，重拾信心；或是迎合帝王心意，避免凶禍上身；甚至是解夢者以解夢來勸誡、引導君王處事方向，都是在夢文化的影響下，解夢者摸索出的一條活路。如上所言，即使占夢者解夢的方向正確，結果與所占解一致，也只能說是巧合，或是占夢者對於事情的發展預估正確。這也就是占夢者的地位被大臣、博學者等所取代之因，大臣們多少能推估皇帝的心意，依其心意解夢，博其歡心，更能保全自身。成為一種另類的上下交相賊，登位等吉夢更是如此。

〔註15〕司馬遷撰，楊家駱主編：《史記》（台北：鼎文書局出版，1993 年，新校本史記三家注并附編二種），冊三，卷四十三，〈趙世家〉第十三，頁 1824～1825。

〔註16〕班固撰，顏師古注：《漢書》（台北：明倫出版社，1972 年），冊四，卷六十三，〈武五子傳〉第三十三，頁 2766。

第三節　敘寫者的觀點

　　敘寫者的觀點，爲敘述意圖中的重點。無論是夢者之夢或解夢者解夢，甚至整個前因後果的連貫，都經由敘述者之撰寫，當然融入敘寫者的想法。即使，史傳的敘述盡量以客觀的第三人稱表述，仍舊不免潛藏敘寫者的想法於其中。

一、作者的意圖的完成程度：晉武王夢天賜位予虞

　　在董小英《超語言學》中對於作者的意圖的完成的程度，分爲三種：A. 是表意適當，作者正確地表達了自己的意圖。B. 是作者失控〔註17〕。C. 再有一種現象就是作者本來是很正常的表達自己的意義，但是說者無心，聽者有意，聽者卻往另外的方面想了。〔註18〕本文用以探究《史記》中晉武王夢天賜位予其子一則，作者意圖的完成程度究竟爲何？

　　晉武王夢天賜位予虞：「武王與叔虞母會時，夢天謂武王曰：「余命女生子，名虞，余與之唐」。」〔註19〕內容與襄公妾夢子必有衛雷同，夢中早將孩子取名，並命令此子掌管諸侯國，僅授夢者不同，一爲武王，一爲賤妾。通常，胎夢爲母親懷孕或懷孕前的現象，因期待孩子而夢，然而史記司馬遷在此寫晉武王夢，實在令人匪夷所思。《左傳》中本敘爲：「當武王邑姜方震（娠）大叔，夢帝謂己：『余命而子曰虞，將與之唐，屬諸參，而蕃育其子孫。』」這個「己」通常被解釋成武王邑姜，也就是上句主詞。唐代孔穎達也在《春秋左傳正義》中論析明明是邑姜所夢，怎寫武王夢呢？還說：「薄姬之夢，龍據其心，燕姞之夢，蘭爲己子。彼皆夢發於母，此何以夢發於父，是司馬遷之妄言耳」〔註20〕。由此看來似乎是上述作者意圖完成程度所言的作者失控，

〔註17〕作者想表達這個意思，由於他話說的不適當，反而成了另外的意思。有的時候，失控是作者不經意而出現的錯誤，字寫錯了，有的時候是沒有核對上下文而偶然出現的情況。作者失控的主觀原因也有好幾種：一是潛意識在無意中被流露，二是沒有意識到話語有不同的指向，三是作者思維本身有邏輯錯誤，辭不達意。即話語中有被遮蔽的部份，或作者的盲點，自己沒有發覺，都是作者對話語的失控。董小英著：《超語言學》（天津市：百花文藝出版社，2008年），頁559。

〔註18〕董小英著：《超語言學》（天津市：百花文藝出版社，2008年），頁558～560。

〔註19〕司馬遷撰，楊家駱主編：《史記》（台北：鼎文書局出版，1993年，新校本史記三家注并附編二種），冊三，卷三十九，〈晉世家〉第九，頁1635。

〔註20〕孔穎達著，四庫全書編纂委員會編：《續修四庫全書·春秋左傳正義》（上海：上海古籍出版社，2003年），經部，春秋類，冊118，卷二六，頁41～42。

沒注意到這個錯誤。然而，令人費解的是就算司馬遷果眞糊塗書寫錯誤，爲
何班固在《漢書》中不知訂正，而仍寫爲武王夢？難道兩人同樣妄言嗎？筆
者思索許久，大膽假設此爲司馬遷刻意爲之，作者其實表意適當，正確的表
達了自己的意圖。原因在於當時天命論的影響，以帝王爲天的代理人，除了
帝王，其他人無法直接與天溝通。因此，司馬遷才讓武王夢，而非叔虞母。
其它胎夢中：襄公妾夢子必有衛、文公賤妾燕姞夢天與之蘭，皆由祖先爲天
傳言，非直接天所言。之後，漢代的妾妃胎夢，則直接敘述夢日、龍入腹，
亦無明言天所命所言，都無這方面的問題，不會影響帝王的崇高地位。由此
可見，司馬遷的天命觀實是非常傳統，仍肯定夢的意義。也因此，其夢境敘
寫中，形成夢徵兆必驗的結果，由下文探討之。

二、強調夢徵驗的必然性，既鞏固亦抑制君權，使權力達到平衡

　　史傳中所記錄的夢徵，應驗者多，不驗者少。可想而知，夢如沒應驗，
將不會被傳頌，更不會被記錄下來，因爲沒有敘寫的價値。史傳夢敘述，除
了增加神祕色彩、豐富內容外，亦富其目的性。既是爲了符合天命觀，證明
帝皇的君權神授；也是爲了彰顯仁德，做人做事應符合仁德，否則將受到天
的警告與降禍，在在顯示出夢徵的可信度，更藉此，彰顯出天、鬼神的威力
與帝王的合理性，成爲政治強權的後盾，用以安撫民眾，如君王夢乘龍登天
夢或胎夢，則用以鞏固君權，合理化君王的地位，使臣民信服。然而，夢徵
兆也用以制衡帝王崇高的權力，如夢爲凶兆將會應驗，因此，君王不敢恣意
而爲，而使權力達到平衡。

　　這樣的目的是爲政治而爲，可由上文探討諸子散文及詩、賦中得知，若
並非如此，爲何同樣在夢文化的影響下，諸子散文及詩、賦中並不如此彰顯
夢徵驗的必然性，而是轉爲論說及抒發情感呢？史夢在漢代已非社會無意識
的崇拜、盲從，是有其目的的。史夢中明白警示帝王凶夢若不接受勸諫行德
政，國家將會敗亡，如公孫聖勸諫吳王夢徵爲凶，不應對齊國用兵，否則將
國破家亡，吳王不聽，甚至賜死公孫聖，最後兵敗國亡；諸侯若任意而爲也
將得到凶禍，不得不謹愼而爲，如昌邑哀王髆之子劉賀不聽大臣警告，爲孝
昭皇后所廢，賀復歸故國。然而，夢徵不驗者也被賦予意涵，如《後漢書》〈孝
明八王列傳〉中梁節王暢雖有惡徵，然懂得改過行仁，因而避禍遠害。唯有
賦與夢徵驗的必然性及修德避禍的觀念，帝王、諸侯的權利才不至於無限擴
張，達到制衡的目的。此外，夢敘寫還能呈現出作者對於人物的評價或展現

人物精神特性、形象等，下文分別闡述之。

三、敘寫者委婉批評、評價

司馬遷做《史記》時，自述其欲以此「善善惡惡，賢賢賤不肖」，以為「天下儀表」。〔註21〕而諸子散文則是以夢為例，兩者或多或少都對於史夢做了評價。如《古列女傳》中的〈孽嬖傳〉、《史記》及《漢書》的〈佞幸傳〉等，直接於標題做出批評。以《古列女傳》趙靈吳女為例：

> 王嘗夢見處女鼓瑟而歌曰：「美人熒熒兮，顏若苕之榮。命兮命兮，
> 逢天時而生，曾莫我嬴嬴！」異日，王飲酒樂，數言所夢，想見其
> 人。〔註22〕

《史記》中敘述因王數言夢，想見其人，吳廣則將自己的女兒孟姚獻上，甚受寵愛，而孟姚的出現實是天命，早有預言。《趙世家》鈞天廣樂的夢中最後言：「帝告我：『晉國且世衰，七世而亡，嬴姓將大敗周人於范魁之西，而亦不能有也。今余思虞舜之勳，適余將以其胄女孟姚配而七世之孫。』」〔註23〕史傳敘寫夢徵應驗，而劉向《古列女傳》卻批評孟姚為孽嬖，置於〈孽嬖傳〉，直接表達對於孟姚的評價。除此則外，孝文帝夢登天不至，受黃頭郎相助而成功，因此，找到鄧通，並禮遇之。提拔他至上官大夫，鄧通卻無所作為，僅以其身媚上。於是，《史記》及《漢書》都置於〈佞幸傳〉，可見夢中人若對社會國家有助益，則將夢視為尋賢的歷程，像武丁得傅說一般，然若無益，僅以夢受用，卻無具體的做為，則視為佞幸。

另外，諸子散文以夢為例，敘述道理，作者的想法更是明顯，甚至賦予新的意義。如劉向、賈誼、王充等對夢都曾重新詮釋、解析，甚至同樣的夢，有不一樣的詮釋，皆呈現出作者的想法。如上述的晉文公對城濮之戰的夢，咎犯以反解的方式詮釋夢，而果真得到勝利。劉向與王充皆回應此夢，劉向認為此為咎犯的權謀之計，為的是說服文公繼續參戰，重拾信心。而王充將此則置於《異虛篇》說明這些夢、災異等為虛假的，即使徵兆為凶，並非絕對如此。甚至，設想夢徵無驗，世人將解釋為：

〔註21〕呂思勉著：《秦漢史》（台北市：台灣開明書局，1983年），頁769。

〔註22〕劉向編：《晏子春秋、古列女傳》，（上海市：上海商務，1965年），〈孽嬖傳〉第七，頁100。

〔註23〕司馬遷撰，楊家駱主編：《史記》（台北：鼎文書局出版，1993年，新校本史記三家注并附編二種），冊三，卷四十三，〈趙世家〉第十三，頁1787。

世人將曰：「文公以至賢之德，破楚之無道，天雖見妖，臥有凶夢，
猶滅妖消凶以獲福。」〔註24〕

世人對於應驗之夢，給予高度的肯定，認爲必是神之作用，然而對於不驗的
夢，亦能以人物德行高尚而逢凶化吉，如此一來，夢徵的驗與不驗都能得到
解釋，故王充以此證明災異爲虛假。

　　王充《論衡》中充分顯示出敘述者的批評、評價，尤其對於「疾虛妄」
方面。徵兆夢的思想正是王充極力推翻的。在漢代思想背景中說明過，東漢
王充的宇宙觀爲自然的，非神性的天，因此，王充不認同天能假夢降下命令，
預測吉凶禍福的思想，而以科學邏輯、自然演變的方式來駁斥夢徵的眞實性。
如王充對於堯及高祖之母夢與神遇而生龍子之說，提出有力的批評。《論衡・
奇怪篇》中表明：

　　堯、高祖審龍之子，子性類父，龍能乘雲，堯與高祖亦宜能焉。萬
　　物生於土，各似本種；不類土者，生不出於土，土徒養育之也。母
　　之懷子，猶土之育物也。堯、高祖之母，受龍之施，猶土受物之播
　　也。物生自類本種，夫二帝宜似龍也。且夫含血之類，相與爲牝牡；
　　牝牡之會，皆見同類之物。精感欲動，乃能授施。若夫牡馬見雌牛，
　　雄雀見牝雞，不相與合者，異類故也。今龍與人異類，何能感于人
　　而施氣？〔註25〕

自然界中非同種的生物不能相互交配或生殖，基於此自然法則，人與龍爲不
同種，亦不可能生殖，更不可能因此生出神人，王充以自然的經驗加以邏輯
推理，批評此類的徵兆夢實爲虛妄不實，不值得相信。由以上可知，不論是
對夢中人物或夢境本身，史傳及諸子散文敘寫夢境，同時亦具有批評、評價
的功能。

四、展現人物精神特性、形象

　　史傳除了以徵兆方式敘寫夢，描述事情的前因後果外，也以夢境及夢後
做爲，表現其中人物的性格、形象。既可免除直接評論的危險，又能顯現作
者欲表達的意涵。如《漢書・景十三王傳》中敘寫去的作爲：

〔註24〕王充著，楊家駱主編：《論衡集解上》（台北市：世界書局，1967年），卷第五
　　　　〈異虛篇〉，頁104。
〔註25〕王充著，楊家駱主編：《論衡集解上》，卷第三〈奇怪篇〉，頁74。

去與地餘戲，得襃（袖）中刀，笞問狀，服欲與昭平共殺昭信。笞
問昭平，不服，以鐵鍼鍼之，彊服。乃會諸姬，去以劍自擊地餘，
令昭信擊昭平，皆死。昭信曰：「兩姬婢且泄口。」復絞殺從婢三人。
後昭信病，夢見昭平等以狀告去。去曰：「虜乃復見畏我！獨可燔燒
耳。」掘出尸，皆燒為灰。〔註26〕

由此事件的描述，可以勾勒出景十三王去的性格，既善妒、猜疑又殘忍。才
會因猜疑幸姬欲強害他而虐殺兩位妃子，連帶殺死兩位恐洩密的奴婢，昭信
夢昭平將以狀告去，仍不見他悔悟，更是兇殘的連屍骨皆燒成灰。由此可知，
當時宮廷內的勾心鬥角與冷酷無情，隨時都可能惹禍上身而失去性命。史官
若以言語直接批評此人的性格、形象，恐惹禍上身，而以夢境的敘寫，既可
顯明，又可保全性命。另外，亦有以夢顯示帝王的孝順心意的，如《後漢書》
中記載孝明帝謁原陵時夢先帝、太后「如平生歡，既寤，悲不能寐。」〔註27〕
隔天，便率領百官等上陵一起追思、祭祀，顯示出孝明帝的孝順。

至於諸子散文中夢例的敘述多引用於歷史散文以證明己見，並非單純展
現人物特性、形象，主要為論說事理。詩、賦中則以抽象表述或情感抒發為
主，皆與此無關，故不敘述。

本章小結

夢的初始意義是受到先秦社會無意識的影響，到了兩漢，已經漸漸喪失
其神秘的色彩，然而，在兩漢大帝國的需求下，夢仍繼續發揮其作用，作為
統治者治理人民、塑立權威的重要手段，同兩漢重視災異、讖緯有著相同的
意義。既然如此，夢喻敘述的意圖則需瞭解、分析。本章分為三方面探究：
其一為作夢者的心理，其二為占夢者、解夢者的欲意，最後由敘寫者的觀點，
冀望能了解夢的產生原因與心理想望、意圖的關連。

作夢者的心理分為三者，一為內心期待，預期心理，尤其以胎夢、帝王
夢為主，將內心期待反映於夢中，並預期能因此得到重視。二為死亡的恐懼，
憂慮敗亡，戰爭夢、死亡夢等，反映夢者對於死亡的恐懼，或對於現實環境

〔註26〕班固撰，顏師古注：《漢書》（台北：明倫出版社，1972年），冊三，卷五十三，
〈景十三王傳〉第二十三，頁2428。

〔註27〕范曄撰，楊家駱主編：《後漢書》（台北：鼎文書局出版，1987年，新校本後
漢書并附編十三種），冊一，卷十上，〈皇后紀〉第十上〈光烈陰皇后〉，頁407。

的不安與惶恐。三為良心的譴責，多於鬼魂之夢，因懼怕所做壞事得到懲罰而夢，如漢靈帝罷宋皇后，逼死渤海王而夢祖先譴責，實乃自身的良心譴責。

復次，占夢者方面，首先先了解占夢者的身分，除了帝王自夢自解或解妾妃的胎夢外，還有專門的占卜者、筮者，然而，漢代因已無設專門的占夢官，占夢的重責大任落到了大臣、博士的身上，可見，解夢者的角色已經有了普遍化的現象，不再拘泥於少數幾人的身上。再者，占夢者占解夢的吉、凶與真、假，其中充滿解夢者的內心掙扎。除了反解：使夢者得到安慰，重拾信心外；還有解為吉夢：迎合帝王心理，避免惹禍上身；甚至，藉以凶夢，解夢者勸誡與引導君王方向，期待帝王治理更加明智。

最後，由敘寫者的觀點說明。敘寫者藉夢的描述來表達其立場與觀點。第一，史夢強調徵驗的必然性，具其目的性，除了服膺於天命論，闡揚皇帝的地位外，使人民信服，更能藉此制衡皇帝崇高的權力，達到平衡。第二作者委婉批評、評價，無論史傳或諸子散文，皆由標題來達到評價的目的，如《史記》的〈佞幸傳〉，劉向《古列女傳》卻批評孟姚為孽嬖，置於〈孽嬖傳〉等。第三，夢至東漢也漸漸用以展現人物精神特性、形象。如《漢書・景十三王傳》中以昭信之夢，將去的殘忍、猜忌形象描繪出來。

由此觀之，夢者、解夢者、敘夢者各有其目的與想望，互相作用下，成就了夢的文化，使社會人民服膺於帝王，更以天、鬼神的威力制衡帝王的權力，國家政治順利運作，達到一完整的社會循環。

第五章　兩漢夢喻的文化意涵

　　第三章已說明夢喻內容表徵脫離不了公我及私我的關懷。公、私我的夢喻都隱含漢代人的集體思維。而公我的夢更是一種社會、政治運作下的產物。史傳、諸子散文及詩、賦的夢喻，除了有不同的表述方式外，其深層意涵與作用也不盡相同。夢喻意義的產生，不離社會文化的影響，由對夢的詮釋將能了解漢代的社會文化及思維方式。因此，本章爲探究漢代夢喻的背後，所隱含的政治、社會及文化意涵。

第一節　夢魂觀／天命思想／象徵意義

　　夢常以象徵的方式展現，夢象與夢徵間又有何干係？夢象所代表的夢意涵須透過解夢，也就是詮釋的過程才能展現。而詮釋須立基於經驗世界的理解與社會文化之中。原因在於物象在文化規約中有其特殊的意義，如烏鴉在日本爲吉祥之鳥，但在中國人眼中卻是兆凶。因此，惟有深入社會文化、風俗民情中探索，才能眞正透徹夢象的象徵意涵。如下圖：

圖表 6-1　夢象與夢徵之關係圖

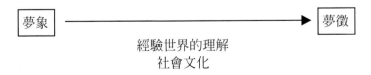

　　夢象徵中最爲常見的就是君王登帝位之徵。如夢上天、龍、日等，均爲登帝位之徵。上述在天命思想中表明其深層思想意涵爲受天命。只是，天、

龍、日的夢象與登帝位夢徵間將如何解碼呢？將於下文說明。

至於原始思維、信仰的起源，很難從古典文獻中了解，由人類學的研究發現或許能得到解答。人類學始祖泰勒（Edward Burnet Tylor）認爲：

> 原始宗教的菁華是『泛靈論』（animism），即是對鬼神的信仰，並指出此種信仰的發生，是原始民族對夢、幻想、幻覺、癲癇狀態的錯誤的但却前後一致的解釋。這些現象使得原始哲學家或神學家將人的靈魂和軀體予以區別。清清楚楚地，人死後靈魂並未消滅，因爲它出現於未死者的夢中、記憶中和幻想中，並對人的命運發生很明顯的影響。有關鬼神、死者靈魂、永生不滅、陰間地域等信仰，於焉以生。〔註1〕

這裡的宗教並非是現代所認爲的基督教或佛教、道教等狹義的宗教，而是原始人民基於生存經驗與心靈需求產生的廣義信仰，包含泛靈論、泛生論、圖騰論等。本章欲探討漢代人的思維模式與社會集體意識，分成以下三部份：一爲夢魂觀，了解靈魂信仰的來源，夢爲何成爲人與靈魂的溝通管道，並發展出祭祀的觀念。二爲天命思想，天的支配作用與政治上的運用。三爲象徵意義，解釋夢龍、上天、日等符具與符旨間關聯。

一、夢魂觀：人與靈魂的溝通管道／祭祀儀式

夢魂觀體現了夢中所見爲靈魂，也就是肉體看不到的世界，因此，成爲人與神、鬼等的溝通管道。漢人爲何重視夢中的情景，這與夢的特性和人的思維息息相關：夢爲潛意識的活動，不爲人所控制，夢中所見却又非常真實，於是，人必須爲夢中看到的種種景象尋找合理的解釋，夢魂觀念由此而生。漢代人對於魂魄的觀念如何？則須從先秦時期談起。《左傳‧昭公七年》言：「人生始化曰魄，既生魄，陽曰魂。」〔註2〕認爲人一出生即有魄，後有魂，如今人常言人有三魂七魄。而《禮記‧郊特牲》曰：「魂氣歸于天，形魄歸于地。」〔註3〕說明魂氣屬陽，因此歸之於天；形魄屬陰，歸於地。魂氣爲人的精神主體，比形魄受到重視。《楚辭》有「招魂」之說，顯示出魂有脫離形體

〔註1〕 馬凌諾斯基（Bronislaw Malinowski）著，朱岑樓譯：《巫術、科學與宗教》（台北：協志工業叢書出版，1978年），頁2。

〔註2〕 孔穎達著，四庫全書編纂委員會編：《續修四庫全書‧春秋左傳正義》（上海：上海古籍出版社，2003年），經部，春秋類，冊118，卷二七，頁890。

〔註3〕 孫希旦：《禮記集解》（台北市：文史哲出版社，1976年），上冊，〈郊特牲〉第十一，頁714。

的能力。又《禮記‧檀弓下》吳季子葬兒子時曾說：「骨肉復歸于土，命也。若魂氣則無不之也。」〔註4〕當是以為魂並不隨人入土而消失，靈魂不滅，無所不往、隨處可在的觀念昭然若揭。黃銘亮在其《先秦兩漢間夢的類型與意義》論文中認為：「自漢以後，靈魂之魂魄大致上流露出重氣輕形、重魂清魄、重生命輕幻象的傾向。」〔註5〕總而言之，人一出生則有魂魄，魂是可以離開人的形體。人死後，形體雖毀滅，魂卻能繼續存在，此時魂已經沒有形體可歸，故以鬼魂之稱來加以區別。基於原始信仰「泛靈論」的原則，自然界萬物也有其靈魂的存在。既然夢中所見為靈魂，夢於是成為人與靈魂間的溝通管道。

（一）夢為人與靈魂溝通管道

夢魂的觀念，使夢成為人與神、鬼魂、靈魂間的溝通的管道。而夢中靈魂傳遞什麼訊息？對人類又產生什麼樣的意義與作用？

天神，也稱為上帝或天，是神聖的，以夢來預示結果或導引未來的方向。如秦穆公及趙簡子的登天之夢，上帝下達旨意，預示未來，最後都一一實現。胎夢中或帝王夢龍、日等被視為是天的旨意，顯示帝王或胎兒的神聖性，甚至所有吉凶夢象，都是天的旨意。此部分留待下節再一起說明。而靈魂入夢，有祖先的靈魂、其他死者的鬼魂，還有動物的靈魂等。祖先透過夢來顯示其意志、預示子孫未來或是示警、譴責，降災下禍。如「妾妃胎夢」中祖先可以預示子孫未來，如鄭文公賤妾燕姞夢祖先伯鯈賜蘭花給肚中胎兒。第二章國滅人亡一節中「祖先示警後滅亡」一類更是展現祖先的威力，如趙盾夢祖先叔帶持要先哭後笑，預示子孫先遭滅門，後又有遺孤復立的情形；靈帝夢桓帝譴責罷黜無辜的宋皇后及誅渤海王的荒唐事，警告子孫上帝將降下懲罰，靈帝不久果亡。透過夢，祖先人雖逝世，卻並未消失在周圍，還能庇祐或降禍於後代子孫。甚至，比活著更厲害，足以影響生死。

另外，其他死亡的鬼魂，則是透過夢來與人溝通，展現需求。如私我展現個人禍福的「托夢」一類中皆是如此，孝女雄因父親溺死而自投水死，夜晚托夢告訴弟弟，六日後將會與父親一起浮出水面，目的當然是希望獲得安葬。元伯靈魂出遊，托夢告訴好友自己去世的日期及安葬日期等，期望好友

〔註4〕　孫希旦：《禮記集解》（台北市：文史哲出版社，1976年），上冊，〈檀弓〉下第四，頁294。

〔註5〕　黃銘亮：《先秦兩漢間夢的類型與意義——中國古代夢的迷思》（國立台灣大學，歷史學系，1992年碩士），頁98。

能奔喪。黃翻《上言流屍事》說海邊流屍入夢自明身分，要求能獲的掩埋，而那些對於流屍不恭敬者，最後竟都離奇的死亡了。不論是親人或是陌生人，鬼魂入夢，必有所求。再者，並不僅僅只有人能入夢，也有動物的靈魂，如龜、狐者。《史記》中記載富有靈性的烏龜入捕獲者的夢中，祈求不要遭受殺害。然而，捕獲者最後仍殺死烏龜，不久捕獲者遭到烏龜的復仇而逝世，家人也受遭殃。又有白狐化為老人入夢之事，以報王敲傷他左腳之仇，還以杖叩王左腳，醒來後，國王左腳腫痛、生瘡。以上皆明言鬼魂、靈魂入夢的情形，鬼魂擁有神奇的力量，足以報復傷他者或不敬者。

由以上可知，神、鬼入夢，其目的雖不盡相同，但作用卻大同小異。漢代人深信，上帝為萬物主導者，以夢導引君王方向，預示吉凶，操掌興亡大權。祖先靈魂雖也能預示吉凶，然僅止於子孫身上。至於，其他鬼魂則是有所托而夢，最多只能預示自身事務。然而作用上，神、鬼、靈魂都有降禍的能力，如上帝能使國滅人亡；漢元帝不願恢復郡國廟，受到祖先降下疾病以示警告；流屍鬼魂能使恥笑他者皆死；動物靈魂也能令人生病或死亡。這樣的夢魂觀，不僅止於漢代，至今仍有所聞。民間素聞，往生的親人托夢喊冷，要求親人燒紙錢讓他買衣服；也有人夢見往生者抱怨家中漏水，原來是墳墓的土遭老鼠挖洞而流失等等。民間信仰深信若沒有重視往生者夢中所託，家中將會發生事故，以示警誡。可見即使至今二十一世紀，夢魂觀仍舊發揮其影響力。

上文已表明夢魂觀的產生是對夢中所見景象的解釋，然而在深層心理中，人之所以重視神、鬼、靈魂入夢傳達的內容、預示的結果，其實是源於人對疾病與死亡的恐懼。就如同人類學家馬凌諾斯基（Bronislaw Malinowski）認為：

> 靈魂信仰，乃永生信仰之果。……宗教使人免於向死亡和毀滅投降，而任務的達成，只是利用夢、陰影和幻象的觀察而已。泛靈論的真正核心，存在於人性最深處的情緒活動，即是對生命的期望。〔註6〕

就因對生命的期待才會恐懼疾病、死亡，潛意識夢中出現的景象，被視為可以預示吉凶，更過度詮釋現實所遭遇的疾病與死亡的威脅是靈魂作祟，一切只因人內心的脆弱與尋求疾病或死亡的原因。唯有如此，才能得到內心的撫慰，或是防止同樣的事再度發生。如果人生命並非充滿那麼多的未知數，生命能夠永恆，或許夢境中的預示將不再被信任。

〔註6〕馬凌諾斯基（Bronislaw Malinowski）著，朱岑樓譯：《巫術、科學與宗教》（台北：協志工業叢書出版，1978年），頁32。

（二）夢與祭祀

漢代人相信神、鬼、靈魂等具有影響福禍的能力，故以祭祀活動來消災祈福，夢常影響祭祀活動。祭祀的原因並非單一，對祖先的追思是眾所肯定的因素，本文主要探討的是除一般追思所表現的祭祀外，由夢而引起的祭祀活動。由如：秦二世之夢，二世夢白虎齧其左驂馬，占夢後爲涇水爲祟，而以祭祀涇水，沉四馬去除惡兆。蔡邕〈伯夷叔齊碑〉：

> 熹平五年，天下大旱，禱請名山，求獲答應。時處士平陽蘇騰，字
> 玄成，夢陟首陽，有神馬之使在道，明覺而思之，以其夢陟狀上聞。
> 〔註7〕

敘述當時天下大旱欲求雨，蘇騰即夢登首陽，有神馬之使在道，醒後將其夢寫成狀呈給天子，天子開府祈雨，派使者登山生祠，隨即降下甘雨，呼應其夢。面對天災，當時人認爲是上天憤怒降下災害，以示警惕，而常以祭祀祈求消災解厄。若有夢兆相輔，更加深祭祀的決心。再則，宗廟中祖先的祭祀更是不可或缺。上述夢魂觀中清楚言明，祖先或靈魂，入夢多有所求，若無明確表達欲意，則以祭祀表達敬意。如《史記・晉世家》中驪姬詐騙太子申生：「君夢見齊姜，亟往祀焉！」〔註8〕齊姜爲申生之先姙，申生因此急往曲沃祭祀並帶回祭品，才讓驪姬有機可乘，在帶回的祭品中下毒，使晉獻公與申生父子反目成仇，申生自殺。驪姬順利達成使兒子成爲太子的願望。而漢元帝夢祖先譴責罷諸廟祠，祖先入夢目的更是爲了尋求祭祀。司馬遷對於曹國滅亡之夢曾云：

> 國人有夢眾君子立于社宮，謀欲亡曹；曹叔振鐸止之，請待公孫彊，
> 許之。〔註9〕

末尾太史公曰：

> 及振鐸之夢，豈不欲引曹之祀者哉？如公孫彊不脩厥政，叔鐸之祀
> 忽諸。〔註10〕

在在顯示出祭祀祖先的重要性。忽視祖先的祭祀，將遭受懲罰以示警戒，

〔註7〕　顏可均校輯《全上古三代秦漢三國六朝文》（北京市：中華書局，1995 年），
　　　　　冊一，全後漢文卷七十五，頁 879。
〔註8〕　司馬遷撰，楊家駱主編：《史記》（台北：鼎文書局出版，1993 年，新校本史
　　　　　記三家注并附編二種），冊二，卷三十九，〈晉世家〉第九，頁 1645。
〔註9〕　司馬遷撰，楊家駱主編：《史記》，冊二，卷三十五，〈管蔡世家〉第五，頁 1573。
〔註10〕司馬遷撰，楊家駱主編：《史記》，冊二，卷三十五，〈管蔡世家〉第五，頁 1574。

這樣的觀念深植人心。上文已明言，鬼、神具有降禍能力，因此夢兆若使人醒後心不樂或若有所失，表示夢者自身對夢中景象的畏懼，害怕果真降禍或真為凶兆，因此，以祭祀滿足靈魂的需求，將能化解凶兆的發生。這是自我安慰，尋求內心安定的方法。至於為何以人食為祭祀物？王充在〈祭義〉篇說：

> 病人見鬼，及臥夢與死人相見，如人之形，故其祭祀，如人之食。
> 〔註11〕

王充的說明，除了言明祭祀以人食物祭拜的原因，也體現漢代人為夢中與死人相見尋找解釋，為上文夢魂觀起源作為見證，更可應證夢與祭祀的關聯。

二、天命思想與政權轉移

先秦時視「夢為神示，是天所受命」〔註12〕，因此周代設有占夢官來解帝王夢，瞭解天所下的旨意。因此，若能證明自身為天之所命，如夢日、夢龍等，則政權多能順利移轉，並得到民心。故，夢徵被視為輔助帝王登位找最好的利器。

（一）天命思想

自先秦以來，天命思想一直是政治權力的精神支柱，君王藉天之意來治理人民。漢代時董仲舒在天命論的基礎上提出「天人感應論」、「君權天授」等，事實上也具有政治上的意圖。君王被視為通天者，領著上天的旨意治理人民，這樣的天命，並非人人可得。夢喻內容中妾妃胎夢皆屬於此，表示此胎兒已受天命之徵，更意味著此人日後將登位為王。除此之外，帝王的自夢登天等也是受天命之徵。因此，即使已取得政權，然若無天命的配合，仍舊無法長久治理並得到認同。秦國的滅亡與漢帝國的興起，就可發現。

秦代國祚甚短，因其不得天命，在《史記·封禪書》中有這樣的記載：「始皇之上泰山，中阪遇暴風雨，休於大樹之下。」〔註13〕封禪之意為答謝天命為王，使他治理天下，因此欲登泰山築土壇報天之功，及在泰山下報地之功。然而秦始皇登泰山時卻被風雨所阻，不得封禪，即被儒生譏諷非天所命。而

〔註11〕王充著，楊家駱主編：《論衡集解下》，（台北市：世界書局，1967年），卷第二十五〈祀義篇〉，頁512。

〔註12〕傅正谷著：《中國夢文學史》（北京：光明日報出版社，1993年），頁254。

〔註13〕司馬遷撰，楊家駱主編：《史記》（台北：鼎文書局出版，1993年，新校本史記三家注并附編二種），冊二，卷二十八，〈封禪書〉第六，頁1367。

關於秦朝帝王的夢，有秦始皇夢與海神戰及二世夢白虎齧其左驂馬，皆為滅
亡之徵，而無受命之夢。當然，這也可說明史家貶秦崇漢，然更知天命論思
想的盛行。漢代劉邦雖為平民，卻能登地位，其夢徵在《史記》、《漢書》等
史傳，甚至諸子散文皆大為推崇、渲染。班彪〈王命論〉上更清楚顯現其意
義：

> 若乃靈瑞符應，又可略聞矣：初，劉媼妊高祖而夢與神遇，震電晦
> 冥，有龍蛇之怪。及其長而多靈，有異于眾。是以王、武感物而折
> 券，呂公覩形而進女；秦皇東游以厭其氣，呂后望雲而知所處；始
> 受命則白蛇分，西入關則五星聚。故淮陰、留侯謂之天授，非人力
> 也。〔註14〕

塑造出高祖能力異於常人的英雄形象，非人力所能，是受到天命而不凡。高
祖能成為帝王，並非自身所為，是天之所命。一切的人事，均須依於天命，
任意妄為天將對國家降災或使之滅亡。這樣的天命思想到東漢更變本加厲，
讖緯之術盛行，除了夢之外，自然災異，陰陽五行都成為判斷上天喜怒的信
號。王莽能成為攝皇帝全賴此。史傳記載王莽成為攝皇帝前出現不少符命，
除巴郡石牛、扶風雍石外，還有齊郡新井及亭長辛當之夢：天公派使者入亭
長之夢，傳達王莽攝皇帝當為真，還說如不信，明天亭中將有一口新井。隔
天，果真有一新井，入地百尺。此夢並非王莽自夢，而是亭長所夢，借他人
之口，來達成自身攝政的目的。又有諸多符命，王莽以這些符命上奏太后，
謙言自為假皇帝，將全力教育孺子，如同周公輔佐成王，俟孺子成年，歸還
帝位。太后為王莽姑母聽信之，果使之成為攝皇帝。百姓以王莽奉符命，也
欣然接受其為攝皇帝。還有，公孫述自立為王十二年，也是因夢兆及龍出其
府殿中。可見，漢人對天命及讖緯的深信不疑。

　　上述史傳之夢徵兆必驗，亦是天命思想的表現。除了祖先等鬼魂之夢外，
不論是具體的上帝旨意或是抽象的夢象，皆代表著上天對人事的吉凶預示，
象徵一股無形力量掌控的存在。如公我夢中：秦穆公與趙簡子的鈞天之夢、
君王得賢聖輔佐之夢、夢意象象徵滅亡的徵兆，最後全都成真。甚至，私我
的夢徵：官位、文采、壽命、家敗人亡之夢的應驗，皆呈現命定的意涵。由
此顯示出天的威力與人的渺小。當然，以現今的眼光來看，我們可以說公我

〔註14〕嚴可均校輯《全上古三代秦漢三國六朝文》（北京市：中華書局，1995年），
　　　　冊一，全後漢文卷二十三，頁600。

之夢為君王所偽造，假借上帝之預言，行侵略之實。私我之夢，是個人潛意識的思想，可用心理學加以解釋。或是，史傳以天命思想來解釋朝代、人事的轉變等。不論如何，若非立基於天命論的思想下，夢的徵驗也不會如此受重視，並加以強化。因此，夢成為預示吉凶禍福的有力証據，與天命思想脫離不了關係。

（二）政權轉移合理化

上述天命思想中，君權為神授，君王的身分為天帝的代理人，因此，天帝所授權者，必有所徵，或有奇異之象。王充《論衡》即曾表明：「五帝、三王皆祖黃帝；黃帝聖人，本稟貴命，故其子孫皆為帝王。帝王之生，必有怪奇，不見於物，則效於夢矣。」〔註15〕必須本稟貴命，才能成為帝王。甚至，也清楚的表明帝王出生，必有神奇之事物發生，如沒有怪奇，則有夢徵。夢徵兆可表示自身的正統性，並合法治理人民。因此，君王紛紛使用夢徵，使政權的轉移合法化，擁有夢徵的得天命者，將理所當然的繼承帝位，不容置疑。然而，反向思索，擁有夢徵得帝位者，會需要天命的加持，是否本身的身分、地位是受人質疑或不受重視的？茲整理擁有胎夢之徵的帝王如下表：

圖表 6-2　帝王胎夢徵兆表

帝　王	母親地位	胎　夢	結　果
衞靈公姬元	襄公賤妾	祖先授衞，命名元。	襄公曰：「天所置也。」名之曰元。
晉唐叔虞姬虞	叔虞母	天授唐，命名虞。	及生子，文在其手曰「虞」故遂因命之曰虞。
鄭穆公姬子蘭	文公賤妾	祖先予之蘭。	遂生子，名曰蘭。
漢高祖劉邦	平民劉媼	夢與神遇，蛟龍於其上。	已而有身，遂產高祖。
漢文帝劉恆	薄夫人	夢蒼龍據腹。	一幸生男，是為代王。
漢武帝劉徹	王皇后	夢日入其懷。	未生而孝文帝崩，孝景帝即位，王夫人生男。
漢獻帝劉協	王美人	夢負日而行。	生皇子。

根據表中的人物加以探究：先秦中兩個胎夢的妃子被稱為賤妾，可知君

〔註15〕王充著，楊家駱主編：《論衡集解上》，（台北市：世界書局，1967 年），卷第三〈奇怪篇〉，頁 77。

王母親地位的卑微。入漢後，高祖爲平民登上皇位，當然極須臣、民的認可，夢徵兆可顯示其合理性。而之後三位的帝王母親，除了漢武帝母，其餘皆非皇后，顯示出其原非能順理成章得帝位者。甚至，其中妃妾也多不受寵，因此，若胎兒有夢兆相助，才能增加優勢，脫穎而出，成爲帝王或太子。深入史傳中瞭解則更能體會。如：高祖原本久久未注意薄姬，直到聽到兩位寵妃之戲言，憐憫薄姬而見之，薄姬見機不可失，自稱夢龍據腹，漢高祖認爲此貴徵而幸臨，然而《史記》中記載：「一幸生男，是爲代王。其後薄姬希見高祖。」〔註16〕可見，薄姬甚不受寵。又漢武帝母王皇后，也並非原皇后。薄皇后被廢黜後，景帝在太子之母栗姬與武帝母王夫人之間抉擇，事實上景帝心望栗姬，但對栗姬出言不遜之怒未消，因此還不願決定。《史記‧外戚世家》記載王夫人耍了小手段：

> 長公主日譽王夫人男之美，景帝亦賢之，又有曩者所夢日符，計未有所定。王夫人知帝望栗姬，因怒未解，陰使人趣大臣立栗姬爲皇后。大行奏事畢，曰：「『子以母貴，母以子貴』，今太子母無號，宜立爲皇后。」景帝怒曰：「是而所宜言邪！」遂案誅大行，而廢太子爲臨江王。　栗姬愈恚恨，不得見，以憂死。卒立王夫人爲皇后，其男爲太子，封皇后兄信爲蓋侯。〔註17〕

即使王夫人有長公主幫腔，又有夢日符之助，景帝之心仍較偏愛栗姬爲后，於是，王夫人暗中驅使大臣立栗姬爲皇后，表面上似乎是爲栗姬好，實際上王夫人或許是深知景帝的脾氣，這樣做將使他更生氣。果眞，景帝大怒，誅大行、廢太子，栗姬憂恨而亡。皇后位子終於落到王夫人身上，武帝因此被封爲太子。由此可知，王皇后的心機，矯言夢日符也不無可能。最後，漢獻帝之母王美人，也並非受寵者，懷孕時，深懼何皇后妒忌，因此想服藥除之，可見其沒地位與靠山。這些原本身分地位不足以登地位者，因爲有夢龍、日等的加持，而得以順利掌管政權，甚至說其以夢徵來爭取青睞，鞏固地位似乎也是合理。

　　再者，夢上天之帝王與徵兆應驗結果如圖表6-3：

〔註16〕司馬遷撰，楊家駱主編：《史記》（台北：鼎文書局出版，1993年，新校本史記三家注并附編二種），冊三，卷四十九，〈外戚世家〉第十九，頁1971。

〔註17〕司馬遷撰，楊家駱主編：《史記》，冊三，卷四十九，〈外戚世家〉第十九，頁1977。

圖表 6-3　徵兆君王成敗表

帝　王	夢　天	結　果
秦穆公	上帝命穆公平晉亂。	果平晉亂。
趙簡子	帝告我：「晉國且世衰，七世而亡，嬴姓將大敗周人於范魁之西，而亦不能有也。今余思虞舜之勳，適余將以其胄女孟姚配而七世之孫。」	預示滅范氏、中行氏二氏之徵兆，及接位者爲毋卹。
趙孝成王	夢衣偏裻之衣，乘飛龍上天，不至而墜，見金玉之積如山。	預示長平之禍，國家衰敗。
漢文帝劉恆	夢上天，不成。黃頭郎相助，得以上天。	果成爲帝王，得鄧通。
漢成帝劉驁	自夢上天，天帝怒曰：「何故敗我濯龍淵？」	是後民失其利，多致飢困。
漢光武帝劉秀	夢乘赤龍上天。	受到擁戴，成爲帝王。

　　先秦與漢代夢上天雖都表示天命，然也會因時代背景不同，意涵也不同。先秦爲多國鼎立互相戰爭，因此，秦穆公、趙簡子夢上天，表示天命之平亂或滅亡國家，這是對自身的侵略行爲找合理性，否則將成爲不義之攻擊，引起各界的撻伐。趙孝成王夢上天而墜，顯示其實力不足，又起貪念之心，以夢說明趙國日趨敗亡的原因。至於，漢代夢上天則與登帝位或治國政績攸關。漢文帝與漢光武帝夢登上天，使其登帝位順利成功。較特殊的是成帝自夢上天使天帝怒而降禍，僅此一例，更值得深思其中所蘊含的意義。天命思想顯示：受天命者，君王受到天帝的指示治理國家，將使人民平安和樂；而不受天命者，天帝發怒，將導致天災人禍。東漢時還演變爲只要有天災人禍，君王即須檢討自身，並以減輕賦稅等彌補自身的罪過。因此，此夢的產生應該源於成帝時國家災禍不斷，而有自言夢上天之說。

　　《中國象徵文化》一書中說明：「在夢兆迷信盛行的社會，占夢解夢已成爲一種特殊的政治語言，一種能左右社會輿論，影響政治格局的精神武器。在某種意義上，政治夢的占斷，與意識型態的種種說教，有異曲同工之妙。這是以夢的儀式替代宗教的儀式。」〔註 18〕及傅正谷《中國夢文學史》亦言：「利用夢兆，作爲一種輿論工具。因在夢迷信盛行的古代，人們認爲夢是神示，是天的受命，具有絕對的權威性。」〔註 19〕兩書中均提及夢兆的政治意

〔註 18〕居閱時、瞿明安主編：《中國象徵文化》（上海：上海人民出版社，2001 年），頁 206。

〔註 19〕傅正谷著：《中國夢文學史》（北京：光明日報出版社，1993 年），頁 254。

義，夢被作爲影響社會輿論，爭取人民的信任，甚至被神化成一種不可抗拒的力量，使人民乖乖臣服於君王的統治。這種情形在政權轉換時最易出現，藉由將君王「神聖化」，以得到眾人的支持與肯定。

總而言之，「公我」之夢兆在當時社會中，融合了多種意義，對人民爲一種文化與民俗，對君王是一種政治拉攏人心手段等。天命論的思想，由對天的敬畏，轉變成政權轉移的利器。只要高舉著天命的旗幟，再加上符命，將可順利掌權，王莽攝政即是最好的例子。妾妃的胎夢亦是如此，以夢兆增加自身的優越，並冀望因此得到君王的肯定與厚愛。夢爲個人所知所見，發而言之，不似其它符命需外力的配合。因此，可以說夢徵是輔助帝王登位找最好的利器。

三、夢象徵：符象與夢徵之關聯

上述已說明夢象與夢徵需透過經驗世界的理解才能明瞭，也須從社會文化中尋求解釋。就像夢登天、龍、日等爲何能成爲帝王的象徵呢？即是源於社會文化。首先，天，廣大無邊，生養萬物，又受天命論影響爲掌管一切，其偉大的形象早已深植人心。因此登天與天帝的鈞天廣樂之夢、夢上天及捫天之夢，能登天受天命，做到眾人無法達成之事，必是擁有神奇力量之人。復次，龍，爲四靈之一，飛天遁地，能帶領著君王飛上天，一直是漢民族崇拜的奇獸，甚至自稱爲龍的傳人，亦被視爲神的化身。緯書《禮‧含文嘉》中早將龍視爲「帝王之瑞」。如漢高祖母親夢與神遇，而太公往視，卻看蛟龍於其上。又有夢蒼龍據腹等。乘龍上天，則與上天相同意涵。

再者，日，照大地，帶來光明，如同君王的恩威，下達四方，早在先秦《戰國策》中就產生夢日爲見君的思想，侏儒以夢竈見君來諷刺衛靈公專寵彌子瑕，靈公甚怒，因當時夢日才爲見君之兆。因此，漢代景帝王皇后夢日入懷，靈帝王美人夢負日而行，並非是新的符徵，而是延續先秦的思想。天、龍、日都是漢民族遙不可及的崇拜對象，正可表達出君王權力、地位及高高在上的形象，還有傳達出期待與天、日一般生生不息的意涵。除了君王之象徵，漢元帝的皇后也有夢月之徵。月，不同於日的光芒四射，而是和煦的照耀，因此，描述元后政君長大後婉順得婦人道，可知，符徵立基於社會集體思維。更由於日月交替，陰陽調和，日爲君，月即爲后之徵，甚至將其人生傳奇化，說政君在許配給元帝前，曾許給他人，然所許者皆死，呈現出日月相配之理。

上述龍、日、月的夢象與夢徵聯繫密切，已成定論，因此不需解夢者，
君王自身也可明瞭夢的意涵。然而，其他如官位之夢、敗亡之夢的符徵與符
旨間隱微不顯，則須靠解夢者加以詮釋。最複雜的夢境莫過於《吳越春秋》
及《越絕書》中皆有的夢。夫差發動九郡的軍隊要和齊國戰爭，休憩時，做
了一個夢，請太宰嚭及公孫聖解夢：

> 太宰嚭對曰：「善哉，大王興師伐齊。夫章明者，伐齊克，天下顯明
> 也。見兩鉹炊而不蒸者，大王聖，氣有餘也。見兩黑犬噑以北、噑
> 以南，四夷已服，朝諸侯也。兩鏵倚吾宮堂，夾田夫也。見流水湯
> 湯，越吾宮牆，獻物已至，則有餘也。見前園橫索生樹桐，樂府吹
> 巧也。見後房鍛者扶挾鼓小震者，宮女鼓樂也。」〔註20〕

太宰嚭認為此夢為吉兆，夫差與齊國戰爭將會勝利，天下顯明。黑犬噑南北，
表示四夷朝服。流水湯湯，越過宮牆，表示朝服者獻物滿溢，而前園生樹桐，
表示可做樂府吹巧。後房鍛者扶挾鼓小震，為宮女鼓樂的象徵。將整個夢境
詮釋成繁榮、興盛的景象。夫差不以為滿足，還想請王孫駱解夢，王孫駱自
言智能淺薄，乃推薦公孫聖替王解夢。公孫聖自知如實解夢難逃一死，還是
解此為凶夢：

> 夫章者，戰不勝，走偉偉；明者，去昭昭，就冥冥。見兩鉹炊而不
> 蒸者，王且不得火食。見兩黑犬噑以北、噑以南者，大王身死，魂
> 魄惑也。見兩鏵倚吾宮堂者，越人入吳邦，伐宗廟，掘社稷也。見
> 流水湯湯，越吾宮牆者，大王宮堂虛也。前園橫索生樹桐者，桐不
> 為器用，但為甬，當與人俱葬。後房鍛者鼓小震者，大息也。王毋
> 自行，使臣下可矣。〔註21〕

章，是敗走的偉惶之情狀；明意謂離開大智而親近愚昧；見鉹蒸而不炊者，
說明大王之後無法吃到熟食，已亡之情景；兩黑犬噑，黑是象徵陰，北，表
示隱藏之意，對魂魄疑惑的表現；兩鐵鍬豎立於宮牆，表示被越國入侵，剷
除了宗廟；流水浩浩蕩蕩流過吳宮，王宮將被洗劫一空；而前園生的梧桐，
不能做實用的器物，只能做殉葬用的小木偶一起埋葬；後房拉風箱聲聲作響，
是歎息的聲音。

〔註20〕袁康、吳平撰，楊家駱主編：《越絕書》（台北市：世界書局，1962 年），〈越
　　　　絕外傳記·吳王占夢〉第十二，頁 139～140。

〔註21〕袁康、吳平撰，楊家駱主編：《越絕書》，〈越絕外傳記·吳王占夢〉第十二，
　　　　頁 142～143。

由以上可知，夢象與夢徵的關係，須以社會文化對夢象的理解來解碼，意義才能真正展現，做出正確的徵兆。否則，即使確有夢徵，解夢者無法判斷夢象意涵，亦無法應驗。另外，既然須立基於社會文化，不同文化背景，對夢的理解也將會不同。以象徵性的夢來說，相同的夢，在不同社會背景的人身上所展現的意義絕對是不同的。

第二節　諸子勸諫與夢文化反省

諸子散文夢敘述的深層意義在於以夢為諫及夢文化反省。因應漢朝大一統的時代，知識份子充滿政治抱負欲實現於社會國家，而當時在天命論的影響下，夢甚受君王重視，因此，西漢知識分子以夢為諫，引導與說服君王。然至東漢，王充等開始反省夢文化，對於夢表達了批判與省思，促進自覺意識的提升。

一、以夢為諫

漢帝王「尊經」及董仲舒定儒家於一尊，儒家的仁義道德精神於焉發展，篇章中更可見其蹤影。不過，這時的儒家，不再是孔子所言「不語怪力亂神」，儒家思想因應政治因素，早已加入陰陽五行、天命論等思想。董仲舒《春秋繁露》卷十一：「是故木已生而火養之，金已死而水藏之，火樂木而養以陽，水克金而喪以陰，土之事天竭其忠。故五行者，乃孝子忠臣之義也。」〔註22〕董仲舒利用五行相生的觀念，來比附帝國主義君臣父子的關係，並統歸於上天的安排，具有安定社會的力量。另外，漢朝取代短祚的秦朝，建立一統的帝國，極力檢討秦滅國原因，對於秦王朝的分封權力分散，而實施集權統治，削弱異族勢力，封同姓諸侯，使得皇帝的權力達到極致，無其它力量足以制衡。董仲舒的天人感應論，正是對於漢帝國的政治量身訂做，是輔助與制衡政權間的高度表現。董仲舒以為夢徵兆或災異是天展現其意志，警戒君王言行的方式，目地在抑制君王為所欲為。這樣附會天意的作法，使神秘的思潮壟罩，促進東漢讖緯思想更加盛行。除了夢之外，自然災異，陰陽五行、符命等皆成為上帝喜怒的信號。天人感應論者認為得天命之帝王將會使天下政通人和，國家飢荒、大旱的災難，是帝王不賢、不得天命的徵兆。透過天地

〔註22〕荀悅著，錢培名校，王雲五主編：《申鑒、春秋繁露、中論》（台北市：台灣商務，1968 年），卷十一，〈五行之義〉第四十三，頁178。

的變化，如天災、祥瑞、陰陽五行配合等讖緯，勸諫帝王的施政。因此，若有天災，除了實行祭祀外，君王還須檢討自身作為，傾聽臣子建議，並減少賦稅或其他補救方式彌補。災異竟成為帝國主義下大臣勸諫君王變更朝制、修養德行的最加時機。

諸子散文中以史夢成為政論的工具，原因如上所述是董仲舒的天人感應論所影響，史夢又為君王所熟悉，更能引發共鳴。劉向編纂《新序》、《說苑》、賈誼的《新書》及劉安《淮南子》等書，皆有政治上的目的，也以史夢為例，探討誠信、修德等的重要性。劉安《淮南子‧繆稱訓》曰：「身有醜夢（惡夢），不勝正行；國有妖祥，不勝善政。」〔註23〕顯示出人的作為比夢徵兆更重要。另外，還以夢來表達權謀、見微、正失等的政治思想。甚至，東漢思想家王符《潛夫論‧夢列》雖然將夢分類，分析夢的思想、起因，看似含有唯物論的觀點，最後仍將夢的吉凶闡釋成：「見瑞而修德者，福心成，見瑞而縱姿者，福轉為禍；見妖而驕侮者，禍必成，見妖而戒懼者，禍轉為福」〔註24〕的德性思想。這種對於政事的論說，根源於董仲舒的天人感應論。其中更能看出出儒家的思想痕跡，雖然對神、鬼等思想不加以避諱，最後仍舊將吉凶歸於自身的作為。諸子著書言明治國之理，借史夢說理，除增加可信度，並可避禍。否則，漢帝皇為萬人之上，若一言觸怒命恐不保。緣此國家大臣往往順應夢徵或夢例來說明道理，藉此取信君王，達到勸諫的作用。如漢武帝欲誅太子，車千秋勸諫曰：「臣夢見一白頭翁，教臣上言曰：『子弄父兵，罪當可赦。』天子之子過失殺人，何罪哉？」〔註25〕車千秋為高寢郎，也就是看管高廟。武帝認為這是高廟神靈所下的指示，因而釋放太子，並重用車千秋。車千秋只因一夢即能有此效，可見夢的影響力及君王的重視。

西漢諸子雖然對於夢徵仍抱以肯定的態度，然而開始肯定人事作為，認為夢徵兆只是示警，最重要的仍在於自身的德性、作為，以德應妖將能轉禍為福。諸子政論以史夢論說，賦予夢新的意義，例如史夢趙盾夢叔帶持要而哭已而笑，預示後裔遭殺害及最後又重新復國的情形。劉向不再強調趙盾之

〔註23〕劉安等撰，高誘注，楊家駱主編：《淮南子注》（台北市：世界書局，1969年），卷十〈繆稱訓〉，頁165。

〔註24〕王符撰，汪繼培箋：《潛夫論箋》（台北縣：漢京文化事業有限公司，1984年），〈夢列〉第二十八，頁322。

〔註25〕班固撰，顏師古注：《漢書》（台北：明倫出版社，1972年），冊四，卷六十六，〈公孫劉田王楊蔡陳鄭傳〉第三十六，頁2883。

夢占及夢靈驗的情形，而是表揚程嬰等人爲了報恩，努力撫孤且幫助復國的人事作爲。《淮南子》中說明道家聖人不思而無夢，則藉夢闡釋道家無爲比有爲強的反向思考，將不思而無夢的精神澄靜，視爲聖人的表現。西漢諸子在史夢例中，肯定人事作爲的理念，及道家哲學思索無夢被視爲精神層次提升的展現，夢不再全然爲徵兆性質，這樣的轉變有助於理性思想發展。因此，東漢才能對夢文化產生反省與自覺。

二、夢文化的反省：天命論等醒思

上述西漢諸子散文中，顯示理性思維萌芽，而《黃帝內經》的出現，更使人對夢有更深層的認識。《黃帝內經》代表著醫學的發達，對人體構造、運作等有較透徹的理解。其中曾說明夢的病理因素如下：

> 陰盛則夢涉大水恐懼，陽盛則夢大火燔灼，陰陽俱盛則夢相殺毀傷；
> 上盛則夢飛，下盛則夢墮；甚飽則夢予，甚飢則夢取；肝氣盛則夢
> 怒，肺氣盛則夢哭；短蟲多則夢聚眾，長蟲多則夢相擊毀傷。〔註26〕

以此說明夢與生理息息相關。在陰陽五行的觀念下，內在陰陽如不協調或生病，都會產生夢境。如陰屬水，陽爲火，因此陰盛夢大水，陽盛夢大火。夢也與生理相關，若肚子很飽則夢給予人食物，飢餓則夢拿取食物等。歸納夢發生的原因，顯示出對夢的理解更深一層，夢不再全然被視爲魂與鬼、神的的作用，而是生理病態所導致。這樣的體悟，使夢的徵驗性漸漸受到質疑。其中最突出者，就是東漢的王充與王符。

（一）王充：分析夢例，駁斥夢徵

王充批判夢徵，以富科學、邏輯的方法解讀夢境，發現其中的不合理。在第三章內容中發現，王充運用邏輯分析、自然觀察的知識，猛烈抨擊夢徵，將史夢中著名的徵驗事蹟，一一加以分析、駁斥。如說明龍與人非同類，焉能繁衍後代？又說明伯有化爲鬼報仇之夢，若眞要報仇，應找下令殺死他的子晳，而非奉命而爲的肆帶及公孫段，顯示其中的不合理。再者，晉侯夢黃熊入於寢門，子產解釋黃熊爲鯀的化身，但是史傳中卻無任何鯀化身爲熊的證據。仔細觀察，可發現王充的論述講究憑據，無論是生物學上的演化、推理上何邏輯，甚至是史書上是否存有證據等，展現出科學追根究底的一面，這正是漢代迷信、讖緯思潮下最缺乏的。由先秦至漢，夢徵兆被視爲是鬼魂

〔註26〕《黃帝內經素問》（上海市：上海商務，1965 年），頁 38。

溝通的管道、天命的象徵，並作為政壇上遞嬗的符命。王充批判夢徵，正是對於漢代整體思潮—夢魂觀、天命論、天人感應等思想的省思。如王充《論衡・訂鬼》：

> 人之晝也，氣倦精盡，夜則欲臥，臥而目光反，反而精神見人物之象矣，人病亦氣倦精盡，目雖不臥，光已亂於臥也，故亦見人物象。病者之見也，若臥若否，與夢相似。當其見也，其人不自知覺與夢，故其見物不知鬼與人，精盡氣倦之效也。何以驗之？以狂者見鬼也。狂病獨語，不與善人相得者，病因精亂也。夫病且死之時，亦與狂等。
>
> 臥、病及狂，三者皆精衰倦，目光反照，故皆獨見人物之象焉。〔註27〕

王充以「氣倦精盡」來說明夢產生原因及否定鬼的存在。他將夢（也就是臥），與病及狂三者相提並論並不恰當，夢也並非全然為氣倦精盡所導致的結果。然而他主要目的欲破解鬼的存在，將見鬼視為氣倦精盡後所見的幻象，可知其認為夢只是一種「象」，並非真實。因此，鬼神自然也是不存在的。

另外，王充還欲破解天命論與天人感應，在《論衡・初稟》篇中說天只是自然之天，是「自然無為」的，並無所謂的意志。王充認為天命論中對帝王的符命，那不過是「偶遇」罷了，並非真是天命。在王充批判的思想中，夢雖然只是其中的一環，卻能明顯感受到他欲徹底瓦解鬼、神系統的決心。畢竟，夢徵一直為天人感應論者所深信，因此，欲破除迷思，批判夢徵為必要的管道。王充表面上批判的是先秦的史夢中所出現徵兆等思想，事實上是對東漢讖緯盛行，不僅是夢徵，還有其立基的思想：夢魂觀、天命論、天人感應說等作最有力的批判。他處於在權威帝國的治理下，僅能借古諷今，藉由科學的批判夢來破除迷信的思維。

（二）王符：歸納夢分類，集結之效

除了王充之外，王符也是功不可沒，他在《黃帝內經》及王充的基礎下，進一步探討夢的成因。王符〈夢列〉將夢分成十類，統合了漢代對夢的觀點，既從精神方面探索，也有生理、自然方面的因素，從今日視之，雖然不盡科學：夢如實應驗為直夢，夢中所見為象徵，以象徵式應驗為象夢，反夢則為夢與現實相反，直夢、象夢、反夢中仍隱含夢徵兆的特色。王符分類的標準不一及分類間存有灰色地帶。這是因統合各家說法而產生的謬誤，不能太過

〔註27〕王充著，楊家駱主編：《論衡集解上》（台北市：世界書局，1967年），卷第二十二〈訂鬼〉，頁448～449。

苟求他。基本上，〈夢列〉對於反迷信作用上，還是發揮成效。王符從氣候、季節、病理、個性或由精神思慮方面說明夢的發生因素，夢與天命之間的關聯性降低，夢趨向於現實化，而非永遠崇高的上帝旨意與神秘色彩。這有助於人將夢的解釋逐漸脫離天的掌控。並且，王符在〈夢列〉中表達夢的吉凶，其實是人的心情的反應：

> 假如夢吉事而己意大喜樂，發於心精，則眞吉矣。夢凶事而己意大
> 恐懼憂悲，發於心精，即眞惡矣。〔註28〕

又對夢的本質做了說明：

> 本所謂之夢者，困不了察之稱，而懵憒冒名也。故亦不專信以斷事。
>
> 人對計事，起而行之，尚有不從，況於忘忽雜夢，亦必可乎？〔註29〕

以上兩者的說明，就能發現王符對於夢徵驗中的吉凶有了更合理的解釋，對於夢的理解更加全面。他認爲人若有吉夢，心情也隨之喜樂，這樣的心情影響個人的整體思緒、作爲，於是果眞成就好事，成爲吉夢。反之，若夢凶事，心情恐懼、哀傷，影響到思緒、作爲的紊亂，造成壞的結果，而成惡夢。吉夢及凶夢的癥結在於人因夢而導致的心情，因此，王符有吉凶由個人心情所引導的想法，這是思想上的一大進步。另外，王符也注意到忘忽雜夢，由現代夢研究發現每個人每天都會作夢，但是並非都能記住，且有許多無意義的夢，因此王符歸納出「記想之夢」，是吉凶不定，善惡不信的。這類的夢，是不能用來斷定人事的。因爲人在清醒時做事，尚有做不好的，何況是恍惚的雜夢呢？當然不能用以斷定人事。王符雖然不像王充從思想體系做出批判，但他對夢剖析比王充更深入，對夢的理解也更加全面。

（三）侷限：仍存迷信思維

王充、王符對於夢文化中夢皆做了批判、分析，並深入探索夢的成因，對夢迷信的反省，有一定的貢獻。然而，囿於社會的觀念與思慮、科學的發展，王充、王符並非完全脫離迷信的思維。如：王充於《論衡‧吉驗》：

> 凡人稟貴命於天。必有吉驗見於地，見於地，固有天命也。驗見非
> 一，或以人物，或以禎祥，或以光氣。〔註30〕

〔註28〕王符撰，汪繼培箋：《潛夫論箋》（台北縣：漢京文化事業有限公司，1984 年），〈夢列〉第二十八，頁318。

〔註29〕王符撰，汪繼培箋：《潛夫論箋》，〈夢列〉第二十八，頁320。

〔註30〕王充著，楊家駱主編：《論衡集解上》（台北市：世界書局，1967 年），卷第二

上述〈初稟〉篇表明天是自然之天，並無意志，而〈吉驗〉篇又認為若稟命於天，必有吉驗見於地。對於君王的符命，王充以「偶遇」之理說明，而此卻說吉驗乃天命，這兩者間實在矛盾。此處仍肯定吉驗的存在，若非由不同人所述，就是王充思想上的疏漏。傅正谷《中國夢文學史》中亦曾舉例子來證明：「他（王充）曾多次辯劉媼『夢與神遇』生高祖之非，卻又認為是一種『吉祥之瑞，受命之徵』（〈奇怪篇〉），是『天欲漢興之，故先受命，以文為瑞也。』（《佚文篇》）。凡此種種的自相矛盾。皆說明他思想理論的侷限性，說明他在破除種種迷信時的不徹底性。」〔註31〕雖然，在時代與社會文化思潮的影響下，王充仍未完全跳脫出窠臼，然而對於其理性與自覺萌芽，仍需給予高度肯定。

王符分析各種夢的生理、病理原因，但仍相信有時「精誠之感薄，神靈之所告者」〔註32〕，於是有占夢的必要。《夢列》又說：「夫奇異之夢，多有故而少無為者矣」〔註33〕如果占夢不準，則是因為「說者不能連類傅觀」〔註34〕。甚至，最後仍表示：「《詩》稱吉夢，書傳亦多，觀察行事，占驗不虛。福從善來，禍由德痛（病），吉凶之應，與行相須。」〔註35〕王充所反對的天人感應，人行不相應之理念，王符持肯定的態度。對於此，不禁令人感到疑惑，王符吸收了王充的科學、邏輯化的思維，對夢的理解也比王充更透徹，事實上應該不會再走回頭路，又回到了天人感應的思維裡。這樣的轉折，是否有其目的？本文欲探究王充思想特點時，發現岑溢成對於王充將「命」和「遇」作為終極解釋時表明：

> 以命和遇來解釋一切事物，代價就是否定了一切的因果解釋。可是，
> 因果解釋是人類掌握經驗世界最重要的手段，否定了因果解釋，在
> 相當程度上就否定了人文世界；因為不了解經驗世界，人文世界是
> 無從建立的。另一方面，又否定了道德操守與吉凶禍福的關聯，無
> 法安立人文世界，正是王充思想的最大缺點。〔註36〕

〈吉驗〉，頁 40。

〔註31〕傅正谷著：《中國夢文學史》（北京：光明日報出版社，1993 年），頁 287。

〔註32〕王符撰，汪繼培箋：《潛夫論箋》（台北縣：漢京文化事業有限公司，1984 年），〈夢列〉第二十八，頁 320。

〔註33〕王符撰，汪繼培箋：《潛夫論箋》，〈夢列〉第二十八，頁 322。

〔註34〕王符撰，汪繼培箋：《潛夫論箋》，〈夢列〉第二十八，頁 322。

〔註35〕王符撰，汪繼培箋：《潛夫論箋》，〈夢列〉第二十八，頁 478。

〔註36〕王邦雄等編著：《中國哲學史》（台北縣：國立空中大學印行，1995 年），頁 305。

本文臆測王符或許有鑑於此，雖以王充的疾虛妄出發，對夢的性質作自然化的分類，然而爲了能立足於人文世界，因此對占夢仍持肯定的態度，並肯定道德操守及行爲將影響吉凶禍福。因此，他對夢徵、夢占思想採折衷的觀點，並不完全否認夢占的作用，又將夢歸於氣候、病理、性格等因素，展現理性思想，充分反映出夢思想過度期的兼容並蓄。

三、自覺意識的提升

由相信夢徵至懷疑夢徵，甚至駁斥夢徵，是一條必經的路。也是人類經由知識、經驗的累積，提升自覺意識的過程。本文的「自覺意識」之辭彙參考唐德榮〈王符夢論思想的歷史地位〉一文而來，然其中的思想卻與之相異。如他認爲王符是第一個自覺意識上的夢論者而言：「王充的《論衡》中也沒有單獨將夢闢傳加以闡釋。當然說不上是自覺意識上的，更談不上發現了夢的意義。王符卻不同，他專闢〈夢列〉一篇，……他詳細地探討了夢的成因，夢的性質和分類。完全從自覺意識上形成了自己的看法。」〔註37〕唐德榮所言並非沒有道理，只是，要專章甚是明顯表示想法才算自覺意識，似乎太過嚴格，也較難實踐。如在史傳中，主體爲君王等之歷史，並無法列專章討論自身之看法，唯有從其敘述史事中，分析作者著重點，體會其心意。因此，本文採取寬意，將史傳、散文中作者在文中表達出對夢徵兆的反省與反迷信的論點，視爲「自覺意識」的提升。這並非一條寬敞的大道，而是崎嶇的羊腸小徑。由史傳、諸子散文中，可以看見知識份子努力行走的痕跡，帶領大家走向康莊大道。以下分成三部分探討之：

首先，史傳是徵兆夢最明顯的，史傳作者往往以徵兆預示吉凶，甚至成爲一種敘述模式，藉以連接前因後果。然而，在《漢書》中，可發現班固提升道德修養的價值。即使認可占夢的重要，仍以「德勝不祥，義厭不惠。」〔註38〕之語，說明如果不能修德禳災，即使如《詩》所說：「召彼故老，訊之占夢」〔註39〕都是捨本逐末的行爲，依舊無法勝過凶咎。次者，賈誼、劉向、《淮南

〔註37〕唐德榮〈王符夢論思想的歷史地位〉（中國《武陵學刊》，1996 年，第一期），頁 24。

〔註38〕班固撰，顏師古注：《漢書》（台北：明倫出版社，1972 年），冊二，卷三十，〈藝文志〉第十，頁 1773。

〔註39〕程俊英、蔣見元著：《詩經注析》（北京：新華書店北京發行所，1996 年），冊二，頁 566。

子》政論中以史夢爲例，藉以勸諫及論說道理，主體皆在於作者欲闡明的政治、思想意涵，夢徵淪爲附庸性質。不論是提供治國方針、德行修養、道理說明等，夢徵應驗的情節早已不被強調。劉向甚至對史夢加以修改，使其更符合闡釋意涵。可見，諸子在詮釋的過程中，夢的徵兆不再是重點，而以闡揚自身的理念爲依歸，顯示在知識份子夢徵驗思想已漸漸淡化。最後，真正達到理性批評、分析夢徵，甚至自覺意識到夢徵者，則是東漢王充、王符等人。王充以批判的態度，探求其實，這樣的作法，破解了當時深信不疑的鬼、神徵兆思想。王符更是首度列〈夢列〉一篇，以各角度分析夢產生原因，使東漢人對夢理解更真實，而非建築全的成功，然而王充、王符的作爲，即使僅爲個人著作，仍是受到高度的重視。於虛幻的夢魂觀。二王對夢徵自覺的意識，達到最高點。雖然，他們對夢徵驗思想的批判，並非偶然，而是時代、社會的演變，所導致的結果，這個結果影響深遠。

本文將夢的自覺過程分成三部分探討，其實是爲了使其發展歷程更加清楚，否則，在夢徵思想的演進中，兩漢的史傳、諸子散文等思想雖然一直相互影響，但是，實際的演變是既模糊又漫長的。夢文化完全擺脫迷信，即使不是完成於漢代，這條演變的路終究會繼續走下去。

第三節　意象沿襲：理想夢、神女夢

詩、賦中多以夢意象的遞相沿襲，表達深層思想意涵。所謂意象的遞相沿襲，在《詩歌意象論》中說明：「具有某種現成意義和習慣用法的語詞，作者可以借以表達某種特定的思想感情。詩人這種有感於現成的意象而創造新作品的特徵，我們把它叫做意象的遞相沿襲性。」〔註 40〕在漢代賦中，常以仙的意象來展現。殷國明在〈中國文藝思想的「夢思維」〉一文中曾表明漢賦中神祕的玄思，遼闊的神遊，上天入地的神思，新奇無涯的意境，幾乎都離不開夢思維的導引。〔註 41〕這類的夢，特徵在於遊歷神仙之境與神女的追尋等，目的則是用以諷帝王及抒發理想不達之情。這無疑是屈原〈離騷〉仙游、〈九章〉夢登天、宋玉〈神女賦〉之夢的意象的沿襲。

首先，從班固〈幽通賦〉、張衡的〈思玄賦〉、揚雄〈甘泉賦〉等都可

〔註 40〕陳植鍔：《詩歌意象論》（北京市：中國社會科學出版社，1990 年），頁 164。
〔註 41〕殷國明：〈中國文藝思想的「夢思維」〉（中國：社會科學，2008 年，第 1 期），頁 176。

以見到仙夢、仙游的蹤跡，仙境及仙意象的存在，究竟傳達什麼意涵？事
實上，在夢仙境、遊歷的背後，寄託著創作者的精神理想，更可說那是一
場內心道德精神皈依的過程。班固〈幽通賦〉中表面上夢登上高山與神仙
相遇，神仙授予他葛藟，指點他小心免得掉下峻谷。夢占結果為吉，但須
小心謹慎，即可成功。這夢的意義，似乎不用神仙的指引，人人都明白的
道理。這一指引過程是班固於父親亡後，家族衰退之時，接下父親著史大
業的自我表述，更是對自身的精神鼓舞。即使，前方禍福難明，但班固相
信，只要依道行事，盡力的著史書，一切將能逢凶化吉。再者，張衡的〈思
玄賦〉更不用說，幾乎本著屈原〈離騷〉而作。同樣說明自身性情、衣飾、
道德的美好，也表示對小人當道，賢人失勢的憤慨，因此產生去國遠憂的
想法。差異點在於屈原對於仙境抱持美好的印象，重回人間家鄉，留下無
限的遺憾。而張衡則認為仙境再美都抵不過人間的美好，仙游是一整裝待
發，重新找回自我的過程。夢木禾與游仙境之旅是張衡的內心之旅，透過
夢占，他更加確定歸隱的信念。《漢賦與經學》中說班固〈幽通賦〉、張衡
〈思玄賦〉都有「玄」、「夢」的內容，馮方良認為漢賦家既歌頌漢代大一
統的盛世，也體悟到在高壓政權的統治下理想不能實現，因此潛心於玄，
寄悲不遇之心於翰墨。〔註42〕在〈幽通賦〉、〈思玄賦〉中，夢與游仙兩者
合而為一，激盪出漂亮的火花，夢可以帶人進入一個虛幻的世界，而仙境
正是人理想的國度，這樣一趟內心道德精神旅程，既可治療悲不遇之心，
也可以表述自身對道德節操的信念。

　　另外，〈甘泉賦〉中所呈現的景色如玉樹、璧馬、龍鱗、瑤圃是天上宮闕
之景，漸漸的帶入夢幻般的天境遊歷，將甘泉宮的豪華比擬成仙境，甚至認
為即使神仙看見都以為是夢，不敢置信，誇飾甘泉宮的宏偉。〈甘泉賦〉並非
抒情之作，仙境的描述並非對人生的關懷，而是欲藉此諷諫。揚雄〈甘泉賦
并序〉中明白點出奏〈甘泉賦〉目的在於諷諫，可見他欲以仙遊來寄寓道理，
強調賦的諷諫作用。只是這樣的目的並未達成。《漢書·揚雄傳》載：

　　　雄以為賦者，將以風也，必推類而言，極麗靡之辭，閎侈巨衍，競
　　　於使人不能加也，既乃歸之於正，然覽者已過矣。往時武帝好神仙，
　　　相如上〈大人賦〉，欲以風，帝反縹縹有陵雲之志。繇是言之，賦勸

〔註42〕馮良方著：《漢賦與經學》（北京市：中國社會科學出版社，2004年），頁214
　　～215。

而不止，明矣。〔註43〕

在華麗的包裝、夢幻仙境的描述下，期望能藉〈甘泉賦〉中誇張描寫宮廷如神仙住所以風（諷）君王，又以「屏玉女卻虙妃」以微齋戒肅敬之事，然並未能達到諷諫的效果，反而更加深君王對神仙世界美妙的期待。因此，揚雄轉著書《法言》、《太玄》，期望能夠達到「風」之效。漢賦不論是抒發自身心情及以游仙寄遇道理諷諫，這神仙世界的遊歷幾乎成為一必經的過程，象徵自我的成長與追尋理想等意義。

再者，東漢末年的賦中，以〈止欲賦〉、〈閑邪賦〉、〈檢逸賦〉、〈正情賦〉、〈神女賦〉為名的賦，可以視為宋玉〈神女賦〉、〈登徒子好色賦〉的思想傳承。〈神女賦〉內容分為三章，先說明襄王夜夢神女，要求宋玉作賦的前情鋪陳，在詳細的描述神女的容貌、儀態及神女以禮自持拒絕襄王的求愛情節，最後寫神女離去及襄王對她的思念。〈登徒子好色賦〉中則是敘述宋玉被人汙衊為好色，宋玉以東家美女三年窺伺，仍未許之，辯白自己非好色。然而秦國的華章大夫卻認為這不算是守德。真正的守德是女子美艷動人暗送秋波，男子也心生愛慕，然而心裡想著道德規範，男女之間應守本分，遵守禮儀，因此不能有越軌的舉動。這樣才是真正有道德節操。由〈神女賦〉至〈登徒子好色賦〉雖皆言禮教的規範導致求愛不成。然而，因時代的變遷，仍有所變，〈神女賦〉中神女以禮教自持，襄王求愛不成；〈登徒子好色賦〉中則換言女子大膽求愛，男子為遵守道德而拒絕，可知社會道德文化的發展，由讚揚女性轉變為對男性的稱頌。

〈止欲賦〉、〈閑邪賦〉、〈神女賦〉等，表面上尋求美女或神女入夢通靈，第二章將其置於騁情舒愛的愛情篇章。然而，在深層意涵方面，筆者以為這些賦實是融合了〈神女賦〉及〈登徒子好色賦〉的夢神女的意象及以禮止情的意義來傳達情慾與禮教之間的衝突。如陳琳的〈神女賦〉曰：

> 漢三七之建安，荊野蠢而作仇。贊皇師以南假，濟漢川之清流。感詩人之攸歎，想神女之來遊。儀營魄于髣髴，託嘉夢以通精。……申握椒以贈予，請同宴乎奧房。苟好樂之嘉合，永絕世而獨昌。既歡爾以豔采，又悅我之長期。順乾坤以成性，夫何若而有辭。〔註44〕

〔註43〕班固撰，顏師古注：《漢書》（台北：明倫出版社，1972年），冊五，卷八十七，〈揚雄傳〉第五十七上，頁3575。
〔註44〕費振剛、胡雙寶、宗明華輯校：《全漢賦》，（北京：北京大學出版社，1993

期待神女託嘉夢以通精，說明了自身的情慾，而最後一句更表明順乾坤以成性的情慾實爲正常之事，不應加以批評。可見，陳琳對於情慾的需求持肯定的態度。然而，多數人雖也正視自身的情慾，仍擺脫不了禮教的束縛。楊修的〈神女賦〉一樣有感夢通靈的情節，只是「情沸踴而思進，彼嚴厲而靜恭。微諷說而宣諭，色歡懌而我從。」〔註45〕一段，表現出神女的拒絕及諷說的情形，與宋玉的〈神女賦〉如出一轍。另外，阮瑀〈止欲賦〉中更是明白表達期待至抑情自信的過程，如：「還伏枕以求寐，庶通夢而交神。」〔註46〕可見其求寐目的是爲了能與美女夢中交神，但最終卻是「遂終夜而靡見，東方旭以既晨。」〔註47〕到天亮仍無法相見。因此，知道即使思念也不能得，不如就去除此雜念。〈閑邪賦〉、〈檢逸賦〉、〈正情賦〉等的思、欲、情、邪念正是需要撥亂反正，因此以夢神女、美女不得來警惕自身不當的情慾。張丑平在〈宋玉賦中的諷諫意義對漢魏賦作的影響〉中認爲：「從瑤姬神話到宋玉的〈高唐賦〉、〈神女賦〉，以及後人對此不斷的模仿所作的賦中，我們可以看到：一方面，後代文人對神話中的神女具有嚮往與渴望之情，因爲那是美與情的象徵；另一方面，從宋玉的賦開始，便在愛情賦中插入了另外一種聲音，那就是禮教的聲音。儘管作者心中有對美的追求、情的渴望，因此在作品中對愛情進行了鋪張揚厲的描寫，對美女進行了細緻逼眞的刻畫，但由於作者內心的道德戒律的束縛，和社會外部的道德規範的檢討，他們不得不用禮教之大防把愛情框起來。儘管在不同時期，禮教的束縛程度有所不同，但是宋玉賦中的諷諫意義對魏晉以來的同題材的賦作的影響卻是相同的，漢魏時期的神女、美女題材的賦作一直沒有擺脫『以禮防情』的思想束縛。」〔註48〕總而言之，這類賦以期待神女、美女入夢表達自身的情慾，而最後因禮教的束縛，或思而不得，戰勝不當的思欲，警惕自身「發乎情、止乎禮」的道德思想，這與宋玉〈神女賦〉、〈登徒子好色賦〉所傳達的思想可謂一脈相承。

　　理想夢、神女夢，沿襲前人文學意象，表達自身的情感、思想，不僅能使詩、賦內容豐富，讀者若早已熟悉此意象，將更能體會作者所表達的意涵，

年），頁 692。
〔註45〕費振剛、胡雙寶、宗明華輯校：《全漢賦》，頁 650。
〔註46〕費振剛、胡雙寶、宗明華輯校：《全漢賦》，頁 617。
〔註47〕費振剛、胡雙寶、宗明華輯校：《全漢賦》，頁 617。
〔註48〕張丑平：〈宋玉賦中的諷諫意義對漢魏賦作的影響〉（上海：青年管理幹部學院學報，2003 年，2 期），頁 35。

可謂一舉數得。

本章小結

　　由以上的論述可知，漢代夢喻的深層意涵展現在社會文化中。史傳以夢徵爲主，夢徵的觀念起源於夢魂觀及天命論的思想。夢魂觀是人對神、魂的信仰與崇拜，夢成爲人與神、魂等的溝通管道。其源於人對未來無法掌握的不安定感，如天災或疾病、死亡，皆非人所能掌握。因此，唯有歸諸於天或神靈的意志，並以祭祀的方式表達敬畏，尋求內心的安定。天命思想由夢魂觀加以發展，成爲政權轉移的利器。利用人民對天、神的敬畏，君王以君權神授之名來治理人民，最後也被用此塑造君王的不凡，如妾妃懷胎時夢龍、日等被視爲天受命爲王；夢乘龍飛天也成爲登地位的徵兆。而夢象與夢徵間的關係如同符具與符指一般，須建立於經驗世界之中，也就是脫離不了社會文化的影響。唯有立基於文化場域中，瞭解夢象的文化意義，才能眞正解讀出夢象的徵兆。

　　西漢諸子以夢勸諫顯示出對夢徵關注的減弱，主要以表達自身思想爲依歸。而東漢王充、王符對夢徵的批判起著撥亂反正的作用。王充以較科學的分析，說明夢徵中種種的不合理，駁斥徵驗的說法。然而，王充眞正想要撥亂反正的卻是寄託在夢文化中的天命論、天人感應說等思想。王符〈夢列〉則是將夢分成十類，其中多顯示出生理、心理及病理對夢的影響，大大減低夢爲徵兆的展現。對夢文化的迷信反省達到高峰。由西漢諸子至王充、王符夢文化觀念的演進，可視爲知識份子自覺意識提升的過程。史傳的夢徵與諸子夢論至東漢往相反的方向進展，一爲傳達夢的靈驗，一爲否定夢的效用，互相拉扯激盪，夢於是漸漸脫離迷信的思維。

　　詩、賦多用以傳達情感，抒發內心憂悶。其中雖有如實記錄夢中的情境，如〈夢賦〉等，但也創發出以抽象的夢的特質、情狀來形容自身的感受。漢賦的書寫多爲意象的傳承。如張衡〈思玄賦〉、揚雄〈甘泉賦〉等承繼屈原〈離騷〉的仙游，班固〈幽通賦〉則是仙夢，而這類描述仙夢、仙游之目的爲諷諫帝王或追尋自我理想及道德精神的展現。班固與張衡皆利用游仙或夢仙的情節，爲自己的人生困境尋找出口。透過夢，將潛意識想望，完整透顯出來，仙遊是美麗藍圖，創作者藉由這虛幻之境，來表達本我理想，也寄託悲不遇

之情。再者，東漢末期對神女、美女入夢的描寫，受宋玉〈神女賦〉、〈登徒
子好色賦〉的影響，可解釋爲對自身慾望的表述，勉勵自身不可耽溺；也可
視爲勸諫君王不可沉迷美色；更有表達士人道德節操的意涵。

　　總而言之，不論是集體思維、政治操作或是意象的沿襲，都可以明顯感
受到夢在社會文化中所佔的分量，漢代更是夢文化轉變的重要時期，經由知
識分子的努力，逐漸脫離徵兆的束縛，轉而成爲藝術的表現手法。

第六章　兩漢夢喻之傳承與創發

上文以橫軸來探討漢代不同文體間夢喻的發展，此章則以縱向觀察夢的發展在歷史上所佔的地位。兩漢夢喻並非憑空造出，夢的思想也並非漢代才起，而是傳承先秦豐富的文化而來。夢在先秦已有長足的發展，然而爲了適應時代的演變，兩漢延續、傳承與創發夢的意涵，此爲必然的過程，也能看出夢發展的時代性。

第一節　先秦夢之發展

夢，反映人類種種的思考活動。古老社會起源初期對夢還不甚了解，賦予許多神秘的色彩，認爲夢境與未來禍福息息相關，擁有預示的功能，如甲骨文中的夢貞卜、《詩經》中的夢熊羆和虺蛇代表生兒生女、《左傳》中以夢境來預言禍福的情形，甚至設立占夢之官，這種夢境崇拜形成燦爛的「夢文化」。以下分三部份探討。

一、經、史中的徵兆夢

《尚書·禹貢》及〈說命上〉皆記錄高宗夢帝賚予良弼，而得傅說；〈泰誓中〉、〈大誓〉則表明夢的作用爲協助君王卜卦知吉凶，而有「朕夢協朕卜，襲于休祥，戎商必克。」〔註1〕的記載。在《詩經》的部份除了國風齊風第八〈雞鳴〉：「蟲飛薨薨，甘與子同夢？會且歸矣，無庶予子憎？」〔註2〕寫的是

〔註 1〕 孔安國傳，孔穎達正義，許錟輝分段標點：《十三經注述·尚書正義》（台北市：新文豐出版社，2001 年），卷第十一，〈泰誓〉中第二，頁 409。
〔註 2〕 程俊英、蔣見元著：《詩經注析》（北京：中華書局，1996 年），頁 265。

夫妻同寢而夢，運用同夢同寢的具象，此非徵兆夢，其餘小雅中的〈斯干〉
及〈無羊〉等，都是寫占夢之事。〈斯干〉〔註3〕中占夢，認為夢熊羆將生男，
夢蛇虺則是生女的象徵。〈小雅鴻鴈之什第三·無羊〉：

> 牧人乃夢：眾維魚矣！旐維旟矣！大人占之：眾維魚矣？實維豐年！
> 旐維旟矣？室家溱溱！〔註4〕

牧人請占夢，其夢境解為：夢見眾多的魚，是豐收的徵兆，夢見畫有龜蛇鳥
類的旗子，預示人丁興旺。因此，是為佳夢。《禮記》中〈檀弓上〉寫孔子夢
坐奠於兩楹之間，為死亡之徵，〈文王世子〉記載武王夢帝與九齡等。不論是
帝王夢的占解，或是牧人、孔子夢中的象徵，雖僅是簡單紀錄，亦能顯示出
夢徵在當時代中與生活融為一體，重要性更是不必多說。職是，註解《春秋》
的《左傳》，看出其重要性，更是一一描繪。

　　先秦保留最多夢敘述的當屬《左傳》，其敘寫夢事二、三十例，將夢徵與
戰事、政事等巧妙連結，夢的徵兆必靈驗，道出天地神鬼思想的盛行。傅正
谷《中國夢文學史》將其夢例歸納為六類，其中某幾類分類不夠明確，也互
相交涉，然為避免花太多篇幅分析其類別，模糊了焦點，本文直接依其分類
介紹，再補充說明。（一）政治類是攸關政治鬥爭，最著名為驪姬欺騙太子君
夢齊姜，並下毒於太子祭拜後的祭品，以達到除掉太子立兒子為王的目的。
此則也被著錄於《史記》。（二）軍事類則與戰爭相關，徵兆戰爭的吉凶，如
《左傳·僖公二十八年》「晉侯夢與楚子搏，楚子伏己而盬其腦，是以懼。子
犯曰：『吉。我得天，楚伏其罪，吾且柔之矣。』」〔註5〕子犯占為吉夢，後戰
爭果大勝。（三）鬼神類即鬼神入夢，《左傳·昭公七年》錄有鄭人夢伯有鬼
魂復仇之夢。顯示魂魄思想的建立。（四）祭祀類指祭祀鬼神，祈求庇佑。如
《左傳·僖公三十一年傳》：

> 衛成公夢康叔曰：「相奪予享。」公命祀相。甯武子不可，曰：「鬼
> 神非其族類，不歆其祀。杞、鄫何事？相之不享於此久矣，非衛之
> 罪也，不可以間成王、周公之命祀，請改祀命。」〔註6〕

〔註3〕程俊英、蔣見元著：《詩經注析》（北京：中華書局，1996年），頁546。
〔註4〕程俊英、蔣見元著：《詩經注析》，頁551～552。
〔註5〕孔穎達著，四庫全書編纂委員會編：《續修四庫全書·春秋左傳正義》（上海：
　　　上海古籍出版社，2003年），經部，春秋類，冊117，卷一三，頁317。
〔註6〕孔穎達著，四庫全書編纂委員會編：《續修四庫全書·春秋左傳正義》，經部，
　　　春秋類，冊117，卷一三，頁328。

由上述可知祭祀亦須合乎其道，不可逾越本分胡亂祭祀，否則不僅無益，反而有害。祭祀類與鬼神類可相提並論，受祭祀者必為鬼神，兩者幾乎無法分離。（五）疾病類例子為晉侯夢大厲壞大門及寢門而入。晉侯召桑田巫占夢，解曰「不食新矣」，年歲不久了，後甸人獻麥，晉侯以桑田巫騙不食新，斬之，卻於未食前，如廁掉入其中而亡。顯示出夢預測之真實性。然以其夢徵兆結果為死亡，置於死生類亦無不可。（六）死生類，以夢象作為死生之兆，生者如：鄭文公有賤妾曰燕姞，夢天使與己蘭；亦有武王邑姜方震大叔，夢帝命子曰虞，與之唐。此皆為胎夢，未生就徵兆出嬰兒的不凡地位，此類影響《史記》甚大。死亡則有聲伯夢食瓊瑰，瓊瑰為死者所含，故象徵死亡。其中分類雖互有交涉，卻仍將史傳中夢類型大致點明，了解左傳中夢的內容有助於我們了解漢代的承襲關係。

二、子部寓言夢：散播思想之利器

　　先秦諸子對於夢的探索更是夢文化中的燦爛一頁，如莊子、列子、晏子、韓非子等創造夢寓言，寓道理於故事中，傳達中心思想。夢寓言服膺於作者思想，成為散播思想之利器，職是，本文以各家分述之，共有道家、儒家、法家三家之論。

　　（一）道家夢寓—莊子、列子道法自然、解構思想

　　道家夢寓展現其道法自然、解構思想等。首先道法自然思想展現在「華胥夢」、「莊子夢髑髏」等寓言中。認為在位者應該無為而治，順時順民意，才是最好的統制。如〈華胥夢〉黃帝神遊華胥國得到的體悟在治理國家方面，強調無為而治，順時而為。此外，對於死生也應順應。就如同「莊子夢髑髏」中髑髏說明死生之理：以髑髏的話告訴世人，死不用畏懼，死後的世界更加快活。莊子認為死猶如落葉歸根那樣自然，無須傷心難過，實為必經的過程，欲以髑髏之語解消人對死亡的恐懼。人生不能離夢，夢也不離人生，夢似真似假，往往透過這些如夢似真的夢境，讓人體會出不同義理。夢的虛幻刺激著人們思考，就像莊周夢見自己變成一隻蝴蝶，因為太真實了，而忘自己是人。等到醒後，才知自己為莊周。這樣的夢境，讓他思考究竟是「不知周之夢為胡蝶與？胡蝶之夢為周與？」〔註7〕因此，體悟本身與蝴蝶為一，然形必有分的物化道理。由形而下慢慢思索形而上之理。然而，郭慶藩輯：《莊子集

〔註 7〕郭慶藩輯：《莊子集釋》（台北市：河洛圖書出版社，1974 年），頁 112。

釋》中云：「是以周蝶覺夢，俄頃之間，後不知前，此不知彼。而何爲當生慮死，妄起憂悲！故知死生往來，物理之變化也。」〔註8〕

再者，解構思想寄託於「宋元君夢神龜」、「三國覺夢」等寓言中。主要思想爲去知、去用、解消虛實。老子主張「絕聖棄知」，影響莊子有去知、去用的思想，而列子則解消虛實，將夢覺、虛實解構。莊子〈養生主〉開章明義「吾生也有涯，而知也無涯」〔註9〕，因此，主張去小知而存大知。對於「用」，莊子也有其看法，以爲「人皆知有用之用，而莫知無用之用也。」〔註10〕去知之理展現在「宋元君夢神龜」一則中，神龜托夢請宋元君相救，沒想到即使落到宋元君手裡，卻一樣難逃噩運。去掉小智則大智將能顯現，去掉爲善之心則能爲善矣！莊子的思想解消了社會對於智的追求及矯情爲善的行爲，以無爲即有爲的方式來應對。去用之理是「匠石夢見櫟社樹」說明一株無用的樹，正因爲沒有用處，因此長壽。反映出「無用實爲大用」的思想，正是莊子當時的處事態度。復次，解消虛實呈現於列子的「三國覺夢」。敘述古莽之國、中央之國、阜落之國因所處之地的晝夜情形差異，對於夢與醒之間也有不同感受。

> 西極之南隅有國焉，不知境界之所接，名古莽之國。……其民不食不衣而多眠，五旬一覺，以夢中所爲者實，覺之所見者妄。
>
> 四海之齊，謂中央之國，……一覺一寐，以爲覺之所爲者實，夢之所見者妄。
>
> 東極之北隅，有國曰阜落之國，其土氣常燠。……，多馳步，少休息，常覺而不眠。〔註11〕

古莽之國人民常在睡夢中，五十天才醒來一次，因此把夢境視爲是眞實，把醒時所經歷的一切，當成是虛妄。中央之國，寒暑分明，晝夜交替，一覺一寐，因此將醒時視爲眞實，而做夢爲虛幻。至於阜落之國，天氣非常嚴熱，人民性格強悍，常奔走，少休息，通常醒著而不睡覺。地理環境的不同確實會造成不同的生活習慣，列子利用此項特點加以誇飾，解構了我們對夢的想法，夢與覺孰爲眞假，人自以爲是的判斷，並非絕對。

〔註8〕郭慶藩輯：《莊子集釋》（台北市：河洛圖書出版社，1974年），頁114。

〔註9〕郭慶藩輯：《莊子集釋》，頁115。

〔註10〕郭慶藩輯：《莊子集釋》，頁186。

〔註11〕蕭登福：《列子古注今譯》（台北市：文津出版社，1990年），頁286。

莊子去小智存大智，以無用爲用之思想，和列子解消虛實的區隔，瓦解了一般對夢的體悟，醒時爲眞，夢中爲虛幻之想法，都是屬於解構的思想，對於儒家的主張予以反駁，提供不同的思考方向。

（二）儒家夢寓—晏子以仁德輔政，不語怪力亂神

儒家孔子重視仁德，更不語怪力亂神，對鬼神敬而遠之的態度，也展現在寓言的敘寫中。例如：〈景公夢五丈夫稱無辜〉一文中，景公夢見五丈夫托夢訴說冤屈，晏子解夢，一方面警惕景公不可重蹈覆轍，一方面指導景公安葬白骨可塑造愛民之形象，一舉多得，可謂機智之士。結尾明言君子爲善易矣，點出寓意，展現儒家以仁德治國，君子爲善的形象。又〈景公夢見彗星使人占之〉一文中，晏子一反委婉本性，指出景公的種種缺失：

> 景公嘗（夢）見彗星。明日，召晏子而問焉：「寡人聞之，有彗星者必有亡國。夜者，寡人嘗（夢）見彗星，吾欲召占嘗（夢）者使占之。」晏子對曰：「君居處無節，衣服無度，不聽正諫，興事無已，賦斂無厭，使民如將不勝，萬民懟怨。茀星又將見嘗（夢），奚獨彗星乎！」〔註12〕

景公因夢見彗星而恐懼，慧星也就是俗稱掃把星，據說夢見表示國家將滅亡，因此，景公焦急詢問晏子，希望有方法化解。晏子不從夢的預兆探討，而是請景公從自身行爲、治國方式、民心向背等方面檢討。若能使民安樂，國泰民安，即使彗星出現，也不能使國家滅亡；若人民窮困，民怨國衰，即使沒有夢見彗星，國家也將滅亡。晏子一番話點出了夢境或徵兆都是虛妄，重要的是人事的治理。夢吉而行兇，亦會導致敗亡，夢兇而行吉，則能逢凶化吉，顯現出人的主體意識萌生在處世方面，不應違反天性、死生之理。

晏子的夢寓言，圍繞在景公的行爲、處事，不管是勸誡勿攻無罪之國，期待君王治理好國家，安頓民生，或是爲景公塑造愛民形象等，皆離不開憂心政治、社會問題，將儒家的以德輔政理念，重實際，不迷信思想發揮無遺。

（三）法家夢寓—韓非子循名考實的名辯思想

法家重法治、好實際，職是，其夢寓言說明了法家君王專制的思想。在〈韓昭侯恐夢言而獨寢〉一文中，堂谿公以無底的千金玉卮比不上有底的瓦器盛酒爲例，說明君王不可洩漏軍事機密於他人：

〔註12〕楊家駱：《晏子春秋集釋》（台北：鼎文書局，1977 年），頁 440。

> 堂谿公謂昭侯曰：「今有千金之玉卮，通而無當，可以盛水乎？」昭
> 侯曰：「不可。」「有瓦器而不漏，可以盛酒乎？」昭侯曰：「可。」
> 對曰：「夫瓦器，至賤也，不漏可以盛酒；雖有千金之玉卮，至貴而
> 無當，漏不可盛水，則人孰注漿哉？今為人之主而漏其羣臣之語，
> 是猶無當之玉卮也，雖其聖智，莫盡其術，為其漏也。」昭侯曰：「然。」
> 昭侯聞堂谿公之言，自此之後，欲發天下之大事，未嘗不獨寢，恐
> 夢言而使人知其謀也。〔註13〕

《韓非子》中有兩則相似的篇章，兩則出入不大，上則趨向於詳細描述情節，
下則簡要描述，由申子曰：「獨視者謂明，獨聽者為聰。能獨斷者故可以為天
下主。」〔註14〕點出意涵。文中昭侯採納堂谿公的話後，遇到與朝臣商議國
家大事後必獨寢，害怕說夢話而事蹟敗露。申子的話讚美著昭侯的聰明與獨
斷的氣魄。反映出法家的君主集權思想。

　　無論儒、道、法家，皆以夢寓言寄託、闡釋思想，藉由寓言故事輕鬆體
悟道理，進而服膺其學說。然而，為何以夢作為寓言的載體，更是闡明夢在
當時的影響力大，連帝王都臣服於此，視為天的旨意。

三、夢的本質探索：荀子、列子

　　除了上述夢寓言的形成寄託思想外，諸子們也開始探究夢的本質，試圖
尋找夢發生之因，更深入的分析夢。這樣的探索，有助於後人對夢的瞭解。
首先，以夢最為明顯的特徵開始，墨子《經上第四十》言：「夢、臥而以為然
也。」〔註15〕表明作夢是睡夢中自然而然發生的事情，僅就事實上說明，不
做天命、鬼神的聯想。荀子〈解蔽篇〉亦有同樣的說明：「心、臥則夢，偷則
自行，使之則謀。故心未嘗不動也，然而有所謂靜，不以夢劇亂知謂之靜。
未得道而求道者，謂之虛壹而靜。」〔註16〕荀子勉人唯有心不動，不讓夢來
擾亂智慧，才能達到靜的境界。

　　再者，莊子及列子除了夢寓言外，也記載許多有趣的夢現象。如莊子〈齊

〔註13〕陳啓天著：《增訂韓非子校釋》（台北市：台灣商務印書館，1982年），頁574
　　　　～575。

〔註14〕陳啓天著：《增訂韓非子校釋》，頁574～575。

〔註15〕墨翟著，畢沅校注：《墨子》（台北市：台灣商務，1966年），冊二，卷十，〈經
　　　　上〉第四十，頁110。

〔註16〕荀況：《荀子》（北京：中華書局，1985年），冊四，卷第十五，〈解蔽篇〉第
　　　　二十一，頁461～462。

物論〉曰：

> 夢飲酒者，旦而哭泣；夢哭泣者，旦而田獵。方其夢也，不知其夢
> 也。夢之中又占其夢焉，覺而後知其夢也。且有大覺而後知此其大
> 夢也，而愚者自以爲覺，竊竊然知之。君乎，牧乎，固哉！丘也與
> 女，皆夢也；予謂女夢，亦夢也。是其言也，其名爲弔詭。萬世之
> 後而一遇大聖，知其解者，是旦暮遇之也。〔註17〕

夢樂醒後哀，夢哭醒遊樂，可知夢與現實未必相關，甚至相反。而夢中不知
其爲夢，夢中又占夢，唯醒後才知是夢，顯示出夢雖於睡覺時，然所觀所聞
好似醒時，因此易給人眞實生活之感。之後，莊子發揮其哲學思考，認爲就
如夢中一般，人生何嘗不是一場大夢，看透人死生才是眞正的清醒者。由夢
的特徵進入哲學、人生思索，實在高明。復次，《列子》中也探討不少。

> 故陰氣壯，則夢涉大水而恐懼；陽氣壯，則夢涉大火而燔（焫）；陰
> 陽俱壯，則夢生殺。甚飽則夢與，甚饑則夢取。是以以浮虛爲疾者，
> 則夢揚；以沈實爲疾者，則夢溺。藉帶而寢則夢蛇，飛鳥銜髮則夢
> 飛。將陰夢火，將疾夢食。飲酒者憂，歌儛者哭。子列子曰：「神遇
> 爲夢，形接爲事，故晝想夜夢，神形所遇。故神凝者想夢自消。信
> 覺不語，信夢不達；物化之往來者也。古之眞人，其覺自忘，其寢
> 不夢；幾虛語哉？」〔註18〕

陰氣壯夢涉水、陽氣壯夢大火、飽夢與、飢夢取、浮虛夢揚、沈實夢溺，皆
爲生理影響作夢的最初資料，後來《黃帝內經》以此作更詳細的探討。復次，
繫帶夢蛇、飛鳥銜髮夢飛，則是外在環境影響夢境等。再者，列子視夢爲精
神所遇，因此白晝所想，夜晚即夢之。還有，道家皆以爲最高境界之眞人因
不受外物所擾，實乃不夢，這樣的思想與史傳中天命、神鬼思想迥然不同。

　　最後以夢分類作結。《周禮》及《列子》中皆對夢有相同的分類，雖然依
時代來說，《周禮》可能較早，然而，經書中多爲徵兆夢，置於其中甚爲突兀，
因此將夢分類至於此加以說明。如下：

> 一曰正夢，二曰噩夢，三曰思夢，四曰寤夢，五曰喜夢，六曰懼夢。〔註19〕

〔註17〕　莊周：《莊子》（出版地不詳：中華書局，出版年不詳），四部備要，卷一，〈齊
　　　　物論〉第二，頁23。
〔註18〕　列禦寇傳，張湛注：《列子》（北京：中華書局，1985年），卷三，〈周穆王〉
　　　　第三，頁39、40。
〔註19〕　列禦寇傳，張湛注：《列子》，卷三，〈周穆王〉第三，頁39。

一是正夢，鄭玄認為是無所感動，平居自夢。意思是一般狀態下產生的夢，無多大意義。二是噩夢，乃驚愕、令人驚嚇之夢。三是思夢，也就是日有所思，夜有所夢，由思慮引起的夢。四是寤夢，寤為醒悟，也就是醒時所作之夢，故約可謂為白日夢。五是喜夢、六是懼夢，非常明確的表示為令人喜悅或害怕的夢。然其中，噩夢與懼夢實在難以分別，驚與怕常交融一起，唯有自由心證。至於寤夢，依字面解釋為白日夢，值得一提的是白日夢並非果真睡著，能分出此類，確實很不同，頗具意義。

不論是經、史中的徵兆夢、諸子的寓言夢及夢本質探索，俱展現了先秦知識分子的智慧，令人嘆為觀止。先秦的輝煌成就為漢代的夢文學與研究拉開了華麗的序幕。

第二節　漢代夢喻之傳承與創發

漢代傳承先秦豐富的夢文化，保住寶貴文化資產，並注入新的思想與創意，發展出更進步的夢文化。就整體表現層面，漢代皆可謂傳承先秦居多。就像史傳依舊以徵兆夢的形式，展現預兆的靈驗，敘寫模式也沒有什麼變化。《史記》中諸多夢境更是直接承襲先秦經、史之夢，保留住夢文化的菁華。至於諸子散文部份，兩漢諸子以夢例為證，雖然不似先秦諸子以夢寓言方式呈現，然主體精神藉夢呈現、印證自身學說的功能卻是一致的。

一、史傳夢功能及對象的漸移

不可諱言，史傳部分因襲居多，創發的部份甚為微弱。但由先秦至漢末的史傳，仍然可以發現史傳夢稍有變化。主要在於夢境的功能方面，《史記》據先秦近，保留豐富的徵兆夢，展現夢的預言特性，夢徵象徵帝王的興亡，也是處事的依據。然而，至《漢書》開始，出現某些夢事，並無徵兆意味，反而成為了解帝王形象的表現，如〈景十三王傳〉中，昭信夢昭平等以狀告去，欲控告去殺害的惡行，沒想到去竟言：「虜乃復見畏我！獨可燔燒耳。」〔註20〕因此掘出屍體，燒之成灰。殘忍的行徑令人髮指，由此夢及其反應可知。此外，由孝明帝夢先帝、太后，醒後悲不能寐，顯示孝明帝的孝順之心。可見，史傳至漢末漸漸加入非徵兆之夢於其中，藉以形象化帝王的情感與個

〔註20〕〔漢〕班固撰，〔唐〕顏師古注：《漢書》（台北：明倫出版社，1972 年），冊三，卷五十三，〈景十三王傳〉第二十三，頁 2428。

性，間接描繪皇帝形象，代替直接描述，更具說服力。

再者，先秦夢徵對象非諸侯王即大臣、將領等足以左右國家情勢之人，一般市井小民夢屈指可數。《史記》中記載非帝王夢者，有曹人夢亡國、孔子夢坐奠兩楹之間的死亡夢及〈龜策列傳〉對龜占卜崇拜的記錄，其餘亦皆為帝王及諸侯王等位高者之夢。《漢書》中除帝王、諸侯外，又記錄車千秋以夢勸武帝、霍光妻顯及子禹遭捕捉的敗亡夢等官員夢。然而，至《後漢書》中，二十四則夢敘述中，十則為皇帝及諸侯王等夢，其餘非官員及就是平民百姓之夢，而記錄徵兆死亡或魂魄入夢占了五則，兩則如孔子自夢死亡將至，三則鬼魂託夢，亦甚靈驗。如孝女叔先雄於父墜船處自投水死，託夢六日後將與父同出，後果於六日後浮於江上。後漢之後，明顯非帝王、將相的夢境增多，鬼魂入夢的思想更盛，可知夢的敘寫階層擴大，滲入民間，不再僅是帝王的專利。

由以上所述，《史記》中夢敘述似乎沒有建樹。然而，並非如此。《史記》書寫年代距先秦較近，因夢思想尚無太多變化所致。但是，《史記》在夢類型方面，有樹立之功。《史記》敘述不少先秦夢事蹟，其中得之於左傳夢僅佔 4 則，不到 1／6〔註21〕，其餘出於《國語》等其他史料。在文曉華〈論《史記》中的夢〉中寫到：「被司馬遷過濾掉的都是什麼夢呢？《史記》首先放棄了《左傳》中過於血腥的夢……。其次，《史記》放棄了《左傳》中過於靈異而顯得可怕的夢……。」〔註22〕這樣的論斷太過絕對，很難證實，也難令人認同。只是，能確定的是司馬遷依其自身理念慎重篩選過。本文以為司馬遷所取之原則為能證明其論點之夢，因此僅留下徵兆帝王興盛與敗亡等為主的夢兆，目的或許是點出其敘寫漢代帝王夢徵的源頭，以表示所敘寫的夢徵兆是信而有徵，非虛假的。其餘的夢徵類型則不多著墨。之後，正史敘寫夢事，多依其發展，故謂其樹立夢類型典範。

二、諸子散文改夢寓為論述，深入分析夢分類

不若先秦以夢寓言發展各家思想，漢代以夢例勸諫帝王修德性、重諾言，裨益國家朝政的運行。其中，夢例的來源是先秦、兩漢史傳，故漢代諸子並無直接創作夢的貢獻。另一方面因董仲舒天人感應的盛行，解《公羊春秋》加入

〔註21〕左傳夢徵敘述共 25 則，司馬遷僅取用其中 4 則，不到 1/6，可知司馬遷依其自身理念篩選重要者，而並非隨意敘寫。

〔註22〕文曉華〈論《史記》中的夢〉（中國：《渭南師範學院學報》，2008 年 7 月，第二十三卷第四期），頁 7。

陰陽災異，故諸子傾其心力於闡釋「王命論」，與證帝王必有徵兆相對印證。

　　至於夢的思想、態度方面，先秦諸子寓言中，道家解構夢的虛妄，儒家強調人事重於天命，顯示人的自覺已萌芽。只是，即使先秦諸子認為得以人為修德來遠凶禍，肯定了人作為的功用，但基本態度上仍相信夢徵。真正達到批判夢徵，以科學的方式駁斥夢的徵兆思想，仍需歸功於東漢時後的王充，即使迷信觀念不可能馬上遭到破除，然而，這樣的觀念慢慢延燒。因此，上述東漢史傳中夢徵的敘寫對象改變，亦是受其影響，因夢為天的傳遞思想漸失，故夢書寫對象也由帝皇下落至民間一般百姓。

　　如傅正谷言，兩漢時夢更加發展，因此而有以夢為名的文章出現。如王符的《潛夫論》直接以〈夢列〉為題，論述夢的分類。王符將夢歸為十類，比先秦《周禮》六類中多了四類，解釋也更加詳細。當然，此十類並非王符所創，而是蒐羅各種對夢的分類，具有集結之功。在其分類中，可以發現夢發生原因由單一漸趨多元，除了原本認為的徵兆夢，記想夢之外，將生理致夢、心理致夢，甚至外在環境影響人所夢，皆列入其中，使後人對夢的了解更開擴、也更全面。當然，也有助於改善夢迷信的觀念。

　　由先秦至兩漢夢發展的脈落，更能體會王充、王符對夢的貢獻，或許以現今眼光視之，他們對夢的批判與分類並不稀奇，然而就幾千年前的社會，籠罩在保守的環境、科學未發、天命論的思維下，能有如此進步的思想，實在非常值得贊許。

三、詩、賦夢發展出抽象意涵，由徵兆變成寄託、抒情

　　漢代夢最具創造性的莫過於詩、賦。不同於先秦《詩經》敘寫夢徵，漢代詩中夢轉為傳遞情感、思念的意象。甚至夢也發展出抽象形象，具有不可置信、虛幻的意涵，因而以夢為譬有「若夢」、「如夢」等詞彙的出現，如「猶彷彿其若夢」正是對夢醒來成空、夢中所見多為虛幻、令人不敢置信的表現，作者將對夢性質的想法，運用於創作中。這種轉變基本的夢徵兆思維，發展出抽象夢的書寫，可說是漢代夢文學的最大成就。

　　然而，漢詩中除了引用先秦典故而有徵兆夢外，其餘幾乎可說是與徵兆夢絕緣，而代以抒情的夢，具體的敘寫夢中情景，褪去夢徵的神秘面紗，平實的將夢納入詩中，表達對夢中人物的思念。這更符合一般的真實夢境之意義。也有一為不說明夢中情景，僅以「夢想」、「夙夜夢想」來表示期待、思

念之情。夢已經直接被視爲因爲想念所致，就如同夢分類中的記想之夢，日思夜夢，果眞非常符合抒情夢的意涵。

　　至於賦，王延壽以〈夢賦〉記錄自身作惡夢的情境，結尾藉許多夢例勉勵自己，期望能轉禍爲福的積極心態。這是第一篇以夢爲賦的篇章，甚具價值。影響後代以夢爲賦的篇章。如隋代釋眞觀〈夢賦〉、唐代杜頠〈夢賦〉、宋代歐陽修〈述夢賦〉、明代胡儼〈述夢賦〉等。至於屈原《楚辭》〈離騷〉、〈九章〉中的登天夢、理想夢影響班固〈幽通賦〉、張衡〈思玄賦〉的敘寫範式，成爲抒發理想情志的方式。還有，宋玉〈神女賦〉、〈登徒子好色賦〉影響漢末小賦中描述期待美女入夢交好通靈，實際是爲了「止欲」、「正情」、「閑邪」，防止不正當思想的產生，這均在上文第四章意象沿襲中已說明，因此不再詳述。

　　漢末王充等諸子展現其批判之功力，反駁夢徵的穿鑿附會，夢於是由帝王徵兆下落至民間，幸而在文學的領域發展出更大的空間。即使，夢已非天命式權威的展現，卻進入更唯美的文學領域。

第三節　對魏晉六朝以下之影響

一、魏晉六朝記載史夢達到高峰，後漸沒落

　　漢代預知信仰如此發達，除了受西周時設占夢官及將夢視爲天的訊息所影響，也與帝皇鞏固勢力、增加優勢，並且使百姓信服有關，漢末諸子雖然明白駁斥夢徵的虛妄，然而就統治者來說，卻是最好攏絡民心的工具，尤其於動亂不安的年代，因此，漢後，魏晉六朝史傳中的夢徵仍非常盛行。世傳曹丕稱帝時，曾夢日墜地一分爲三，自己拿一份置諸杯中，兆示三分天下。利用夢徵表示其正統性，用以掩飾其篡位的罪行。分裂時期，時常更換君主，夢徵是收服民心最好的武器。又《晉書・后妃傳》下中，東晉的李太后「數夢兩龍枕膝、日月入懷」，遂生孝武帝及會稽文孝王、鄱陽長公主。同樣的帝王夢、胎夢等又於魏晉上演。《三國志》及《晉書》中皆記錄過占夢家。若不受重視何須記錄，表示占夢亦非常興盛。據傳正谷《中國夢文學史》中所言，史書中夢事記載的數量，如「《晉書》34 條，《宋書》37 條，……，《南史》52 條，《北史》43 條」〔註23〕，相較於《史記》的 21 則，《後漢書》25 則，

〔註23〕傅正谷著：《中國夢文學史》（北京：光明日報出版社，1993 年），頁 24。

執政時間對應夢事記錄，魏晉時期可謂達到夢徵、占夢的最高峰。

之後，夢文化雖持續發展，然占夢則被視為無稽之談，漸漸沒落。史傳中夢事蹟漸少，然而卻滲入民間文學中。民間文學處處可見夢徵兆的事蹟，尤以家喻戶曉人物最多，如據說李白母夢長庚星而生之。這是漢代胎夢的轉型，原本漢代胎夢多徵兆帝皇、皇后，位高權貴者，然而，也漸漸轉至名人或具特殊才能之人。另外，徐應秋《玉芝堂談薈》也提到：「李白少時，夢所用筆頭上生花，自是才思贍逸。」〔註24〕也就妙筆生花成語的由來，說明李白才思敏捷乃由天賜。此與《西京雜記》中「董仲舒夢蛟龍入懷，乃作《春秋繁露》詞。」〔註25〕天賜予文采的意義相同，可見其傳承意味。明代朱國禎《涌幢小品》卷一記中記載：「上（明太祖）夢人以璧置於項，既而項肉隱起，微痛，疑其疾也。以藥付之無驗後遂成骨，隆然甚異。」〔註26〕此夢徵兆明太祖脖子產生肉瘤等疾病，史傳不錄，僅存於民間文學中，顯示夢徵已淪為傳說而不足信了。甚至，有學者表明，民間文學中的夢徵，實乃杜撰，目的在於提升夢者名望。可知，此時夢不再是天意傳遞的管道了。

二、夢魂／夢想、如夢詞彙運用的發展

兩漢夢喻的文化意涵中已深入探討夢魂觀，簡言之：人出生即有魂魄，魂可離開人形體之外，人死後，形體雖毀滅，魂卻能繼續存在，因已無形體可歸，稱為鬼魂。「夢魂」兩字的出現，是在屈原時，他以夢魂往返，表達對故國之思。此謂夢魂，乃王充所言「人之夢也，占者謂之魂行。」〔註27〕將夢視為靈魂出遊，唐代詩人融入夢與魂的元素，創造出大量優美詩篇。如：

> 元稹的〈長灘夢李紳〉：「孤吟獨寢意千般，合眼逢君一夜歡。慚愧夢魂無遠近，不辭風雨到長灘。」〔註28〕

〔註24〕徐應秋撰《玉芝堂談薈》（上海：上海古籍出版社，1993年），卷六，〈夢筆生花〉，頁143。

〔註25〕劉歆，一說西晉葛洪：《西京雜記、世說新語》（上海市：上海商務，1965年），西京雜記第二，頁7。

〔註26〕朱國禎著，四庫全書編纂委員會編：《續修四庫全書‧涌幢小品》（上海市：上海古籍出版社，2003年），子部，雜家類，冊1172，卷一，頁582。

〔註27〕王充著，楊家駱主編：《論衡集解上》（台北市：世界書局，1967年），卷第二十二〈紀妖篇〉，頁440。

〔註28〕楊君箋注：《元稹集編年箋注》（西安市：三秦出版社，2002年），頁636。

杜甫《夢李白二首》之一：「故人入我夢，明我長相憶。恐非平生魂，

路遠不可測。魂來楓林青，魂返關塞黑。君今在羅網，何以有羽翼？

落月滿屋梁，猶疑照顏色。水深波浪闊，無使蛟龍得。」〔註29〕

元稹不說自己因想念而夢李紳，反言李紳魂不辭辛苦入夢，既生動又富趣味。
杜甫則夢、魂拆開運用，然皆以夢中所見為魂行的觀念而作，寫來思念友人
之情更加深刻。本文所揀選之詩皆為友情詩，然而只要對於距離遙遠的思念
者皆可運用此意象。

漢代「夢想」、「如夢」的用法，後來也受到傳承。例如傅玄的〈青青河
畔草篇〉：「感物懷思心，夢想發中情。夢君如鴛鴦，比翼雲間翔。既覺寂無
見，曠如參與商。」〔註30〕以夢想思念夫君。另有左思的「夢想聘良圖」、陶
淵明「園田日夢想」等，夢等同於想。至於「如夢」的例子在杜甫《羌村三
首》之一中呈現：

峥嶸赤雲西，日腳下平地。柴門鳥雀噪，歸客千里至。妻孥怪我在，

惊定還拭淚。世亂遭飄蕩，生還偶然遂。鄰人滿**墻**頭，感嘆亦歔欷。

夜闌更秉燭，相對如夢寐。〔註31〕

杜甫描述出歷經安史之亂後得以安然回家與妻兒相聚的情景，即使回到家，
內心仍如夢寐般不真實，以如夢寐表達內心既開心又驚訝的情緒。然而，後
來蘇軾〈念奴嬌·赤壁懷古〉：「人生如夢，一樽還酹江月。」〔註32〕中「如
夢」就明顯為佛教的影響，夢是「空」的意思。非漢時的用法，不得混淆。

三、夢滲透入各時代文學體裁，在文學中大放異彩

夢在中國文化中具備悠遠歷史，又具豐富意涵，且能以徵兆、說理、譬
喻各種方式呈現，更別說夢的結構能同時呈現真實與虛幻的趣味。因此，即
使時代進步，史夢中漸漸退居於次，文學中卻大放異彩。漢代後，在唐詩、
唐傳奇、宋詞、元曲、元雜劇、明清小說等文體，皆覓得其蹤跡。尤其在傳

〔註29〕 清聖祖御定：《全唐詩》（台北市：明倫出版社，1971年），卷二百十八，〈杜
甫〉三，頁2289。

〔註30〕 徐陵孝穆傳：《玉台新詠》（出版地不詳：中華書局，出版年不詳），四部備要，
卷第二，頁8。

〔註31〕 清聖祖御定：《全唐詩》（台北市：明倫出版社，1971年），卷二百十七，杜甫
二，頁2277。

〔註32〕 鄒同慶、王宗堂著：《蘇軾詞編年校註》（北京市：中華書局，2003年），中冊，
頁399。

奇、雜劇及小說中，更是精采。著名的唐代傳奇：李公佐的《南科太守傳》、沈既濟的《枕中記》都以夢經歷人生一遭，醒後省悟人生富貴乃是一場空，而看透功名利祿，具有深刻警惕世人的意味。再者，雜劇湯顯祖《牡丹亭》中〈驚夢〉寫的是女主角杜麗娘的春夢，夢中與柳生一見鍾情，共赴巫山雲雨，花神也預示了兩人的姻緣之份，由此開啓兩人後續的發展。最後，小說方面當屬《紅樓夢》爲最佳典範，《紅樓夢》中有二、三十則的夢敘述貫串其中，既符合全書的題旨，也具表現人物心思、情感及形象及預示情節發展的功用。紅學之博大精深，自然無法全盤托出，此處僅以《紅樓夢》第八十二回〈病瀟湘癡魂驚惡夢〉中黛玉夢繼母欲將她許給人做續絃，央求眾人無用的惶恐，又夢寶玉爲證明對她的眞心，在心上畫了一刀，挖心而亡的景象，驚嚇而醒，醒後憂愁咳血病劇。由此夢可見黛玉的敏感心思及寄人籬下的不安，即使眾人待她好，知道寶玉喜愛她，仍心懷猜疑。因此惜春言其「瞧不破」，故疾病久不愈。將黛玉的心思、形象，由夢中情境一一呈現。《紅樓夢》可謂夢書寫的集大成者。

四、夢分類繼續發展：九夢、十五夢

王符夢歸爲十類後，陸續仍有發展。即使，有些並未獨立論述歸類，分析夢成因者仍舊不少。如宋代理學家朱熹也曾探討過夢因。此外，明確論述夢分類的如《黃帝內經太素》的三夢：徵夢、想夢、病夢。佛教還有三夢、四夢、五夢之分〔註33〕，甚爲複雜，不多述。其後，明代最爲興盛，歸納各種夢分類。首先，明代陳士元《夢占逸旨》的九夢包含：「一曰氣盛，二曰氣虛，三曰邪寓，四曰體滯，五曰情溢，六曰直葉（直驗）之夢，七曰比象，八曰反極，九曰厲妖。」〔註34〕前四爲生理致夢，又情溢爲心理過喜憂而夢，直驗、比象、反極爲承襲以往，最後，厲妖夢則爲惡夢。再者，明代何棟如《夢林玄解·敍》中分十五夢：

〔註33〕三夢：善夢、不善夢、無記夢。又三種四夢之分：一爲有記夢、無記夢、想夢、病夢。二爲四大不和夢、先見夢、天人夢、想夢。三爲無名羽氣夢、善惡先徵夢、四大偏增夢、巡遊舊識夢。五夢有二種：一爲熱氣多夢、冷氣多夢、風氣多夢、聞見夢與思維夢、天與夢。二爲他引夢、曾更夢、當有夢、分別夢、諸病夢。參見劉文英、曹田玉著：《夢與中國文化》（北京：人民出版社，2003年），頁350～354。

〔註34〕陳士元：《夢占逸旨》（北京：中華書局，1985年），卷二，〈感變篇〉第十，頁130。

六夢之變，有直夢、有象夢、有因夢、有想夢、有精夢、有性夢、
有人夢、有感夢、有時夢、有反夢、有藉夢、有寄夢、有轉夢、有
病夢、有鬼夢。〔註35〕

其中大部份因襲王符的十夢，或將某類分得更細。其中較特別的分類爲三：
藉夢、寄夢、轉夢。藉夢即托夢，鬼魂藉夢托人行事。寄夢就是夢寄，以夢
傳送的意思。何棟如解釋爲「凡見夢而互相徵應，如他人之夢忽見諸我，己
身之夢反見於人。」〔註36〕如武丁夢傳說之賢能等。至於轉夢，即是夢中情
節有種種轉變，就好像才剛看見太陽，太陽升起後又忽然下雨，夢中情景變
化莫測。然而，視此分類，雖更加精細，仍然有過於繁雜，常有互涉，標準
不一的缺失。

本章小結

漢代在夢文化的發展上雖無開拓之功，卻有著守成與壯大之勞。先秦的
經、史中的夢徵信仰，在西漢繼續延續，然而經過時間的洗禮，東漢後史夢
運用來具體及形象化君王的性情。《後漢書》記載的夢，作夢者的身份由皇帝、
諸侯王、官員一直延伸至平民百姓。夢不再只是帝王者的專利。而夢的神秘
氣氛，也經過年代的演進，至東漢也漸漸由帝皇移轉至官、民身上。可見，
東漢末年知識份子如王充、王符等的反省與自覺，夢徵的思想與地位漸漸受
到動搖。然而，魏晉三國動亂不安，夢徵又興盛，史傳更變本加厲的描述夢
徵應驗，甚至爲解夢者立傳，由此可知，時代影響思潮甚大。魏晉後，史夢
敘述漸減，夢徵信仰開始融入了民間文學。

復次，先秦諸子以夢爲寓，漢代諸子則以夢例論述，表達方式不同，卻
同樣以夢爲載體，爲自身的思想、理念作印證。尤其，漢代以夢爲例，論述
道理爲政治服務，順應國家統一的變化而成。先秦諸子夢敘述中開始肯定人
爲，認爲德行比徵兆更重要，然基本心念仍相信夢徵。直到，王充以科學方
法駁斥夢例，夢的研究，理性的發展皆更進一步。王符的十夢，充份保留當
時夢因的思想，具集結之功，又以〈夢列〉爲題，甚重視夢的價值，可謂一

〔註35〕何棟如著，四庫全書編纂委員會編：《續修四庫全書‧夢林玄解》（上海市：
　　　　上海古籍出版社，2003年），子部，術數類，冊1063，敘，頁602。
〔註36〕何棟如著，四庫全書編纂委員會編：《續修四庫全書‧夢林玄解》，子部，術
　　　　數類，冊1063，卷首〈夢寄篇〉，頁622。

大進步。之後，明代陳士元有九夢，何棟如有十五夢之分，雖更精細，卻仍過於繁雜及分類不清，似乎起不了多大作用。

漢代夢詩、賦不同於先秦徵夢的敘寫，開創了夢想、如夢等抽象用法，使夢的意涵更加多元。這樣的用法也對後代產生影響，如杜甫的「夜闌更秉燭，相對如夢寐。」另外，屈原〈離騷〉、〈九章〉中的登天夢影響班固〈幽通賦〉、張衡〈思玄賦〉的敘寫範式，成為抒發理想、情志的方式。宋玉〈神女賦〉、〈登徒子好色賦〉影響漢末小賦中描述期待美女入夢交好通靈，實際是為了防止不正當思想的產生。漢之後，史傳與諸子散文的描述形態大致成型，沒有多大變化，然而，文學上卻大放異彩，融入各時代的文體，如唐傳奇、唐詩、元雜劇、明清小說等，處處見其蹤跡，成為特殊的藝術表現手法。

漢代夢喻發展承上啟下，吸取著先秦的菁華，融入漢時代思想與智慧，吐出更圓潤的珍珠，流傳後世繼續閃耀夢幻的光芒。

第七章 結 論

　　漢代夢喻極豐富，史傳中以徵兆夢預示帝王的更迭及國家的盛衰；諸子論說夢，質疑夢徵的眞實性，並對夢做合理的解釋；詩、賦中的愛情、理想夢則反映出內心的嚮往。兩漢亦以夢喻展現了社會價值、哲學思想及個人情感，將夢由原始的兆示加以分析，解開夢的神秘面紗，了解夢的成因。最後，漸漸跳脫徵兆，以夢譬喻表現抽象情感，在夢的發展史上是承先啓後的轉折點。本文深入瞭解兩漢夢喻的內容表徵與深層意涵，並透過敘寫方式的比較，了解各種文體分別對夢做不同的運用。再者，夢敘述的心理意圖，明白呈現夢者的、解夢者及敘寫者的交互作用而構成夢文化的盛行。最後，縱向的探討兩漢夢喻在時代演進中所扮演的角色，全面的探究其歷史定位。茲將兩漢夢喻重要特點，敘述如下：

一、夢喻分類與各文體之關係

　　據《漢語大字典》解析，「喻」與「諭」字通用，有告知、開導、說明、諫、比方等意思。因此本文採取寬義，將夢喻定義爲以夢來達到告知、明白、明示及比方等意涵。依文本觀察，分爲三類：

　　其一，史傳類爲告知夢。史傳夢多爲徵兆之夢，天或祖先以夢告知吉凶，預測未來，因此夢被視爲達到夢喻之告知作用。

　　其二，諸子散文爲說明、明示夢義理。諸子散文以夢爲例，表述自身的思想或以此勸諫帝王，因此夢被視爲明示、說明義理的作用。

　　其三，詩、賦中多爲白描或以夢譬喻，因此夢作爲傳達抽象情感的作用。在此，仍需強調本文「夢喻」並不僅僅侷限在譬喻而已，擴大其意涵，有以夢爲徵及以夢論說等，更能展現兩漢夢的特點。

據分析，各文體在夢喻中展現出不同的功用及特點。史傳夢注重時間及事件的始末，將夢喻視為告知與預示的作用，對徵兆與應驗情節特別注重，欲強調夢為真實的預示與價值；諸子注重夢事件展現的意義，並以此闡述、證明自身論點，不強調徵兆，甚至到東漢批評、反駁夢徵，視其為虛構、偽造；詩、賦表達出個人對於夢境的觀點及情感等，以夢抒情、諷諫並寄託心志。即使同為夢的題材，目的、作用不同，造就迴異的表達方式，亦成就了夢的發展。然而，各文體夢喻果真如此分崩離析嗎？在諸多的差異下，仍舊具有共同的特點——夢喻離不開個人與國家社會，除表達公我及私我的關懷，更深受社會文化的影響，極富象徵意涵。

二、夢喻離不開公我及私我的關懷

夢既是人心志活動的一部分，反映出人的心理、思想與情感，而人亦離不開國家社會，因此，夢喻內容離不開公我及私我的關懷。

由夢喻的內容表徵來看，「公我夢」透露出文化與社會控制，「私我夢」展現出自我期待。公我以夢來兆應國事、政事論說及訴說愛國情懷；私我則以夢來徵驗自身安危、深入探究夢因與分類，反省夢徵的可信度。甚至，也以夢來抒發對愛情、親情或友情的真摯。由此也可看出夢者組成的不同。公我之夢，關乎國家，夢者為上位者，如皇帝夢登天、敗亡等，依其權位而解夢，尋找象徵意涵，對事情的發展給與合理的因果解釋。公我的夢是一種社會、政治運作下的產物。若夢者的地位低下，夢的意義又將不同。除了曹人夢見曹國祖先振鐸阻止眾君子亡曹，為人民夢國事的特例外，其餘皆為帝王或諸侯所夢。諸子散文，於公展現政治理念，如劉向、賈誼等以夢勸誡帝王修德、誠信等，期望君王以仁義治國。於私表明自身思想，理性的分析夢意義。私我之夢中，吉夢少、凶夢多，這是一般人對於自身生命與環境的恐懼所引起。然而，詩、賦中所展現則為個人內心的期待，或日思而夜夢，反映個人的情感，最接近人們所經歷的，故能引起共鳴。由以上分析，權位的不同為何會造成不同的夢徵與夢意涵，其中被詮釋的可能性極高。詮釋並非無中生有，當有所憑據，這樣的發展，實乃源於先秦的夢思潮，將夢與神靈相提並論，因此視夢為天的預示，或祖先的警告。

三、夢喻的發展源於中國傳統宗教，興盛於漢代讖緯、神學社會

兩漢夢喻中告知、預言夢的發展，源於中國傳統宗教中的萬物有神論，

崇拜自然界萬物，漸漸地形成夢魂觀及天命論的思想。夢魂觀是人對神、魂的信仰與崇拜，夢成爲人與神、魂等的溝通管道。事實上，人因對未來無法預測的不安及恐懼，如天災、疾病、死亡等，皆非人所能掌握。唯有歸諸於天或神靈的意志，並以祭祀的方式表達敬畏，才得以尋求內心安定感。先秦時期，夢的意義仍屬於社會無意識的崇拜與追尋。

　　然而，漢代董仲舒在天命論的基礎上提出「天人感應論」、「君權天授」等思想，事實上已具有深刻的政治意義。利用人民對天、神的敬畏，以夢徵取信於民，君王更以君權神授之名來治理人民，塑造君王的不凡，合理化帝王的權位。董仲舒也以此來約束皇帝，如發生天災、凶夢或異常現象，皆爲天人感應中的警示，需改過遷善或行仁德。因此，漢代讖緯、災異、夢徵，在此理論的推行下，更加的蓬勃、興盛。以此觀之，漢代的知識份子，不論是董仲舒以「天人感應論」創造一個環環相扣的理論，有助於政治運作。或是，劉向、賈誼以夢爲例，闡揚政治思想。夢的意義似乎漸漸明朗化，夢徵已不再是社會無意識的崇拜，漢代的夢已成爲知識份子幫助政權轉移的利器，也藉此來約束或勸諫帝王的行動。事實上已是一種意識的行爲。因此，皇帝妾妃以夢徵提高胎兒名聲，冀望因此得到厚愛。或在帝皇或朝代替換時期，皇帝以夢徵來獲得臣民的青睞，得到人民的支持。

　　夢象與夢徵間的關係須建立於經驗世界之中，也就是脫離不了社會文化的影響。唯有立基於文化場域中，瞭解夢象的文化意義，才能眞正解讀出夢象的徵兆。神、鬼入夢徵兆、預示未來，可謂天命論的影響，漢代諸多夢屬於此，如君王登天夢、胎夢、敗亡夢等。此爲文化之夢的展現，或爲鞏固君王的地位，樹立君王的正統性；或爲獲得青睞，爭奪帝位；或是內心恐懼，不安而夢。都能以政治的意義、預期、恐懼心理的觀點而解。《後漢書》中徵兆夢比率減少，靈魂入夢相託增加，且夢者也由帝皇爲主，延伸至官員及一般人民，其中原因爲何？記載官員、人民之夢又有何作用？或許能解爲理性發展，夢爲天命思想式微，因此開始關注人民之夢。然而，共同的是對於夢中徵兆的信任。對於亡魂入夢，大多數可想爲思念親人而誤以爲親人入夢，然而，對於不認識者如流屍之夢，又該如何而解？鬼魂入夢言明某事，醒後亦眞有其事，如元伯託夢范巨卿，請他參加自己的喪禮。這類鬼魂之夢，超乎個人理解之外，然而卻常聽聞冤魂託夢幫助找到眞兇，親人託夢尋求幫助等。雖然，科學驗證不出來，卻不代表絕對沒有。畢竟，人如此藐小，焉能窮透萬物。因此，筆者對此存而不論。

四、迷信、天命思想的反省：自覺意識的提升

　　兩漢的夢喻發展中，最引人注目的，即是王充、王符的成就。他們的學說可說是迷信徵兆思想的反省，代表自覺意識的提升。當然，這樣的思想並非短時間可得，乃經過眾人努力慢慢演變而成，亦不可能因此就改變所有人的想法。只是這樣突破的思想，自覺意識的提升，對於理性的發展，仍然具有珍貴的價值。

　　王充批判夢徵，以富科學、邏輯的方法解讀夢境，發現其中的不合理。運用邏輯分析、自然觀察的知識，猛烈抨擊夢徵，將史夢中著名的徵驗事蹟，一一加以分析、駁斥。夢徵兆被視為是鬼魂溝通的管道、天命的象徵，並作為政壇上遞嬗的符命。王充批判夢徵，正是對於漢代整體思潮—夢魂觀、天命論、天人感應等思想的反省，期望導正其中的命定思想。至於王符，在〈夢列〉一文中將夢分成十類，統合了漢代對夢的觀點，從氣候、季節、病理、個性或由精神思慮方面說明夢的發生因素，夢與天命之間的關聯性降低，夢趨向於現實化，亦有助於夢解釋逐漸脫離天的掌控。王符有吉凶由個人心情所引導的想法，認為人若有吉夢，心情也隨之喜樂，心情影響個人的整體思緒、作為，於是果真成就好事，成為吉夢。反之，若夢凶事，心情恐懼、哀傷，影響到思緒、行為的紊亂，而造成壞的結果，因此真被視為凶夢。吉夢及凶夢的癥結在於人因夢而導致的心情，這更是思想上的一大進步。雖然，王充、王符的思想仍有其侷限，對於君王的天命或徵兆，仍無法全面否定，但卻依舊瑕不掩瑜，夢發展又更進一步。

五、各文學體類發展出不同的夢喻敘事結構與意涵

　　夢喻有各種表述方式，不論如何呈現，背後都有其目的性，目的是體，而表達的手法與形式是面，體與面相輔相成，才能達到創作的目的。各文體的夢喻呈現方式各有異同。史傳為客觀敘寫，視角與聚焦以全知視角為主，採無所不知的方式來敘寫人物心理狀況。諸子散文多主觀論述，亦是採全知視角，聚焦於義理內容。詩、賦則因用以表明自身的情感、心志，而採限知視角，聚焦於人物自我的心理。然而，本文最關注的是夢境視角，因夢為個人所聽聞，所以不管在任何文體，皆採限知視角、內聚焦方式敘寫之，傳遞所見所聞。

　　時間敘寫方面，分為時序、時限與敘述頻率，再加上情節類型的分析。

史傳與詩、賦以順時序及逆時序的方式敘寫爲主，將其因果關係與情節一一呈現。然而，諸子散文則以非時序中的塊狀方式敘寫，按作者主題來連結，非關時間順序。同類型的夢例，不論時間遠近，皆可放在一起討論。時限上，等敘、概敘、略敘爲史傳、諸子散文運用，將鬆散或不重要的情節去除，使內容緊湊，意義更突顯。詩、賦則多如實敘述，而使用等敘，將心中的情感、思念緩緩道出。情節類型方面，史傳中既採用單線，亦採并列式，依內容安排而定，有些單純以某一人爲敘述主體爲單線，有些則依主題納入內容爲環型的并列式，運用不同的情節類型，更加豐富有趣。詩、賦中篇幅短小、情節單純，亦以單線爲主，至於諸子散文則是打亂時間順序和因果關係，淡化人物和情節的非線型情節，強調的是論述而非情節。

　　史傳夢徵爲典型的敘述，紀錄著歷史中以夢預言的方式告知皇帝及百姓夢的眞實性，這種表達方式著重事情的原委，呈現前因後果。因此，夢徵前說明事件背景，顯示夢非無端而生。再經由占夢及應驗的過程，達到其目的，強調夢徵的必然。至於諸子散文以議論爲主，援引的夢例來加強論點，夢內容是爲了明示及說明論述主題而生。因此，有以夢應證，如劉向、賈誼。東漢後對讖緯等迷信反思，而有王充等以夢例駁斥迷信，顯示東漢人主體的覺醒。詩、賦中夢無徵兆意味，通常是思念之情的展現或日思夜夢，夢見思念之人，表達內心的渴望。藉夢抒發感情或體悟人生，成爲敘述的模式。另外，東漢末小賦中，受〈神女賦〉影響，產生以期待美人入夢不得，來表達克制內心不安分的欲望。總而言之，不同的意義產生不同的敘寫方式，也使夢文化更加多元。

六、由夢喻透析其思想與心理

　　夢喻敘述的意圖分爲三方面探究：其一爲作夢者的心理，其二爲占夢者、解夢者的欲意，最後爲敘寫者的觀點，冀望能了解夢的產生原因與心理想望、意圖的關連。作夢者的心理分爲以下三者說明，一爲內心期待，預期心理，尤其以胎夢、帝王夢爲主，將內心期待反映於夢中，並預期能因此得到重視。二爲死亡的恐懼，憂慮敗亡，戰爭夢、死亡夢等，反映夢者對於死亡的恐懼，或對於現實環境的不安與惶恐。三爲良心的譴責，多於鬼魂之夢，因懼怕所做壞事得到懲罰而夢，如漢靈帝罷宋皇后，逼死渤海王而夢祖先譴責，實乃自身的良心譴責。

占夢者的身分方面，除了帝王自夢自解或解妾妃的胎夢外，還有專門的占卜者、筮者，然而，漢代因已無設專門的占夢官，占夢的重責大任落到了大臣、博士的身上，可見，解夢者的角色已經有了普遍化的現象，不再拘泥於少數幾人的身上。解夢者對於夢的吉凶做出評斷，事實上非如此單純，其中，蘊含解夢者的智慧與內心掙扎。其心理可分為三者：首先，反面解釋，凶夢解為吉夢，使夢者得到安慰，重拾信心外；還有解為吉夢者，有真吉夢，亦有為了迎合帝王心理，避免惹禍上身；還有解夢者藉解凶夢，勸誡與引導君王方向，期待帝王治理更加正確，都能發現解夢者的智慧。

最後，敘寫者的觀點方面，第一，史夢強調徵驗的必然性，具其目的性，除了服膺於天命論，鞏固皇帝的地位外，也為使人民信服，更藉以制衡皇帝崇高的權力，達到平衡。第二，作者委婉批評、評價，無論史傳或諸子散文，都曾以標題來達到評價的目的，如《史記》的〈佞幸傳〉，劉向《古列女傳》中的〈孽嬖傳〉等。第三，夢至東漢也漸漸用以展現人物精神特性、形象。如《漢書·景十三王傳》中以昭信之夢，將諸侯王殘忍、猜忌形象描繪出來。敘寫者以夢為載體，表達出對其中情節的觀點與想望。

七、抽象夢的創新與意象沿襲

漢代夢詩、賦不同於先秦夢徵的敘寫，開創了「夢想」、「如夢」、「若夢」等用法，使夢的意涵更加豐富。「夢想」兩字與現今的用法迥異，簡單的認為夢即是想，因此用「夢想」來表示日思夜夢，展現對人的思念之深或對事情專心一致。如王莽以夙夜夢想表明自己對國家政事的用心。至於「如夢」、「若夢」則是以夢譬喻，呈現出夢在詩人心中的抽象意義，用來形容虛幻、飄渺、不能置信之心情。對於夢的表述方式來說，實為一項重大的突破。譬如〈西京賦〉及〈甘泉賦并序〉運用明喻的「彷彿」、「若」、「猶」、「如」等喻詞，形容所見景物華麗壯闊不真實，而〈讓高陽鄉侯章〉則是以「恍惚如夢」表達對自己升官之事驚訝之情。這些抽像表述與譬況，皆利用夢的特點運用。因夢給人的感覺總是虛無、飄渺，彷彿幻覺、不真實，詩、賦作者抓住以夢的特點譬況，用來形容他們不置信的事物。這也顯示出夢喻至此又開創一條新的道路，夢的運用步向另一衍伸境界。這樣的用法也對後代產生影響，如杜甫的《羌村三首》之一云：「夜闌更秉燭，相對如夢寐。」漢之後，史傳與諸子散文的描述形態大致成型，沒有多大變化，然而，文學上卻大放異彩，

融入各時代的文體，如唐傳奇、唐詩、元雜劇、明清小說等，處處見其蹤跡，夢的發展已經由天的意志改變爲平易近人的文學，藉以抒發情感，也由信仰成爲藝術的表現方式了。

另外，漢賦中不少意象的延襲，如屈原〈離騷〉、〈九章〉中的登天夢影響班固〈幽通賦〉、張衡〈思玄賦〉的敘寫範式，成爲抒發理想、情志的方式。宋玉〈神女賦〉、〈登徒子好色賦〉影響漢末小賦中描述期待美女入夢交好通靈，實際是爲了防止不正當思想的產生。期待神女、美女入夢表達自身的情慾，而最後因禮教的束縛，以思而不得，戰勝不當的思欲，警惕自身「發乎情、止乎禮」的道德思想，藉由沿襲前人的意象達到表達情志，內容意涵更能豐富多元。

最後，瞭解兩漢夢喻的內容表述與作用、目的及傳承，體悟到夢文化的發展至漢代已大致成熟，徵兆夢、義理夢等漢代後雖又曾興盛一時，但整體發展來說已漸趨遲緩。漢代史傳因包羅甚廣，因此在後人寫漢史部分，因學力有限，僅以《後漢書》爲文本，其餘皆不用，可供日後繼續深入探討的方向。夢文學在漢之後蓬勃發展，融入各種文體，也各展其姿態與意涵。因此，若能研究夢文學在漢代之後形式與內容的演變，更能一窺夢文學流行遞嬗的奧妙。夢文化既然如此興盛，期待日後能有完整之文學史，系統的呈現夢的發展，帶領人領略夢文學的璀璨成果。

參考書目

一、原典（依作者姓氏筆劃排列）

1. 孔安國傳，孔穎達正義，許錟輝分段標點：《十三經注述・尚書正義》，台北市：新文豐出版社，2001 年。

2. 王充著，楊家駱主編：《論衡集解下、金樓子》，台北市：世界書局，1967 年。

3. 王充著，楊家駱主編：《論衡集解上》，台北市：世界書局，1967 年。

4. 王符撰，汪繼培箋：《潛夫論箋》，台北縣：漢京文化事業有限公司，1984 年。

5. 司馬遷撰，楊家駱主編：《新教本史記三家注并附編二種》一～四冊，台北：鼎文書局出版，1993 年。

6. 四庫全書編纂委員會編：《續修四庫全書》，上海：上海古籍出版社，2003 年。

7. 列禦寇傳，張湛注：《列子》，北京：中華書局，1985 年。

8. 《黃帝內經素問》，上海市：上海商務，1965 年。

9. 段玉裁：《說文解字注》，台北市：藝文印書館，1999 年。

10. 迦叶摩騰、竺法蘭漢譯，沙門守遂注：《佛說四十二章經》，北京市：中華書局，1991 年。

11. 徐陵孝穆傳：《玉台新詠》四部備要，出版地不詳：中華書局，出版年不詳。

12. 徐應秋撰《玉芝堂談薈》，上海：上海古籍出版社，1993 年。

13. 班固撰，顏師古注：《漢書》一～五冊，台北：明倫出版社，1972 年。

14. 荀況：《荀子》，北京：中華書局，1985 年。

15. 荀悅著，錢培名校，〔民國〕王雲五主編：《申鑒、春秋繁露、中論》，台北市：台灣商務，1968 年。

16. 荀悅撰，王雲五主編：《前漢記》一～二冊，台北市：台灣商務印書館，1973 年。

17. 袁康、吳平撰，楊家駱主編：《越絕書》，台北市：世界書局，1962 年。

18. 清聖祖御定：《全唐詩》，台北市：明倫出版社，1971 年。

19. 莊周：《莊子》四部備要，出版地不詳：中華書局，出版年不詳。

20. 陳士元：《夢占逸旨》，北京：中華書局，1985 年。

21. 陳壽撰，裴松之注：《三國志》四部備要，出版地不詳：中華書局，出版年不詳。

22. 程俊英、蔣見元著：《詩經注析》，北京：中華書局，1996 年。

23. 賈誼撰，盧文弨校《新書》，北京市：中華書局，1985 年。

24. 趙曄撰，楊家駱主編：《吳越春秋》，台北市：世界書局，1962 年。

25. 劉向撰，張濤譯注：《列女傳譯注》，山東省：山東大學出版社，1990 年。

26. 劉向編，王雲五主編：《新序、說苑、潛夫論》，台北市，台灣商務，1968 年。

27. 劉向編：《晏子春秋、古列女傳》，上海市：上海商務，1965 年。

28. 劉安等撰，高誘注，楊家駱主編：《淮南子注》，台北市：世界書局，1969 年。

29. 劉珍等撰，王雲五主編：《東觀漢記》一～二冊，台北市：台灣商務印書館，1970 年。

30. 劉歆，一說西晉葛洪：《西京雜記、世說新語》，上海市：上海商務，1965 年。

31. 劉勰：《文心雕龍》，北京：中華書局，1985 年。

32. 劉殿爵、陳方正主編：《吳越春秋逐字索引》，台北市：台灣商務印書館，1994 年。

33. 墨翟著，畢沅校注：《墨子》，台北市：台灣商務，1966 年。

34. 應劭撰，〔民國〕吳樹平校釋：《風俗通義校釋》，天津：天津古籍出版社，1980 年。

35. 應劭撰：《風俗通義》，北京：中華書局，1985 年。

36. 鍾嶸：《詩品》，北京：中華書局，1991 年。

37. 魏收撰：《魏書》四部備要，出版地不詳：中華書局，出版年不詳。

二、今人研究

1. 申潔玲編著：《夢文化》，北京：中國經濟出版社，1995 年。

2. 吳康著：《中國古代夢幻》，台北市：萬象圖書股限公司，1994 年。

3. 呂思勉著：《中國社會史》，上海：上海古籍出版社，2007 年。

4. 呂思勉著：《秦漢史》，台北市：台灣開明書局，1983 年。

5. 妙摩，慧度著：《中國夢文化》，北京：中國文聯出版社，1996 年。

6. 卓松盛著：《中國夢文化》，湖南省：三環出版社，1991 年。

7. 居閱時、瞿明安主編：《中國象徵文化》，上海：上海人民出版社，2001 年。

8. 易玄著：《讖緯神學與古代社會預言》，成都市：巴蜀書社出版，1999 年。

9. 金春峰著：《漢代思想史》，北京：中國社會科學出版社，2006 年。

10. 姚偉鈞著：《神秘的占夢》，台北市：書泉出版社，1994 年。

11. 胡亞敏著：《敘事學》，湖北省：華中師範大學出版社，2004 年。

12. 徐興無著：《讖緯文獻與漢代文化構建》，北京市：中華書局出版，2003 年。

13. 傅正谷著：《中國夢文化》，北京：中國社會科學出版社，1993 年。

14. 傅正谷著：《中國夢文學史》，北京：光明日報出版社，1993 年。

15. 費振剛、胡雙寶、宗明華輯校：《全漢賦》，北京：北京大學出版社，1993 年。

16. 馮良方著：《漢賦與經學》，北京：中國社會科學出版社，2004 年。

17. 逯欽立輯校：《先秦兩漢魏晉南北朝詩》，台北市：木鐸出版社，1983 年。

18. 葛榮晉著：《中國哲學範疇導論》，台北市：萬卷樓發行，1993 年。

19. 詹姆斯·霍爾著，廖婉如譯：《榮格解夢書》，台北縣：心靈工坊文化事業股份有限公司，2006 年。

20. 鄒同慶、王宗堂著：《蘇軾詞編年校註》，北京市：中華書局，2003 年。

21. 漢語大字典編輯委員會編：《漢語大字典》，四川、湖北：四川、湖北辭書出版社，1986 年。

22. 熊道麟著：《先秦夢文化探微》，台北縣：學海出版社，2004 年。

23. 劉文英、曹田玉著：《夢與中國文化》，北京：人民出版社，2003 年。

24. 劉文英著：《夢的迷信與夢的探索》，北京：中國社會科學出版社，1989 年。

25. 劉寧：《《史記》敘事學研究》，北京：新華書店，2008 年。

26. 魯惟一著，王浩譯：《漢代的信仰神話和理性》，北京市：北京大學出版社，2009 年。

27. 盧文信著：《王充批判方法運用例析》，台北市：萬卷樓圖書有限公司，2000 年。

28. 韓連琪著：《先秦兩漢史論叢》，濟南：齊魯書社出版，1986 年。

29. 韓復智、葉達雄、邵台新、陳文豪編著：《秦漢史》，台北市：里仁書局，2007 年。

30. 羅建平著：《夜的眼睛中國夢文化象徵》，成都市：四川人民出版社，2005 年。

31. 嚴可均校輯：《全上古三代秦漢三國六朝文》第一冊，北京市：中華書局，1995 年。

三、譯著

1. 卡爾・古斯塔夫・榮格（Carl Gustav Jung）著，馮川、蘇克譯：《心理學與文學》，台北市：久大文化股份有限公司，1990 年。

2. 卡爾・榮格（Carl Gustav Jung）主編，龔卓軍譯：《人及其象徵》，台北縣：立緒文化事業有限公司，2007 年。

3. 安東尼・貝特曼（Anthony Bateman）、丹尼斯・布朗（Dennis Brown）、強納森・佩德（Jonathan Pedder）著，陳登義譯：《心理治療入門》，台北縣，心靈工坊文化事業，2003 年。

4. 安東尼・賽加勒（Stephen Segaller）、墨瑞兒・柏格（Merrill Berger）著，龔卓軍、曾廣志、沈台訓譯：《夢的智慧》，台北縣：立緒文化事業有限公司，2000 年。

5. 艾米婭・利布里奇、里弗卡・圖沃-瑪沙奇、塔瑪・奇爾波著，王紅艷主譯：《敘事研究：閱讀、分析和詮釋》，重慶：重慶大學出版，2008 年。

6. 佛洛伊德（Sigmund Freud）著，賴其萬、符傳孝譯：《夢的解析》，台北市：志文出版社，1988 年。

7. 佛洛姆（Erich Fromm）著，葉頌壽譯：《夢的精神分析》，台北市：志文出版社，1978 年。

8. 埃里希・弗羅姆（Erich Fromm）著，郭乙瑤、宋曉萍譯：《被遺忘的語言》，北京：國際文化出版公司，2004 年。

9. 馬凌諾斯基（Bronislaw Malinowski）著，朱岑樓譯：《巫術、科學與宗教》，台北：協志工業叢書出版，1978 年。

四、論文

1. 江蓮碧《先秦夢徵研究》，中國文化大學，中國文學研究所，1990 年碩士。

2. 黃銘亮《先秦兩漢間夢的類型與意義——中國古代夢的迷思》，國立台灣大學，歷史學系，1992 年碩士。

五、期刊

1. 文曉華〈論《史記》中的夢〉，中國：《渭南師範學院學報》，2008 年 7 月，

第二十三卷第四期。

2. 王立〈略論夢與中國古代文學〉，中國：《十堰大學學報》，1997 年第四期。

3. 司馬周〈漫談古典文學中的夢意象〉，中國：《文史雜誌》，1999 年，第三期。

4. 李少惠〈王充與王符夢論之比較〉，中國：《蘭州學刊》，1997 年，第三期。

5. 李炳海〈先秦兩漢散文的夢象與生殖崇拜〉，中國：《學術交流》，2007 年 7 月，第七期。

6. 李炳海〈先秦兩漢散文的夢象觀及其文學表現〉，中國：《人文雜誌》，2007 年第六期。

7. 李炳海〈先秦兩漢散文的夢境及生命溝通〉，中國：《學術論壇》，2007 年第八期。

8. 姚偉鈞〈王符與《潛夫論・夢列》〉，中國《古籍整理研究學刊》，2002 年 9 月，第五期。

9. 唐德榮〈王符夢論思想的歷史地位〉，中國《武陵學刊》，1996 年，第一期。

10. 楊丁友《史記》歷史敘事虛實藝術論〉，中國《學術論壇》，2009 年，第四期。

11. 陳靜宜〈中國古典夢文學的追尋意識〉，台灣：《通識教育學報》，2008 年 6 月，第十三期。

12. 楊波〈從《史記》的夢異看中國早期夢文化心理〉，中國《北華大學學報》，2000 年 9 月，第一卷第三期。

13. 鄒強〈夢意象與美學研究〉，中國：《社會科學家》，2005 年 9 月，第五期。

14. 羅建平〈論古代解夢的幾種方法及運用〉，中國：《華東理工大學學報》，2000 年，第三期。

附錄一　台灣地區「夢」研究學位論文一覽表

「夢」研究論文一覽表

分類	論文名稱	作者	指導教授	學校所別	年度
夢詩詞	現代詩中夢之研究	鄭宇萱	李翠瑛	元智中文 M	97
	唐人夢詩的類型研究	邱志城	羅宗濤	玄奘中文 M	96
	東坡詞夢意象的研究	黃惠芳	陳滿銘	臺師大國文 M	96
	李商隱、杜牧詩中夢的意象之研究	廖敏惠	王建生	東海中文 M	95
	夢的文學內涵：以台灣現代詩為討論場域	謝韻茹	葉振富	中央中文 M	95
	唐代「夢」詩研究	陳玟璇	廖美玉	成大中文 M	94
	陸游紀夢詩研究	劉奇慧	陳文華	臺師大國文 M	92
	南宋夢詞研究	洪慧娟	王偉勇	東吳中文 M	87
	吳文英夢詞研究	林瑞芳	陳文華	台師國文 M	86
	蘇軾詩詞中夢的研析	史國興	陳新雄	臺師大中文 D	84
	唐五代詞「夢」運用現象研究	王迺貴	包根弟	輔大中文 M	84
	北宋夢詞研究	趙福勇	王三慶	成大中文 M	83
	中唐詩歌中之夢研究	莊蕙綺	羅宗濤	政治中文 M	83
夢戲劇、電影	臨川四夢戲曲接受史研究	高嘉文	羅麗容	東吳中文 M	97
	《牡丹亭》的情與夢	陳瑞成	陳章錫	南華文學 M	96
	狄更斯小氣財神中寓言夢的特質及其在英語教學上之應用	游香君	蔣筱珍	彰師大英語 M	93
	元雜劇中「夢」的探析	葉慧玲	黃麗貞	臺師大國文 M	88

	《紅樓夢》夢、幻、夢幻情緣之主題學發微──兼從精神醫學、心理學、超心理學、夢學及美學面面觀	許玟芳	吳宏一；滕以魯	台師大國文 D	86
	莊周夢蝶之戲曲研究	呂蓓蓓	王安祈	文化中文 M	84
	黑澤明夢世界的解析	吳春珠	劉崇稜	文化日本研究 M	80
	元雜劇中夢的使用及其象徵意義	陳秀芳	葉慶炳	臺大中文 M	61
夢傳奇、小說	夢、幻、變形與離魂──唐傳奇超現實寓言的時空研究	林姿宜	彭錦堂	東海中文 M	97
	「夢遊」類小說之主題研究-以明代短篇傳奇小說及韓日越短篇漢文小說爲主	劉瑋如	王三慶	成大中文 D	96
	《夷堅志》夢故事研究	陳靜怡	賴芳伶	中興中文 M	95
	唐代夢故事研究	賴素玫	陳器文	高師大國文 D	95
	瘋狂與眞實──《愛麗絲夢遊仙境》與《鏡中奇緣》的夢與鏡子	許瑋昀	陳鏡羽	東華創作與英語文學 M	95
	André Pieyre de Mandiargues 短篇小說研究──夢境／現實之游離與越界	賴玉齡	劉光能	中央法文 M	94
	唐代傳奇夢之研究	王志瑜	李德超	文化中文 M	93
	夢境與個體建構：以精神分析理論詮釋莎士比亞《沉珠記》	吳東穎	蔣筱珍	彰師大英語 M	93
	三島由紀夫《豐饒之海》論─夢、転生、死、唯識─	劉浩祺	橫路明夫	輔大日本語文 M	92
	從榮格理論談《百年孤寂》中「夢」與「上帝」的象徵	賴韻筑	李素卿	靜宜西班牙語文 M	92
	夢在唐傳奇情節結構中的作用與意義	林舜英	鄭志明	南華文學 M	91
	《更級日記》論──夢的位相與信仰的眞實	何垠琦	金子富佐子	輔大日本語文 M	91
	安徒生童話中的夢境與幻影	邱凡芸	杜明城	東師兒童文學 M	91
	《太平廣記》的夢研究	李漢濱	汪志勇	高師大國文 D	90
	解釋的有效性──六朝志怪小說夢故事研究	賴素玫	陳器文	中興中文 M	89
	六朝志怪小說夢象之研究	黃文成	洪順隆	文化中文 M	88
	紅樓夢夢幻世界解析	王佩琴	洪銘水	東海中文 M	84
	太平廣記中的夢兆研究	許曼婷	鄭志明	淡江中文 M	83
	聊齋志異夢境與變形故事之研究	禹東完	胡萬川	東海中文 M	75
	唐人小說中的夢	朱文艾	葉慶炳	臺大中文 M	71
	明傳奇夢運用之研究	陳貞吟	葉慶炳	輔大中文 M	68

夢論研究	《列子》與《莊子》論夢之比較研究	黃素嬌	周益忠	彰師大國文 M	95
	先秦夢文化探微	熊道麟	汪志勇教授	高師大國文 D	90
	王莽的聖人與三代之夢	范瑞紋	林聰舜	清大中文 M	89
	先秦兩漢間夢的類型與意義—中國古代夢的迷思	黃銘亮	韓復智	台大歷史 M	81
	莊子內篇夢字義蘊試詮	徐聖心	金嘉錫	台大中文 M	79
	先秦夢徵研究	江蓮碧	許剡輝	文化中文 M	79
夢哲學與心理學	團體夢工作運用於國中學生團體輔導之行動研究	鐘雅綉	李燕蕙	南華生死學 M	98
	高中女生夢工作團體之歷程研究	陳百芳	王緒中	花蓮教育大學諮商心理學 M	97
	單次個別解夢晤談之療效因子研究	劉心怡	田秀蘭	臺灣師範大學教育心理與輔導 M	97
	失落者夢工作歷程的敘事分析	楊雯燕	田秀蘭	臺灣師範大學教育心理與輔導 M	97
	女性性夢之分析研究	李家慧	簡上淇；阮芳賦	樹德科技大學人類性學 M	97
	當我們只在夢中相見——夢工作團體對成人經歷哀傷歷程之療效因子	詹杏如	田秀蘭	臺灣師範大學教育心理與輔導學 M	96
	喪慟夢——非預期喪親者夢見已故親友經驗之敘說研究	蘇絢慧	曹中瑋	臺北教育大學教育心理與諮商學 M	94
	從精神分析角度看絲兒薇亞‧普拉斯夢品質詩作中的心靈療護功能	李治策	古添洪	臺師大英語 M	94
	重複夢境之分析研究	張治遙	吳秀碧；程小蘋	彰師大輔導與諮商學 D	93
	夢的本質之基督教觀點	魏連嶽	曾慶豹	中原宗教 M	92
	從夢通往存在之路——傅柯早期思想研究	陳雅汝	蔡錚雲	政大哲學 M	89
	多夢患者的夜間睡眠特徵與人格特質	盧世偉	楊建銘	輔大心理學 M	93
	國民中小學學生白日夢之研究	簡楚瑛	吳靜吉；林邦傑	政大教育 D	75

夢與藝術	編導式攝影──夢遊影像故事，在夢與創作之間	李佳曄	賴建都	政治廣告 M	97
	夢境與潛意識的喚醒	陳郁惠	李元亨	大葉造形藝術學系班 M	97
	「夢論」──從武滿徹晚期管絃樂作品探討「夢」的詩意形象及其音樂語言	蕭永陞	連憲升	臺師大音樂 M	96
	夢境──心靈的潛意識探索	劉彥蘭	王瓊麗	臺師大美術 M	94
	託夢寄情遊荊楚──墨繪重彩創作研究	葛小蓉	蘇峰男；詹前裕	臺藝大造形藝術 M	94
	浮生若夢-靜觀自得與夢境之研究	邱清梣	江明賢	臺師大美術 M	92
	私我夢境	林彥伶	黃文英	南藝大應用藝術 M	92
	牧神的花園──夢境中的現實	陳毓棻	陳景容	臺師大美術 M	90
	「夢」的破片──片段分離的建構	陳右昇	屠國威	南藝大造形藝術 M	89
	夢境與實境	陳麗杏	屠國威	南藝大造形藝術 M	89
	史特林堡夢幻劇中夢的計巧之研究	王怡瑜	居振容	台大戲劇 M	86
	論《牡丹亭》中的情與夢	李贊英	林清涼	文化藝術 M	84
	拼圖／夢境	劉婉俐	紀蔚然	臺藝大戲劇 M	83

附錄二　台灣地區「兩漢」學位論文研究一覽表

「兩漢」論文研究一覽表

分類	論文名稱	作者	指導教授	學校所別	年度
經學	鄭玄《毛詩譜》研究	張惠娟	林葉連	雲科大漢學資料整理 M	96
	《白虎通》研究——《白虎通》暨《漢禮》考	周德良	王邦雄	中央中文 D	92
	先秦兩漢天人意識與詩經學之研究	謝奇懿	陳滿銘	臺師大國文 D	92
	緯書與兩漢經學關係之研究	洪春音	陳鴻森	東海中文 D	90
	陳立《白虎通疏證》之禮學研究-以《白虎通》引三禮類爲範疇	陳玉台	應裕康	文化中文 D	88
	漢代解經學中的作者論及其運用方式之含義	陳麒仰	高柏園	淡大中文 M	86
	漢代《尚書》讖緯學述	黃復山	王靜芝	輔大中文 D	84
	朱鶴齡詩經通義研究	李光筠	劉兆祐	東吳中文 M	77
	兩漢公羊學及其對當時政治之影響	何照清	賴炎元	輔大中文 M	74
	馬融之經學	李威熊	---	政治中文 D	64
思想	秦漢思想中有關「陰陽」「五行」之探討	郭國泰	陳郁夫	東吳中文 D	96
	漢代養生思想研究—以黃老思想爲主題	王璟	陳麗桂	臺師大國文 D	95

	嚴遵《老子指歸》義理析論	陳義堯	陳麗桂	臺師大國文 M	95
	牟宗三的漢代易學觀述評	陳明彪	王財貴；賴貴三	臺師大國文 D	95
	《太平經》的成書與「太平」思想研究	張建群	陳麗桂	臺師大國文 D	94
	漢初黃老學說的經世觀及其實踐	楊芳華	夏長樸	中山中文 M	94
	《老子河上公注》思想探究	呂佩玲	劉榮賢	東海中文 M	93
	荀悅思想研究	傅儷文	李德超	文化中文 M	92
	身國一理的《老子河上公章句》	莊曉蓉	高柏園；金春峰	華梵東方人文思想 M	92
	儒家孝道思想研究（先秦──兩漢）	蘇淑瑜	胡森永	靜宜中文 M	91
	西漢前期經學思想研究	吳智雄	莊雅州	中正中文 D	91
	《老子河上公注》思想考察	江佳蒨	林麗眞	臺大中文 M	89
	董仲舒春秋學義法思想研究	楊濟襄	周何	臺師大國文 D	89
	太平經思想研究	段致成	高柏園	淡大中文 M	88
	韓非尊君學說與兩漢政經形勢	黃紹梅	劉文起	東吳中文 D	87
	漢代易象研究	劉慧珍	王金凌；曾春海	輔大中文 D	85
	秦漢中央地方中樞政制與先秦政治思想之關係	康經彪	楊樹藩	文化政治 M	83
	天人感應哲學與兩漢魏晉文學思想	楊建國	黃景進	東海中文 M	79
	《淮南子》無爲思想之研究	劉智妙	王邦雄	高師國文 M	77
	牟子理惑論之研究	曹秀明	趙玲玲	輔大哲學 M	77
	來氏易經理數思想之研究	陳竹義	高懷民	文化哲學 M	76
	老莊思想對兩漢魏晉學術思想之影響	陶建國	余培林	文化中文 D	73
	王充思想研究	黎惟東	高懷民	文化哲學 D	72
	老子思想與漢初政治	陳德昭	林尹；林耀曾	文化中文 M	70
	漢代天文學與陰陽五行說之關係	王璧寰	羅宗濤	政治中文 M	68
	漢代天人合一思想研究	林麗雪	戴君仁	臺大中文 M	61
美學	漢代美學中形神觀念之研究	張淑英	張夢機	中央中文 M	88

詩	試以符號學分析漢代《詩經》詮釋中的興義	范昱麟	李正治	南華文學 M	97
	漢代敘事詩的人物形象研究	柯淑惠	林登順	臺南大學國語文 M	97
	漢代詩歌之女性研究	陳竹翠	林登順	臺南大學國文 M	95
	《古詩十九首》修辭藝術探究	王莉莉	沈謙	玄奘中文 M	92
	漢代樂府歌辭新探：從娛樂與表演角度出發的研究	林宏安	施逢雨	清華中文 D	91
	漢代詩教理論之重新探討	顏淑華	李正治	南華文學 M	89
	漢鼓吹鐃歌十八曲研究	曾金城	曹淑娟	南華文學 M	88
	漢魏敘事詩研究	林彩淑	金榮華	文化中文 M	87
	兩漢隋唐婦女閨怨詩研究	陳瑞芬	金榮華	文化中文 D	87
	兩漢樂府古辭研究	黃羨惠	邱燮友	文化中文 M	79
	葛立方韻語陽秋詩論研究	孫秀玲	張雙英	東吳中文 M	78
	中國詩學「正變」觀念析論	崔文娟	顏崑陽	高師中文 M	78
	漢代樂府之研究	許芳萍	陳萬鼐	臺師大音樂 M	76
	兩漢民間樂府研究	田寶玉	楊昌年	臺師大中文 M	74
	兩漢民間樂府與後人擬作之研究	王淳美	羅宗濤	政治中文 M	74
	「漢魏文人樂府研究」	沈志方	邱燮友	東海中文 M	69
	漢五七言詩考	林端常	李漁叔	文化中文 M	58
賦	漢代楚辭學研究——知識主體的心靈鏡像	吳旻旻	莊雅州	中正中文 M	85
	漢代騷體賦研究	王學玲	張夢機	中央中文 M	84
	漢代散體賦研究	陳姿蓉	簡宗梧	政治中文 D	84
	兩漢魏晉辭賦中失志題材作品之研究	簡明勇	李國熙	文化中文 M	74
	司馬相如揚雄及其賦之研究	簡宗梧	高明；盧元駿	政治中文 D	65
戲曲	秋胡戲妻故事研究	蒲麗惠	王國良	文化中文 M	76
文學與文論	《史記》所述之兵學研究——以楚漢之際爲主	廖文彬	柯金虎	玄奘中文 M	96
	漢初異姓諸侯王研究	林裕斌	劉文強	中山中文 M	96
	以著述爲諫：劉向《新序》寓言研究	徐瑞旻	林淑貞	中興中文 M	95
	由《說文》女部見古代女性的社會地位	周惠菁	張建葆	玄奘中文 M	93
	仲長統《昌言》對漢代政治之評論及其意義	吳瑞銀	劉文起	東吳中文 M	93

	班固學術及其與漢代學風的交涉	施惠淇	張蓓蓓	臺大中文 M	92
	漢代緯書中感生神話之研究	王淑雍	林安梧	臺師大國文 M	91
	《牟子理惑論》之成書年代及其內容	王淑裡	王金凌	中山中文 M	91
	《史》《漢》論贊之研究	高禎霙	羅敬之	文化中文 D	89
	漢魏六朝「家訓」研究	康世昌	王三慶	文化中文 D	84
	漢代賢良對策研究	林蔚松	王金凌	輔大中文 M	84
	漢魏石刻文學研究	葉程義	高明	東吳中文 D	75
	先秦兩漢文學理論研究	王金凌	王靜芝	東吳中文 D	74
	漢書義法	王明通	林尹；黃永武	文化中文 D	71
	文心雕龍述秦漢諸子考	顏賢正	王更生	東吳中文 M	71
	董仲舒政治思想之研究	賴慶鴻	王兆荃；孫廣德	政治政治學 D	68
	揚雄學案	李周龍	高明；李鍌	臺師大中文 D	68
	中國古代女性倫理觀——以先秦兩漢為中心	宋昌基	王夢鷗；高明	政治中文 D	66
	鄭玄之讖緯學	呂凱	高明；熊公哲	政治中文 D	63
	先秦兩漢陰陽五行說的政治思想	孫廣德	---	政治政治學 D	57
小學	漢代複聲母的發展與演化	林美岑	竺家寧	中正中文 M	96
	西漢方言地理區研究——以《方言》地名組合的試算為例	陳正杰	張珮琪	淡大漢語文化暨文獻資源 M	96
	漢代璽印文字研究	汪怡君	黃靜吟	中正中文 M	96
	《白虎通義》音訓研究	柯響峰	陳新雄	玄奘中文 M	93
	《說文》中之巫術研究	陳明宏	莊雅州	中正中文 M	91
	漢代詞書與社會文化	陳芬琪	竺家寧	成功中文 M	86
	秦系文字研究	陳昭容	李孝定	東海中文 D	84
	漢代石刻文字異體字與通假字之研究	河永三	簡宗梧	政治中文 D	82
	漢魏六朝稱代詞研究	魏培泉	梅廣	台大中文 M	79
	史記稱代詞與虛詞研究	許璧	林尹；陳新雄	臺師大學歷史 D	64

史學	漢代函谷關研究	蔡坤倫	吳昌廉	中興歷史 M	97
	漢代婦女地位的研究——以婚姻、家庭及社會活動、法律爲主的考察	張鈺淨	詹士模	嘉義大學史地學 M	97
	從文史材料中重構漢代婦女的社會地位與感情生活	高莞爾	傅錫壬	淡江中文 M	97
	漢代相人術的原理與發展	鄒金芳	邢義田	臺大歷史 M	97
	前漢少府「山海池澤之稅」問題研究	林益德	吳昌廉	中興歷史 M	96
	漢代鰈形玉器之研究	邱壬洲	劉靜敏	逢甲歷史與文物管理 M	96
	秦漢時期的史	黃釋賢	陳文豪	文化史學 M	95
	漢代官僚私書往來及其影響	楊典岳	管東貴	臺師大學歷史 M	95
	漢代「謠諺」與「時政」間的互動	鄭字廷	管東貴	臺師大學歷史 M	95
	漢代官學與察舉制度之研究	陳姿樺	陳啓明	臺中教大教育 M	95
	秦漢環境生態保護研究	余昆霖	陳文豪	文化史學 M	95
	《後漢紀》與袁宏之史學及思想	卓季志	王明蓀	中興歷史 M	95
	漢畫中的秦始皇形象	黃瓊儀	邢義田	臺大歷史 M	94
	論「以孝治天下」與兩漢政治、制度	王國泰	陳文豪	文化史學 M	94
	漢代養老制度研究	洪淑湄	吳昌廉	中興歷史 D	94
	漢代馬政研究	沈明得	吳昌廉	中興歷史 D	94
	西漢前期政治思想的轉變及其發展——從黃老思想向獨尊儒術的演變	李昱東	王明蓀	中興歷史 D	94
	漢魏晉南北朝漢人髮式、髮飾之研究	洪子婷	蔣武雄	東吳歷史 M	93
	兩漢人物畫像之研究	施秀貴	王大智	文化史學 M	92
	漢武郊祀思想溯源	張書豪	劉文起	東吳中文 M	92
	君人南面之術：先秦至西漢中葉黃老思潮影響下的修身思想與治國學說	劉文星	王仲孚	文化史學 D	92
	漢代幾種厭勝玉器之研究	林芝卿	王大智	文化史學 M	92
	漢代刑罰制度	杜欽	廖伯源	台大歷史 D	92
	漢、明兩代廷議制度之比較	王志中	吳彰裕	警察大學行政管理 M	91
	居延漢簡甲渠塞人物研究	羅仕杰	馬先醒；何雙全	文化史學 D	90

正典與權力：以六藝爲中心論漢代學術與政治的互動	林思慧	黃俊傑	臺大歷史 M	90
漢莽諸子與《太史公書》	朱浩毅	李紀祥	文化史學 M	90
漢代尊老制度研究	郭庭豪	應裕康	文化中文 M	89
秦漢時期官僚分類研究──以三史〈酷吏列傳〉爲主	譚傳賢	陳文豪	文化史學 M	88
漢代河西「就」運研究-以西陲簡牘資料爲例	蔡宜靜	吳昌廉	中興歷史 M	88
後漢社會變動與仕進制度	施富元	陳文豪	文化史學 M	88
漢代經營西域之研究──兼論對匈奴策略之運用	盧韋丞	黃耀能	成功歷史 M	88
先秦兩漢官府藏書考述	蔡盛琦	盧荷生	文化史學 M	86
兩漢牧師苑研究	沈明得	吳昌廉	中興歷史 M	86
漢代草書的產生	郭伯佾	馬先醒	文化史學 D	85
漢代復除制度研究	洪淑湄	吳昌廉	中興歷史 M	85
漢末曹魏時期的冀州士族	羅文星	孫同勛	文化史學 M	84
漢代蜀布之種類、形制與交通路線──漢代布帛研究舉例	徐菁蓮	吳昌廉	中興歷史 M	84
漢代九卿研究	陳文豪	馬先醒	文化史學 D	83
兩漢治安制度內涵之研究	林文慶	許錟輝	文化中文 D	83
漢代社會婚喪禮法中女性地位之研究	杜慧卿	黃耀能	成功歷史語言 M	83
漢代科學人才之研究──一種歷史學與科學社會學之綜合考察	林玉萍	黃耀能	成功歷史語言 M	83
漢代地方官與祭祀活動	吳清杉	陳良佐	清華歷史 M	82
漢代官營漆器業生產經營之研究	張秀君	黃耀能	成功歷史語言 M	82
兩漢魏晉時期西南地區之研究	曹乙帆	孫同勛	文化史學 M	82
漢代巫人社會地位之研究	文鏞盛	韓復智	文化史學 M	81
漢代皇帝的感情生活	徐淑卿	邢義田	清華歷史 M	81
漢代大赦制度試釋	杜欽	廖伯源	東海歷史 M	81
先秦兩漢星辰信仰研究	林政言	王國良	文化中文 M	79
漢魏之際的遼東公孫氏	林慧萍	孫同勛	文化史學 M	79
中古時期河北地區焗漢民族線之演變	廖幼華	王吉林	文化史學 D	78
試論西漢京畿地區的警蹕制度	謝昆恭	廖伯源	東海歷史 M	78
漢武帝攘匈奴之研究	曹英哲	管東貴	東海歷史 M	78

「漢歷研究」	鄭慈宏	陳萬鼐	文化中文 M	78
從漢代陰陽五行說與禪讓說的結合看新莽政權的建立	李順民	管東貴	臺師大學歷史 M	78
西漢重農抑商政策研究	陳心儀	陳良佐	成功歷史語言 M	77
秦漢官營手工業研究	田甯甯	陳良佐	成功歷史語言 M	77
論西漢牛耕耕農法的變遷——以華北地區「輪耕」、「輪作」爲中心	金甲均	韓復智	台大歷史 M	76
漢代的相人術	祝平一	邢義田	清華歷史 M	76
漢代鐵工業對經濟的影響	秦照芬	黃耀能	成功歷史語言 M	76
兩漢人口移動之研究	洪武雄	管東貴	東海歷史 M	75
漢代的巫者	林富士	杜正勝；韓復智	台大歷史 M	75
漢代崇儒政策的研究	洪神皆	管東貴	臺師大歷史 M	74
漢代大司農研究	陳文豪	黎東方	文化史學 M	74
漢代厚葬風氣之研究	丁筱媛	韓復智	文化史學 M	74
漢隋之間關中區域的發展與演變	甘芳蘭	鄭欽仁；康樂	東海歷史 M	73
漢代河西四郡的拓展	邵台新	孫同勛	台大歷史 D	73
漢代豪族研究——豪族的士族化與官僚化	劉增貴	韓復智	台大歷史 D	73
漢代邊郡障隧組織——漢簡與漢代邊郡制度之研究	吳昌廉	勞榦；馬先醒	文化史學 D	71
王莽移易漢祚之背景研究	張永成	管東貴	東海中文 M	71
漢書食貨志秦漢錢法考	林榮祥	宋晞	文化史學 M	69
漢代刑律研究	睦明光	傅樂成	台大歷史 M	68
前漢宮殿建制對政局的影響	項秋華	馬先醒	文化史學 M	67
六韜研究	周鳳五	屈萬里；張以仁	臺大歷史 D	67
漢代婚姻制度	劉增貴	傅樂成	台大歷史 M	65
漢代之長安與洛陽	馬先醒	勞幹；黎東方	文化史學 D	61
漢唐宰相制度	周道濟	王雲五；薩孟武；蒲薛鳳	政治政治學 D	48
漢代漆器研究——以揚州地區的考古發現爲例	李宗鈴	龔詩文	南華美學與視覺藝術學 M	98

書法、音樂、藝術	漢代玄武研究	黃靖玟	高莉芬	政治中文 M	97
	漢代墓主畫像的圖像模式、功能與表現特色	游秋玫	陳葆眞	臺大藝術史 M	95
	漢代鹿紋畫像研究	張婉鈴	林保堯	北藝大美術史 M	94
	漢代畫像石中之陰／陽對偶圖像及性／別意識：後現代論述閱讀	廖益輝	林保堯	北藝大美術史 M	94
	漢代玉器的楚式遺風——楚式玉器的「紋」、「型」特徵分析	葉惠蘭	張端穗；楊建芳	東海中文 D	93
	漢代藝術舞人圖像之發展與角色演變	朱玲瑤	黃翠梅	南藝大學藝術史與藝術評論 M	93
	漢代以前北方金屬動物紋牌飾之演變——兼論北方與中原地區的文化交流	楊明綺	黃翠梅	南藝大學藝術史與藝術評論 M	93
	天上、人間、地府：漢代畫像石壁形裝飾及其相關意涵	朱貽安	黃翠梅	南藝大學藝術史與藝術評論 M	93
	漢代隸書及其教學之研究——以漢碑書法爲例	吳淑娟	蔡崇名	高師國文 M	92
	戰國至西漢出土玉器風格分期研究	許懷文	林谷芳；吳棠海	佛光藝術 M	92
	漢代墓室天文圖像研究	莊蕙芷	黃翠梅	南藝大學藝術史與藝術評論 M	92
	漢代墓葬畫像「庖廚宴飲圖」研究	邢淑惠	林保堯	北藝大美術史 M	92
	舞袖飛揚——漢代墓葬中舞人形象研究	林姿君	林保堯	北藝大美術史 M	91
	漢代墓葬陶犬研究	張惠玲	林保堯	北藝大美術史 M	91
	兩漢「女樂」舞者研究	蕭心瑩	高燦榮	成功藝術 M	90
	漢畫像史空間組織之意函	郭廣賢	林保堯	國立藝術美術史 M	89
	漢代音樂制度與音樂思想研究	李政林	齊益壽	臺大中文 M	83
	西漢中山國與南越國玉器造形紋飾之比較	洪世偉	劉良佑	文化藝術 M	81
	漢代墓室壁畫研究——兼論漢畫對高句麗墓室壁畫之影響	姜求鐵	蘇瑩輝	文化藝術 M	78
	漢碑隸書的文字構成	郭伯佾	姜一涵	文化藝術 M	78
	漢代石刻畫像之研究	楊清田	凌嵩郎；蘇瑩輝	臺師大美術 M	77
	我國漢唐陶瓷人像之研究	黃翠梅	劉良佑	文化藝術 M	74
	漢朝漆器紋飾研究	張志蕙	那志良	文化藝術 M	73
	漢唐大曲研究	王維眞	曾永義	文化藝術 M	73

	漢唐織錦圖紋研究	高千惠	那志良	文化藝術 M	69
	漢簡文字的書法研究	鄭惠美	王壯爲	文化藝術 M	69
	漢魏南北朝碑學之研究	洪金山	莊尙嚴；曾紹杰	文化藝術 M	60
	漢朝武氏祠畫象研究	彭春夫	丁念先	文化藝術 M	57
	東漢太平道對《太平經》的附會與轉化	阮正霖	黃運喜	玄奘宗教 M	96
宗教	漢魏晉中國佛教安般禪觀——以《安般守意經》爲中心	鄧翠盈（釋妙博）	潘示番	佛光宗教 M	96
	漢傳觀音信仰之形成及其對唐、宋佛教婦女生活的影響	呂和美	黃運喜	玄奘宗教 M	93
	東漢畫像石與早期道教發展之關係	俞美霞	傅錫壬	文化中文 D	86
	吳越佛教之發展	賴建成	朱重聖	文化史學 M	74
	武威旱灘坡漢代醫簡研究	林彥妙	傅榮珂	嘉大中文 M	96
其他	由畫像石題材論漢代的民間信仰	黃靜琚	秦照芬	北市教大社會學習領域教學 M	96
	漢代具神仙意涵的百戲及其相關建築研究	陳姿伶	簡宗梧	逢甲中文 M	94
	先秦兩漢社會之自殺論述研究	黃明烈	魏書娥	南華生死學 M	93
	漢代瓦當研究	許仙瑛	葉國良	臺大中文 D	93
	漢代人名字研究	彭雅琪	季旭昇	師大國文 M	86
	韓愈著作版本與對韓國之影響研究	朴永珠	昌彼得	東吳中文 D	79
	漢代春秋折獄之研究	黃源盛	林永榮	中興法律 M	69